LA PORTE DE L'ENFER

SAÜL BERGMAN

LA PORTE DE L'ENFER

Roman

ÉDITIONS DU
ROCHER
Jean-Paul Bertrand

AVERTISSEMENT

Lorsque j'étais enfant, je passais toutes mes vacances au Sablon, à Metz, chez mes grands-parents. Non loin de chez eux vivait mon arrière-grand-mère. Dans son appartement, il y avait une pièce très sombre, un garde-manger au fond duquel j'avais observé une porte que nul ne franchissait jamais. Où donnait-elle ? Je l'ignore toujours. Mon grand-père, lui, prétendait qu'il s'agissait de la porte de l'enfer.

Je ne l'ai jamais cru, bien sûr.

Il n'empêche...

Mon arrière-grand-mère, puis mes grands-parents sont morts. J'avais des raisons pour ne plus me rendre à Metz. Quand j'y suis retourné, plusieurs années s'étaient écoulées et j'ai découvert qu'une route passait à l'endroit où se dressait autrefois la maison de mon aïeule.

J'ai aussitôt pensé : Diable ! ils ont donc ouvert la porte de l'enfer...

Il va de soi que, selon la formule consacrée, tous les personnages de ce roman sont purement fictifs et toute ressemblance avec... vous connaissez la suite. La maison de mon aïeule a été démolie vers le milieu des années 1980, or mon histoire se situe dans le présent. Mais nous sommes dans l'univers fantasmé des souvenirs, de l'imagination et de la sensibilité propres à un écrivain, la réalité n'a donc pas sa place ici.

De toute façon, tout le monde sait que la porte de l'enfer n'existe pas – en tout cas, pas à Metz.

Encore que… le Graouilly, ce dragon dont l'effigie est conservée dans la crypte de la cathédrale Saint-Étienne, n'aurait-il pas été le gardien de la porte de l'enfer, avant d'être vaincu par le premier évêque de Metz, saint Clément ?

Le cinquième messager sonna de la trompette ; et je vis une étoile qui était tombée du ciel sur la terre. Il lui fut donné la clé du puits de l'abîme ; il ouvrit le puits de l'abîme, et du puits une fumée monta comme celle d'une grande fournaise, et par la fumée du puits furent enténébrés l'air et le soleil. Alors de la fumée sortirent des sauterelles vers la terre, et il leur fut donné un pouvoir comme ont pouvoir les scorpions de la terre. [...]
Il leur fut donné non pas de tuer [les hommes], mais de les tourmenter cinq mois, et ce tourment est comme le tourment qu'inflige le scorpion quand il pique un homme. En ces jours-là, les hommes chercheront la mort et ne la trouveront pas ; ils désireront mourir et la mort les fuit. [...]
Elles ont au-dessus d'elles un roi, le messager de l'abîme qui en hébreu se nomme Abbadôn... l'exterminateur.

Apocalypse de Jean, IX, 1-3, 5-6, 11[*].

*. Toutes les citations de la Bible sont extraites de *La Nouvelle Traduction*, Paris, Bayard, 2001.

I

C'est la belle nuit de Noël.
La neige étend son manteau blanc,
et les yeux levés vers le ciel,
à genoux, les petits enfants,
avant de fermer les paupières,
font une dernière prière…

Oui, c'était une belle nuit, je m'en souviens. Et de Noël qui plus est. Une de ces nuits comme on en faisait encore en ce temps-là. Avec de la neige, des luges, des cantiques, des vitrines animées et des rires. Surtout des rires.

C'était il y a une éternité de cela. La vie s'annonçait belle et douce.

Je devais à ma mère une certaine propension à l'insouciance. Elle était belle et douce. Comme la vie que j'escomptais alors. Quand nous marchions dans les rues de la ville, les gens qui ne nous connaissaient pas nous prenaient pour des amoureux. Elle paraissait si jeune et moi si grave. Déjà.

Ce soir-là, ma mère était passée au Café du Sablon. Elle m'avait demandé si je voulais l'accompagner. Mais je savais qu'elle n'y tenait pas vraiment. Elle avait son regard de manque. J'ai pourtant été à deux doigts de ne pas entrer dans son jeu. De lui dire que j'avais envie de passer la nuit de Noël avec elle. Que je voulais sabler le champagne à minuit avec elle. Et ouvrir les cadeaux sous le sapin avec elle – même si nous savions tous deux ce que contenaient les paquets. Et puis, inviter grand-mère pour qu'elles fassent la paix. Après tout, c'était la nuit de Noël. Une nuit de paix sur la terre pour les hommes de bonne volonté.

Je n'ai rien dit. Ça n'aurait pas été juste. Les histoires de famille sont toujours trop complexes pour les nuits de fête. Et il n'était pas si fréquent que maman soit en manque. Ce n'était pas sa faute si ça la prenait une nuit de Noël.

Je n'ai pas voulu me montrer égoïste. Petit, je n'aimais pas ces sorties de ma mère. Elle me laissait seule et c'était toujours ces nuits-là que les fantômes jaillissaient des murs. Ce Noël-là, je savais que les fantômes n'existaient pas – sauf peut-être ceux auxquels nous donnons vie nous-mêmes. Cependant, je n'aimais pas plus les sorties de ma mère. Je savais désormais à quoi elle les consacrait. Or, si elle se comportait ainsi, c'était que le bonheur ne lui avait pas souri. Non, elle n'était pas aussi heureuse qu'elle le prétendait. Ça me rendait triste. Ses soirs de virée, je me prenais à haïr un homme que je n'avais jamais connu, mais à qui je devais ces yeux gris acier que les filles trouvaient durs et froids.

Ce soir-là, je ne voulais pas de haine en moi. Pas pendant une nuit de Noël. Je suis donc resté à la maison. J'avais décidé de fêter seul la naissance d'un gosse qui présentait sur moi l'avantage d'avoir eu deux pères. Un charpentier et un Dieu. Il n'en avait, sans doute, pas été plus heureux pour autant. Seulement, si j'avais eu sa prescience, je n'aurais pas laissé sortir ma mère.

Les boutiques de la rue Serpenoise avaient cet air de fête qui met des étoiles dans les yeux des enfants. Des haut-parleurs accrochés dans les arbres diffusaient des chants de circonstance. Trois anges sont venus ce soir, Noël blanc, Jingle Bell. Des pères Noël déambulaient, la hotte sur le dos – certains avaient la barbe de travers, mais qui, hormis quelque esprit chagrin, eût songé à leur en vouloir ? À cette heure-là, les enfants étaient couchés ou chaudement installés autour de la table de fête. Demain, des jouets les attendraient sous le sapin sacrifié.

L'île du Saulcy était quasiment déserte. Cette langue de terre tristounette avait déjà du mal à séduire en été, alors en cette nuit réfrigérée... Seul, un couple avait eu le courage d'affronter le froid. Lui savait pourquoi il l'avait emmenée ici. Elle commençait à songer que son compagnon d'un soir aurait pu trouver un endroit plus chaud pour lui faire l'amour. Seulement, elle avait envie de ce plaisir furtif et clandestin, aussi évitait-elle de le contrarier.

– J'ai froid, risqua-t-elle enfin.

Il sourit et lui assura qu'ils étaient presque arrivés. Il l'entraîna vers le bord de la Moselle. De l'autre côté du bras d'eau, elle devinait plus qu'elle ne voyait la cathédrale Saint-Étienne dont les cloches invitaient les fidèles à la messe de minuit.

– Nous sommes arrivés, dit-il.

Il la regarda avec une expression qui la mit mal à l'aise. Elle sentit un frisson lui parcourir l'échine, mais elle le mit sur le compte du froid, ne voulant pas admettre qu'elle avait peur. C'était ridicule. Elle connaissait son compagnon depuis tellement longtemps. Et même s'il était marié, et même si c'était leur première incartade...

Il déboutonna son manteau. Ce fut à elle de sourire. Les choses sérieuses allaient commencer. Il lui rendit son sourire. Elle songea qu'elle avait été sotte.

Il posa les mains sur son visage. Elle réalisa qu'il n'aurait pas à faire beaucoup de prouesses pour lui donner du plaisir. Elle était déjà toute humide. C'en était indécent. L'homme se mit à chantonner.

> C'est la belle nuit de Noël
> La neige étend son manteau blanc
> Et les yeux levés vers le ciel
> À genoux, les petits enfants...

Il venait de défaire la boucle de sa ceinture et il lui glissa à l'oreille.

– Mets-toi à genoux.

Elle le regarda, les yeux plissés. Ainsi, c'était ça qu'il voulait. D'accord, elle lui ferait une petite gâterie, mais il n'était pas question que cela s'arrête là. Elle aussi aurait droit à son plaisir. Elle s'agenouilla et il se remit à chanter.

Avant de fermer les paupières…

– *Ferme les yeux, susurra-t-il.*
Elle trouva qu'il exagérait, mais elle n'était pas contre une petite mise en scène. Elle ferma les yeux, entendit le glissement de la ceinture dans les passants du pantalon et, toujours prête à jouer le jeu, elle tendit les mains vers son entrejambe. Lui continuait à chanter.

Font une dernière prière…

Il arrêta sa chanson et de sa belle voix grave, dit :
– *Tu devrais faire comme eux, ma jolie. Une dernière prière. On ne sait jamais, ça peut toujours servir… de l'autre côté.*
Elle ne comprit pas tout de suite, puis la peur éprouvée quelques instants auparavant l'étreignit à nouveau. Elle se figea, trouvant à peine la force d'ouvrir les yeux. Il paraissait si grand au-dessus d'elle. Surtout avec ses bras tendus vers le ciel. Chacun de ses poings serrait l'extrémité de la ceinture. Il souriait toujours. Elle aurait bien fait de même, histoire de détendre l'atmosphère, mais elle n'en trouva pas la force. Il dit encore.
– *Il n'est pas vraiment trop tard, ma jolie, mais il est grand temps.*
La ceinture se referma autour du cou de ma mère. Elle ne parvint pas à articuler le moindre son. Par bonheur, l'homme devait être un expert dans l'art de tuer, car l'agonie fut brève.
Quand elle eut rendu son dernier soupir, il s'en alla en renfilant calmement sa ceinture et en chantant :

Petit papa Noël
Quand tu descendras du ciel

14

Avec tes jouets par milliers
N'oublie pas la petite Aline.

Ma mère s'appelait Aline.
La police n'a jamais retrouvé l'assassin. Moi, j'en ai voulu à
ma mère. Si elle était restée à la maison pour fêter Noël, sabler le
champagne, ouvrir les cadeaux, rien de cela ne serait arrivé. J'ai
quitté Metz. Ma grand-mère rêvait de me voir en uniforme. Je suis
entré dans l'armée, mais elle ne m'a jamais vu avec mes galons ;
si elle n'avait pas été en froid avec maman, nous aurions tous
passé Noël ensemble et rien de cela ne serait arrivé. Et puis,
aujourd'hui, elle est morte elle aussi.

En ce qui concerne les derniers instants de ma mère, j'ignore
s'ils se sont réellement déroulés ainsi. Ce qui est sûr, c'est que
depuis cette nuit-là, je n'ai cessé de revivre cet ultime Noël. Je lui
imagine mille déroulements divers. Celui-ci m'obsède depuis
plusieurs mois. Il en vaut un autre.
Je n'ai jamais envisagé de reprendre l'enquête de la police à
mon compte. Pour moi, il n'y a pas un assassin. Il y en a une
multitude. Mon père d'abord, ce milicien de passage, qui n'a
peut-être jamais su que j'existais. Tous les clients du Café du
Sablon ensuite, qui offraient à ma mère le dérivatif qu'elle cher-
chait de temps à autre, sans jamais se demander si elle n'avait
pas plus besoin de cœur que de cul. Ma grand-mère. Et puis, le
monde qui a oublié le sens du mot amour.

II

La voiture qui roulait dans la nuit était un puissant turbo sombre. L'homme qui la conduisait paraissait aussi sombre qu'elle. À côté de lui, son compagnon avait les yeux fermés ; il somnolait paisiblement. La route était déserte. À vrai dire, ce n'était pas encore une route à proprement parler ; il s'agissait plutôt d'un tronçon en construction, fermé à la circulation. Mais les deux hommes n'en avaient cure.

L'engin ralentit et le passager ouvrit les yeux. Calmement. Sans précipitation. Il regarda autour de lui, avec un mouvement rotatif des yeux, qui n'impliquait aucunement la tête. Il découvrit un chantier. La voiture s'immobilisa à l'extrémité de la partie carrossable.

– On y est, annonça le chauffeur.

– On se croirait à Beyrouth, fit son compagnon sans se redresser.

Il avait une voix chaude et grave, légèrement éraillée.

– Ouais. Ou à Belfast, Sarajevo, Ramallah… Mais on est seulement au Sablon, quartier de Metz, en Lorraine.

– Quel gâchis ! trancha l'autre en refermant les yeux.

– Bon sang, le coin avait une autre gueule, il y a dix ans… vingt ans, renchérit le chauffeur. Dire qu'ils démolissent toutes ces maisons pour faire passer leur putain de route. Comment veux-tu que ce monde aille bien ? Les gens n'ont plus de racines.

Plus rien qui les rattache au sol. Juste des routes pour leur permettre de bouger, qu'ils le veuillent ou non. À quoi ça rime tout ça ? J'aimerais le savoir.

L'autre se redressa. Il tourna son regard vers l'enchevêtrement de grues, de camions et de gravas.

– Tu devrais t'essayer à la philosophie. Avec ce genre de lieux communs, tu as de l'avenir. Ça t'apporterait quoi de savoir ça ? De toute façon, le monde n'a jamais été bien. Il n'y a pas de raison pour que ça change. Et puis, ce n'est pas mon problème.

– T'as peut-être raison. Seulement, j'y peux rien, ça me prend la tête. J'aimerais comprendre pourquoi il faut toujours détruire les endroits où les gens se sentent bien.

– C'est pas ça qui te prend la tête. Ce qui te prend la tête c'est de savoir pourquoi nous passons notre temps à détruire les endroits où les gens se sentent bien. Mais c'est sans importance. Ça non plus, ce n'est pas mon problème.

– T'as raison, Jean. J'ai jamais connu un type qui se foutait de tout comme toi. Mais, je suis sûr que c'est toi qui es dans le bon. Tu te prends pas la tête au moins.

– Laisse tomber, vieux. Ainsi, nous sommes arrivés...

– Ouais. Il suffit de longer le chantier par la gauche ou par la droite, c'est pareil, et tu arrives rue de la Chapelle, juste devant la maison du père Torn. Tu es sûr que c'est là que tu veux t'installer ? Dans cinq mois, elle sera rasée.

– Dans cinq mois, ma mission sera terminée... « et dans leurs queues se trouve le pouvoir de maltraiter les hommes cinq mois » : Apocalypse, IX, 10.

L'homme qui n'avait pas lâché le volant pendant cet échange ouvrit la bouche, mais il préféra hausser les épaules plutôt que d'exprimer sa pensée. Son compagnon la balayerait avec indifférence, en disant que ce n'était pas son problème.

– J'ai obtenu les renseignements que tu m'as demandés. La maison est intacte. À l'intérieur, tout est resté comme au temps des derniers occupants. J'ai envoyé une équipe faire le ménage. Tout est impeccable. Tu y trouveras la déco que tu as demandée.

Il marqua un temps et ne put s'empêcher d'ajouter :

– Quand même, quelle idée t'as eue de vouloir t'installer là ! Tu aurais pu te payer l'hôtel, non ?

– On a tellement parlé de cette bâtisse... Je croyais que tu comprendrais.

– Et si les démolisseurs...

– T'en fais pas. Je te l'ai dit, quand ils arriveront, je serai loin. Je compte prendre mon temps, mais pas moisir ici. Alors... !

– Il n'y a jamais moyen de discuter avec toi. T'es vraiment un drôle de type. Tu vois, Jean, il faut que je te dise un truc : je t'ai sauvé la vie, là-bas... pourtant, j'ai l'impression que, sans toi, j'en serais jamais revenu. C'est pas paradoxal ça ?

Jean ne répondit pas. Son compagnon haussa à nouveau les épaules.

– Je préfère ne pas insister, murmura-t-il, en définitive. Tu serais capable de m'envoyer chier.

– T'as raison, le Gosse. D'autant que, d'une certaine façon, tu es encore plus cinglé que moi.

– Tu as vraiment pris ta décision ?

Jean ne répondit pas. Son regard courait toujours sur les ruines d'immeubles. Dans un an, le quartier serait entièrement rénové. Ceux qui n'avaient pas connu l'ancien trouveraient le nouveau plaisant. Aéré, moderne ! Mais ceux qui conservaient des lambeaux de mémoire accrochés à ces vieilles pierres auraient le sentiment d'avoir perdu un peu de leur âme.

Il soupira. Voilà, qu'il se perdait lui aussi dans des considérations vaines. Son compagnon déteignait sur lui.

– Je suis venu à Metz tuer un homme que je n'ai jamais vu, murmura-t-il en paraphrasant l'entrée en matière d'un roman qu'il avait lu pendant sa convalescence et qu'il avait aimé.

– Qui dit que c'est un homme ? demanda le chauffeur.

– Ou qu'il n'y en ait qu'un ? fit Jean avec un sourire fauve.

Le visage de l'autre se rembrunit.

– Pourquoi, Jean ?

Jean parut sortir d'une rêverie. Il haussa les épaules.

– Pourquoi tuer un être que je ne connais pas ? Pourquoi pas ? Là-bas, tu les connaissais, toi, tous ceux qu'on nous envoyait

18

tuer ? Pourtant, on y allait sans se poser de questions. Même si on méprisait la plupart de ceux qui nous donnaient nos ordres. Alors... ! Pourquoi tuer aurait une autre valeur ici ? C'est du pareil au même, le Gosse !

— Là-bas, c'était la guerre.

— Ah, bon ? Et ici, ce n'est pas la guerre ? Tu sais bien que la guerre est partout. Partout où il y a des hommes. Tous ceux qui dorment derrière ces volets, tu crois qu'ils ne sont pas en guerre ? Le monde entier est en guerre. Depuis l'origine des temps. Nous sommes tous engagés dans la grande guerre universelle. La seule, l'unique. Celle qui prend des visages multiples mais qui est une. La guerre du mal contre le bien. Seulement, qui sait où est le bien, où est le mal ? « Tu as éprouvé ceux qui se prétendent envoyés mais ne le sont pas, et tu as trouvé en eux des menteurs. » Apocalypse, II, 2.

— Tu parles comme un prophète.

Jean sourit, le regard accroché à une bâtisse qui se dressait à l'extrémité du chantier. Elle paraissait enveloppée dans un halo de lumière spectrale.

— Je m'appelle Jean Abbadôn.

— Je sais, Jean comme le prophète de l'Apocalypse. Quant à Abbadôn, t'as jamais voulu me dire ce que ça signifiait.

— Tu n'as qu'à lire la Bible ?

— L'Apocalypse, c'est ça ?

— Tu vois que tu es moins con que tu veux le faire croire.

L'autre haussa les épaules.

— Moi, lire la Bible ? Tu l'as lue, toi ?

— Je te l'ai dit, vieux : j'en ai écrit une partie.

— T'es cinglé ?

— Tu ne le savais pas ? Bien sûr, que je suis cinglé, mais ne le répète pas trop souvent, ça me rend méchant. Allez, abrazos amigo...

— Je passerai te voir dans quelque temps.

— Inutile. Je t'ai dit que je ne compte pas moisir ici. Du moment que tu viens me rechercher dans cinq mois...

– Ça fait rien. Si je repasse dans le coin, je viendrai te saluer, juste histoire de boire un coup et de voir si tu l'as tué ce type que tu n'connais pas. Si tu lui as fait son affaire, tu auras peut-être besoin de moi. Les flics, ils savent pas eux, que le monde entier est en guerre.

Jean ouvrit la portière et sortit dans la nuit. L'homme au volant actionna l'ouverture automatique du coffre et son compagnon saisit, sans effort, un énorme sac en toile kaki qu'il balança sur son épaule d'un geste maintes fois répété. Puis, il s'éloigna au milieu du chantier sans un regard en arrière.

– Eh, Jean, c'est quoi tes prévisions pour les élections de dimanche ? Un prophète doit savoir ça, pas vrai ?

Jean continua à marcher et l'autre grogna :

– Ouais… « C'est pas mon problème… ! »

– Adieu, le Gosse !

III

Le bruit du moteur avait décliné et s'était tu. Devant Jean Abbadôn, un pâté de maisons effondrées. C'était bien ainsi qu'il avait imaginé la scène. Les grues avec leurs masses de près d'une tonne, suspendues à des filins d'acier. Les mouvements de balancier. La masse percutant la maçonnerie entre les chambranles de fenêtres derrière lesquelles des générations avaient rêvé à un coin de ciel bleu. L'éclatement de murs qui avaient abrité des histoires banales, tendres ou sordides. Et l'amoncellement de gravats au milieu desquels s'accumulaient des tranches de vies ! Quelques pans étaient encore dressés, couverts de vestiges de papier peint délavé, d'empreintes d'escaliers ou de portes.

Cette étendue dévastée lui en rappelait tant d'autres. Ailleurs. « Là-bas », comme ils disaient, le Gosse et lui, pour désigner toutes ces régions du globe où ils avaient semé la désolation. La seule différence, c'était qu'ici on avait évacué les habitants avant de raser leurs maisons. Somme toute, ils avaient eu de la chance, eux.

C'est, en tout cas, ce que diraient « les autres ». Jean, lui, n'en était pas sûr. Ceux que la mort avait surpris « là-bas », au milieu de leurs foyers, n'étaient-ils pas plus heureux que ceux qui vivaient ici ? Ils étaient morts avec leur âme. Ici, les gens ne possédaient plus d'âme. Ils l'avaient vendue à des promoteurs pour se payer un F3 ou un F4 dans une belle tour de béton. Ils

21

l'avaient vendue à des gens comme Abbadôn et ses complices, pour dormir en paix, avec ce sentiment confortable de n'être pas concernés par ce qui se passait ailleurs, « là-bas » ! Ils l'avaient vendue et la vendrait encore à n'importe qui, pour sauver des illusions qui n'avaient plus cours nulle part. À n'importe qui, comme au président du Front national, pour se protéger de dangers qui n'existeraient pas s'ils n'étaient « pas concernés par ce qui se passait ailleurs ».

Lui, Jean Abbadôn, il allait leur apporter l'ailleurs, le « là-bas » ; il allait le faire entrer jusque dans leur petit « chez soi » douillet. Livraison à domicile gratuite. Rapide et efficace ! Il avait tout prévu. Il agirait comme eux. Sans y paraître. D'ici qu'ils finissent par comprendre ce qui leur arrive – si tant est qu'ils comprennent jamais –, ils auraient perdu leur virginité. Leur bonne conscience. Ils seraient mouillés jusqu'au cou dans ce « là-bas » qui, pour l'heure, n'existait que dans leur imagination, à la télé. Il allait leur montrer que « là-bas » était partout !

Quand il repartirait, il aurait distillé dans leur être à tous le poison de la culpabilité !

Jean s'étonna de l'absence de palissades autour du chantier. Comment les publicitaires n'avaient-ils pas encore sauté sur l'occasion pour masquer la désolation derrière des affiches vantant les qualités de ces produits indispensables qui font le plaisir des petits et des grands.

Les mains dans les poches, le sac accroché à son épaule, il avançait au milieu des ruines. Trouver ici le genre de paysages qu'il avait contribué à créer « là-bas » lui procurait une sorte de délectation jubilatoire. Il n'aurait pas compris qu'on l'accuse de sadisme ; il avait, lui, un profond sentiment d'équité.

Les phares des rares voitures qui, à cette heure tardive, parcouraient les rues avoisinantes faisaient courir des ombres gargantuesques sur le chantier. Quant à la maigre clarté de réverbères trop éloignés, elle conférait aux lieux un aspect fantomatique qui aurait troublé tout passant solitaire. Jean sourit à cette pensée. « Tout passant solitaire », mais pas quelqu'un qui revenait de

« là-bas » – et dans ce « là-bas », il mettait encore bien autre chose que les villes qu'il avait contribué à dévaster. Il mettait un lieu qu'il connaissait bien et qui avait une odeur de soufre.

Tout en marchant, Jean sentit qu'il n'était plus seul. Il ne se départit pas de son sourire. Des gamins, songea-t-il. Quelques loubards qui avaient sans doute établi leur Q.G. dans ce cimetière marrant où les bourgeois et les flics ne songeaient pas à s'aventurer.

Il s'arrêta et entreprit d'allumer une cigarette. Une dizaine de post-adolescents qui roulaient des mécaniques l'entourèrent.

– Alors, on s'est égaré ? demanda celui qui semblait être leur chef.

Jean finit d'allumer sa cigarette. Il rangea son briquet et souffla la fumée en direction du visage de son interlocuteur. Il reprit son sourire et s'avança vers l'autre qui, en recevant la fumée dans le nez, avait glissé la main dans la poche de son blouson, tandis qu'une lueur de rage s'allumait dans ses yeux. Jean ne s'arrêta de marcher qu'à l'instant précis où son nez se trouva collé à celui du chef de la bande.

– Égaré ? Pas vraiment. En fait, tu vois, je vais juste là, derrière cet immeuble. Tu connais « la maison du père Torn » ? À vrai dire, elle ne lui appartient plus depuis longtemps et le vieux a clamsé depuis encore plus longtemps, mais les gens perdent difficilement leurs habitudes, alors ils continuent à l'appeler ainsi. Eh bien, figure-toi que c'est là que je vais m'installer.

Jean n'avait pas cillé une fois et l'autre paraissait hypnotisé.

– Ça t'étonne, pas vrai ? Une maison abandonnée... Et pourtant... Tiens, je vais te dire : ici, tes copains et toi, vous faites ce que vous voulez. Vous assommez qui vous voulez, vous détroussez les maigres comme les gros, j'en ai rien à cirer. En revanche, si j'en vois un qui traîne dans mon jardin, sans que je ne l'y aie invité, je lui fais regretter de ne pas l'avoir dérouillé ici, ce soir.

Sans bouger, Jean Abbadôn tira une nouvelle bouffée de cigarette. Son mouvement obligea l'autre à reculer.

– Ben oui, qu'est-ce que tu veux, je suis bien luné, ce soir, et j'ai pas envie de gâcher mon retour au pays par une bagarre. Et puis, vous pouviez pas savoir. C'est vrai quoi ? Seulement, dorénavant, vous êtes avertis. Et un con averti mérite une double correction.

Toujours sans esquisser le moindre geste, Jean Abbadôn conclut :

– Et maintenant, dégage. Vous ne m'amusez plus.

L'autre soutint son regard un bref instant. Ce qu'il y vit allait bien au-delà des fanfaronnades de ce curieux personnage qui n'avait même pas déposé son sac pendant leur échange. Il s'écarta. Jean lui tapota la joue et poursuivit son chemin sans presser le pas ni se retourner.

Derrière lui, il entendit la bande râler sur son chef. L'autorité du malheureux venait d'en prendre un coup. Mais une humiliation par soirée était plus qu'il n'en pouvait supporter. Un bruit mat parvint aux oreilles de Jean suivi d'un cri étouffé. Une mâchoire venait de rencontrer un poing.

– Ce type, c'est autre chose, gronda le loubard. Autre chose, je vous dis. Faut même pas songer à y toucher, compris. J'ai vu ses yeux !

Et il répéta une troisième fois : « C'est autre chose. » Il y avait un mélange de terreur pure et de respect dans sa voix.

Jean songea que le malheureux avait tout compris.

Au bout du chantier, une dernière bâtisse se dressait, tel un défi aux démolisseurs ; celle qui lui était apparue environnée d'un halo de lumière spectrale. Jean la contourna par la droite. Il se retrouva dans la rue. Tout compte fait, ces ruines le déprimaient ; elles étaient dépourvues d'âmes. Doublement mortes.

Le halo de lumière provenait de lanternes accrochées à la façade d'une épicerie ouverte malgré l'heure avancée. Jean s'arrêta, presque surpris par l'aspect anachronique de l'établissement. Pas d'étalages tapageurs aux publicités criardes. Juste trois marches en angle. Une porte vitrée avec écrit en lettres sobres : ÉPICERIE RÉMY et, de chaque côté, une vitrine avec des produits qui semblaient dater d'une autre époque. Il s'arrêta, ému. Ainsi, le vieux Rémy était toujours là. Il la connaissait dans les moindres détails cette vieille boutique ; il se remémorait jusqu'aux parfums mêlés des produits d'autrefois.

L'immeuble aurait dû être rasé comme les autres, pourtant il demeurait solide sur ses bases. Il faisait de la résistance.

Jean Abbadôn gravit les trois marches. Il poussa la porte et se retrouva dans un souk à la française. Le vieux Rémy se tenait derrière un comptoir, souriant, comme s'il attendait le client.

IV

– Bonsoir, monsieur. Que puis-je vous servir ?

Jean, qui paraissait soucieux, ne lui répondit pas tout de suite. Il prit le temps d'examiner les lieux ; les murs couverts jusqu'au plafond d'étagères chargées de produits qui, comme ceux exposés dans les vitrines, paraissaient dater d'un temps où le commerce était prospère et où les clients avaient encore tous un prénom. Jusqu'à ce mélange de senteurs mêlées qui éveillait en lui des échos d'autrefois. Le temps d'une enfance aujourd'hui assassinée.

Au lieu de répondre au commerçant, Jean demanda :

– Comment se fait-il que vous soyez encore là ?

– Vous êtes un gars de la route ? s'enquit Rémy, subitement inquiet et farouche.

– Pas de celle-ci, fit Jean avec un sourire rassurant.

Rémy grogna. Si son visiteur travaillait pour des faiseurs de routes – celle-là ou une autre –, il lui était antipathique. Jean comprit la méprise et enchaîna :

– Je ne construis pas de route, père Rémy. Je les utilise pour aller ici ou là. Mais, dans le meilleur des cas, les routes que j'emprunte sont faites de terre battue.

Le visage de l'épicier retrouva aussitôt une partie de sa bonhomie, mais Jean avait compris que le père Rémy n'était plus l'homme inoffensif et bienveillant d'autrefois.

– Alors, soyez le bienvenu dans ce quartier moribond, lança le vieil homme, en tendant la main à son visiteur nocturne. Tel que vous me voyez là, je suis un condamné en sursis. J'ai passé un accord avec la Compagnie. J'aurais pu les emmerder en refusant de vendre. Ils auraient dû lancer une procédure d'expulsion, ce qui leur aurait fait perdre du temps. Alors, je leur ai dit que s'ils retardaient la destruction de ma maison jusqu'à la dernière limite, je ne ferais rien pour entraver leurs travaux.

– Vous croyez qu'ils tiendront parole ?

– On dirait. Les masses ont cessé de se balancer aux filins des grues, il y a huit jours. Et il est question qu'ils achèvent le tronçon dégagé, avec ses bretelles et tout le Saint Tremblement avant d'aller plus loin.

– Du coup, la maison du père Torn bénéficie elle aussi d'un répit, murmura Jean.

– Vous connaissez la maison du père Torn ? fit le père Rémy. Vous êtes donc du coin ?

Jean Abbadôn éclata d'un rire franc.

– Je suis le petit-fils de la vieille qui louait l'étage du haut. Le père Torn n'avait pas de famille, alors, à sa mort, il lui a légué la baraque. Ça fait de moi le propriétaire de cette maison aujourd'hui condamnée.

– Vous… ? commença l'épicier, mais il ne poursuivit pas plus loin.

– Vous vous souvenez d'Aline Meynard, n'est-ce pas ? C'était ma mère, précisa Jean.

– Aline Meynard… répéta l'autre en fronçant les sourcils, comme si ce nom éveillait en lui de sinistres échos.

Puis, après un silence pesant, il ajouta :

– Vous seriez donc Henri Meynard ?

Jean se contenta de sourire, sans répondre. Le vieil épicier l'examinait, comme s'il cherchait à retrouver dans ce visage marqué par la vie, les traits d'un adolescent timide et réservé.

– La pauvre Aline, soupira l'épicier. On n'a jamais retrouvé son assassin.

– Je sais.

27

– Ça s'est passé quelques mois après la mort du grand-père, pas vrai ?

Jean baissa les yeux et posa, enfin, son sac à ses pieds, appuyé contre sa jambe droite. Le père Rémy secoua la tête, assailli par une nuée subite de souvenirs. Et quand il parla, ce fut de manière presque absente, comme pour lui-même...

– Je l'aimais bien le petit Henri. Un gamin toujours poli et serviable. Quand sa mère est morte, il avait quoi...

– Vingt et un ans, compléta Jean Abbadôn.

– C'est ça...

Le père Rémy cligna plusieurs fois des yeux en regardant son visiteur nocturne.

– C'était, il y a...

– Longtemps.

– La mort du grand-père l'avait déjà sérieusement affecté, le gamin était si proche du vieux menuisier. Et puis le meurtre de sa mère... Du jour au lendemain, il est parti, le petit Henri, et personne n'a jamais su ce qu'il était devenu. Des bruits ont couru comme quoi il se serait engagé dans l'armée...

– Il s'est engagé dans l'armée, confirma Jean. Dans le corps le plus dur et il a demandé à être envoyé sur le terrain au plus tôt. Il avait des relations, ça lui a servi.

L'épicier secoua la tête, et les yeux plongés dans ceux du militaire, il dit :

– Alors, tu es Henri Meynard.

– Oui, père Rémy, fit l'autre, d'une voix dans laquelle perçait presque une pointe d'émotion.

– Tu as bien changé, mon garçon. Mais, c'est vrai que ça vous change un gars, la guerre.

Il fit la moue et ajouta :

– J'ai dû faire l'Algérie, moi. C'était pas joli. On n'avait vraiment aucune raison d'être fiers de nous.

– Ça n'a pas changé. On n'a toujours aucune raison d'être fiers de nous, vous savez ?

L'épicier tourna les talons et alla s'asseoir sur un tabouret haut, derrière le comptoir. Il se baissa, ouvrit la porte d'un réfrigérateur et en sortit deux bières. Il en tendit une au revenant. Jean ramassa son barda, s'approcha du comptoir, contre lequel il posa le sac lourd, et il prit la canette en remerciant d'un signe de la tête.

– Dis-moi, mon gars, tu n'es quand même pas revenu pour...

Jean Abbadôn ne fit aucun effort pour compléter la phrase de l'épicier. Il le laissa s'empêtrer dans une idée que le vieil homme n'osait poursuivre jusqu'à son terme.

– Enfin, je veux dire, le meurtre de ta mère... l'assassin...

Jean avala d'un trait la moitié de la canette, et se décida, enfin, à apporter au père Rémy les mots qu'il n'osait prononcer.

– Vous savez, père Rémy, si les flics n'ont pas trouvé l'assassin de ma mère, c'est pas moi, cinq ans plus tard, qui vais mettre la main dessus. D'autant que je ne connais plus personne ici.

– Oh ! tu sais, fit le vieil épicier, les gens n'ont guère bougé depuis ton départ. Tu retrouveras les mêmes têtes, et il est probable que tu auras moins de mal à les reconnaître qu'eux à mettre un nom sur ton visage. Ils n'ont pas été marqués par la guerre, eux.

– On verra ça. Cela dit, aujourd'hui, je m'appelle Jean Abbadôn. Mieux vaut oublier Henri Meynard. Je ne tiens pas à ce que les gens s'imaginent que je suis venu venger ma mère. S'ils ne me reconnaissent pas, il est inutile de leur rafraîchir la mémoire.

Il finit sa bière, écrasa la canette dans son poing et la jeta dans une poubelle posée à l'extrémité du comptoir.

– On aura l'occasion de se revoir, père Rémy. Je vais profiter de votre résistance à l'envahisseur routier pour m'installer quelque temps dans la maison de ma grand-mère.

– Ah ! c'est donc ça ! J'ai vu des types venir faire un grand ménage, il y a quelques jours. Ça m'a paru curieux. Depuis la mort de ta grand-mère, la maison est à l'abandon et je n'ai pas compris qu'on veuille lui donner un coup de jeune, quelques mois avant sa démolition.

Il marqua un temps, raccompagna son visiteur jusqu'à la porte, et insista :

– Pourquoi t'es revenu, mon gars ? Tu savais que la maison du père Torn allait être jetée bas dans quelques mois.

Abbadôn haussa les épaules.

– Je ne compte pas rester plus de quelques mois. J'avais besoin de me ressourcer, loin des champs de batailles. Alors, j'ai pensé qu'ici... j'y ai tellement de bons souvenirs.

Il éclata de son rire franc et conclut :

– Une cure de jouvence, en quelque sorte !

Avant de prendre congé du vieil homme soucieux, il demanda :

– Dites-moi, père Rémy, vous auriez encore des chocos BN ? Vous savez, ceux qui sont vendus dans des emballages individuels attachés en accordéon.

Un sourire espiègle illumina les yeux du vieil épicier.

– Ça fait des lunes que les gosses ne m'en demandent plus. Attends-moi un instant !

Il s'éloigna et revint avec un chapelet de BN.

– Aujourd'hui, il n'y a plus que moi pour les manger, ici.

Jean prit le paquet, l'œil amusé.

– Je vous dois combien ?

L'autre arrêta son mouvement.

– Rien du tout, mon gars. C'est comme qui dirait ma manière de te souhaiter la bienvenue au pays.

Jean secoua la tête, avec une petite moue butée. Il sortit son portefeuille et dit :

– Les bons comptes font les bons amis.

Il fourra un billet dans la main du père Rémy, surpris.

– Vous me rendrez la monnaie demain, fit Jean en s'éloignant après avoir balancé le sac sur son épaule. Ou un autre jour, de toute façon, on se reverra.

Tandis qu'il traversait la rue en direction de la maison du père Torn, Jean Abbadôn déchira un emballage de BN d'une main et se mit à croquer un biscuit au goût d'enfance. Un sourire aux lèvres, il murmura entre les dents :

– Je n'accepte de cadeaux de personne... Même pas de vous, père Rémy.

V

La haie qui entourait la propriété du père Torn n'avait pas été taillée depuis des lustres ; les branches de troènes mangeaient le grillage chargé de les contenir et envahissaient le trottoir que les gens n'empruntaient plus guère depuis le début des travaux. Jean avait insisté pour qu'on ne touche pas à l'extérieur de la maison. Il aimait l'idée qu'elle dégage une impression d'abandon.

Il resta un long moment à contempler la bâtisse à travers la grille. Elle était exactement telle qu'il se l'était représentée, depuis qu'il avait pris la décision de venir s'y installer. Un rien plus petite peut-être, mais c'était normal, un regard d'enfant agrandit toujours les choses. La lune brillait, pleine, juste au-dessus du toit, baignant la maison d'une clarté aussi spectrale que celle des lanternes accrochées à la façade de l'Épicerie Rémy ; une clarté qui s'accordait à merveille avec les lieux. Jean sortit une grosse clé noire de la poche de son jean et l'enfonça dans la serrure grippée de la grille qui résista un peu, mais pas trop.

Il glissa le bras entre deux barreaux pour saisir la tige métallique verticale, la tirer vers le haut, la faire pivoter et la caler en position haute. Il ne lui restait plus désormais qu'à pousser le battant libéré et la grille s'ouvrit, le fer rongé par la rouille émit un râle de souffrance. Jean avait insisté pour qu'on n'huile pas les gonds. Il aimait sentir les objets vivre et se plaindre ou se réjouir.

La lamentation de la grille fit détaler une famille de lapins qui, échappée des clapiers, avait dû se creuser un terrier dans la partie arrière du jardin.

Jean sourit. Une bribe d'enfance lui revenait en mémoire.

Quand j'étais gosse, j'allais souvent rendre visite à mes grands-parents. Ils occupaient le premier étage de la maison du père Torn ; le vieux grognon, lui, vivait au rez-de-chaussée. Derrière la maison, mon grand-père lui avait construit des clapiers dans lesquels vivait toute une colonie de lapins. Ils étaient mignons avec leurs museaux frétillants et leurs petites queues blanches. C'est pourtant à cause d'eux que je ne m'aventurais pour ainsi dire jamais dans la partie arrière du jardin.

Le père Torn était un être singulier. Il lui manquait une phalange à presque tous les doigts. Deux à certains. Quand j'avais demandé comment il les avait perdues, on m'avait répondu que c'était ses lapins qui les lui avaient mangées. Parfois, lorsqu'il les nourrissait, hop !... avec un bout de salade, ils lui chopaient un bout de doigt.

Cette histoire m'avait beaucoup impressionné. Oh, bien sûr, je n'y croyais pas tout à fait, mais on n'est jamais trop prudent. Aujourd'hui, je sais qu'on me racontait cela pour éviter qu'en jouant, je n'ouvre les portes des cages et que les lapins prennent la poudre d'escampette.

Jean poursuivit son chemin dans la petite allée de gravier qui coupait le jardin en deux rectangles. Un jardin potager désormais livré à lui-même. Les légumes étaient montés en graine et luttaient contre les mauvaises herbes. Le combat est perdu d'avance, songea Jean, une pomme saine n'a jamais chassé le parasite de la pomme véreuse. Il était sûr qu'avant de passer l'arme à gauche, sa grand-mère avait ouvert les portes des clapiers aux lapins pour leur rendre leur liberté et leur éviter de crever de faim. Le potager n'était donc pas perdu pour tout le monde.

Agacé, Abbadôn vit que quelqu'un avait collé une affiche invitant à voter pour Jean-Marie Le Pen sur le mur, près de l'escalier menant à la porte d'entrée. Il l'arracha, méticuleusement, en prenant soin de ne pas en laisser la moindre parcelle accrochée aux briques de la façade ; il la déchira en petits lambeaux qu'il laissa tomber un à un sur le sol.

Ensuite seulement, il gravit les marches, fit jouer une nouvelle clé dans une nouvelle serrure et pénétra dans une atmosphère froide et humide. À droite, une porte ouvrait sur ce qui fut l'appartement du père Torn, et à gauche, un escalier aveugle menait à l'étage où avaient vécu ses grands-parents, depuis le lendemain de la guerre jusqu'à leur mort. Sans hésiter, il retrouva l'interrupteur et la lumière dissipa les ténèbres. Il s'engagea dans l'escalier d'un pas de propriétaire. Il comptait les marches et sourit, en arrivant à la dernière : dix-sept ! Il ne s'était pas trompé.

Une troisième clé, une troisième serrure... Ici, il se sentait, enfin, chez lui. Il actionna l'interrupteur.

Un regard circulaire lui apprit que ses instructions avaient été suivies à la lettre. Une partie des affaires de ses grands-parents avaient été descendues et entassées dans l'appartement du rez-de-chaussée. La nostalgie avait des limites. Et puis, Abbadôn avait besoin de s'entourer de quelques points de repère personnels.

Sur le mur, face à la porte, était accroché le néon d'un vieux cabaret de jazz de Beyrouth ou d'Abidjan – un saxophone ténor bleu au bec duquel était accroché un chapeau rouge renversé, dont dépassait deux verres de champagne d'où jaillissaient des bulles jaunes. À droite du néon, un juke-box Wurlitzer récupéré intact dans un bar après qu'ils eurent bombardé il ne savait plus trop quel patelin, et à sa gauche, un flipper qui, quand il était branché, faisait un boucan d'enfer avec des lumières qui clignotaient dans tous les sens et sur le panneau vertical des filles aux poitrines provocantes.

L'éclairage bleuté du néon conférait une atmosphère irréelle à la pièce. Presque cinématographique.

Sur le mur de gauche, à côté d'une fenêtre si étroite que la lumière du jour n'osait guère s'y engouffrer, même par temps ensoleillé, un lit haut et dodu s'alanguissait ; celui-là même sous lequel sa grand-mère se cachait les nuits d'orage. À côté de la porte d'entrée, il retrouva, amusé, la cheminée, qui ne brûlait jamais, mais sur le manteau de laquelle trônait en permanence une boîte de pastilles Valda vertes, dans laquelle il pouvait piocher à volonté quand il venait rendre visite à ses grands-parents.

Pour le reste, la pièce était vide. Il posa son sac ; il s'occuperait de ranger ses affaires plus tard. Il traversa la chambre et gagna la cuisine, qui ouvrait sur la droite. Il actionna l'interrupteur et le vieux lustre fatigué de son enfance dispensa une lumière crue. Ici, il avait conservé la table aux pieds en alu et au plateau en formica gris-bleu, que son grand-père avait construite à la demande expresse de sa femme, et les quatre chaises qui complétaient l'ensemble. Il avait fait remplacer le réfrigérateur par un authentique Philips de 1953. Il l'ouvrit, prit une bouteille de bière et but à même le goulot en s'asseyant sur l'une des deux chaises.

Comme autrefois, il observait avec fascination la porte close qui lui faisait face. Elle ouvrait sur un garde-manger particulièrement sombre et froid. Une sorte de boyau long et étroit, qui paraissait courir sur toute la façade arrière de la maison ; la particularité de cette pièce était d'être dépourvue de fenêtre. Jean se souvenait qu'elle était éclairée par une ampoule nue, qui n'en éclairait qu'une infime partie. Il avait bien insisté pour que nul ne franchisse cette porte.

Quand la bouteille de bière fut vide, il se leva, s'avança vers la porte du garde-manger, la poussa et alluma l'ampoule nue. Par bonheur, elle n'était pas grillée. La pièce était aussi mal éclairée que dans son souvenir, mais tout au fond du boyau, il y avait cette autre porte…

Cette porte me fascinait. J'avais l'impression qu'elle ne pouvait ouvrir que sur l'extérieur, or il n'y avait pas d'escalier descendant le long de la façade latérale de la maison. Je ne m'expliquais donc pas l'utilité de cette porte que personne ne franchissait jamais.

Un jour – je devais avoir six ou sept ans –, j'ai fait part de mes interrogations à mon grand-père et je lui ai demandé ce qu'il y avait derrière cette porte. Il a pris un air mystérieux et m'a répondu :

– *Je ne suis pas sûr que tu tiennes vraiment à le savoir.*
– *Mais si, voyons. Je ne comprends pas à quoi elle peut servir. Dis-moi ce que c'est.*

Il a pincé les lèvres et après avoir roulé une cigarette de Caporal gris, il a dit :
– *Puisque tu es si curieux, eh bien, sache que c'est la porte de l'enfer, gros malin !*

Mon grand-père était un sacré farceur, et il aimait bien me raconter des histoires qui font peur. Souvent, je me laissais avoir – je crois que j'aimais bien ça. Mais ce coup-là, je ne l'ai pas cru. Pourtant...

Son histoire m'a valu une série de cauchemars. Je le lui ai dit, et je lui ai demandé de m'avouer qu'il avait voulu me faire peur avec son histoire d'enfer. Il a toujours nié.

– *J'aime bien rire, mais pas si cela doit te donner des cauchemars ; si ce n'était pas vrai, tu penses bien que je te le dirais. Cette porte est la porte de l'enfer, je te le jure.*

Mon grand-père n'était pas un sadique. Or, les provisions ne risquaient pas de se sauver comme les lapins du père Torn si j'oubliais de refermer la porte du garde-manger. Alors, pourquoi inventer une histoire aussi terrible, s'il n'y avait pas là au moins un fond de vérité ? Je me suis toujours posé la question.

Jean Abbadôn avança en direction de la porte de l'enfer. Il posa la main sur la poignée, sourit, hésita et tourna les talons.
– Non, il n'est pas l'heure pour moi de rentrer à la maison. Et puis, bientôt, ils vont démolir cette maison. Ce jour-là, la porte de l'enfer volera en éclats. Alors...

VI

C'était une nuit de Noël. Elle n'avait rien de particulièrement belle. Pas comme dans la chanson de Tino Rossi. Elle était banale, comme toutes les nuits de Noël quand on n'est pas une famille unie, qu'on s'en fout de l'histoire de Marie et du petit Jésus et qu'on voudrait se trouver n'importe où sauf là où l'on doit être.

Moi, je le sentais très bien là où j'étais. Pour rien au monde je n'aurais voulu être ailleurs. Je savais que c'était sans doute le dernier Noël que j'allais célébrer avec ma mère et je voulais qu'elle en conserve un souvenir impérissable. La vie n'avait pas été plus vache avec elle qu'avec tant d'autres, mais ma mère avait sans doute une sensibilité plus exacerbée et elle en avait retiré un sentiment de gâchis. Même si je ne l'ai jamais entendue se plaindre de quoi que ce soit, cela se sentait.

Elle était belle, encore jeune, mais déjà flétrie à l'intérieur. N'empêche, qu'est-ce qu'elle donnait bien le change quand j'étais là. Pour rien au monde elle n'aurait voulu que je prenne conscience de sa détresse. C'est sans doute ce qui me la rendait encore plus perceptible et douloureuse.

Je savais qu'elle ne se réjouirait pas quand je lui annoncerais mon intention d'entrer dans les ordres. Elle ne comprendrait pas. À vrai dire, je ne comprenais pas moi-même, pourtant ma déci-

sion était irrévocable. Je désirais même m'engager dans un ordre monastique. Vivre au milieu du silence, en respectant des horaires précis, en n'ayant pas à me soucier de gagner de l'argent et de trouver les moyens d'assurer mes fins de mois, et puis, en ayant accès à une culture vaste sans avoir à penser, sinon à ce Dieu auquel je ne croyais pas...

J'espérais que ma mère se montrerait fidèle à sa ligne de conduite et qu'elle ne poserait pas de questions. Il fut un temps où je prenais sa réserve pour de l'indifférence, avant de comprendre que c'était une forme de respect. Aujourd'hui, quoi qu'elle soit, cette réserve m'arrangerait plutôt.

Pourquoi vouloir entrer dans les ordres ? Pourquoi pas ? Je ne voyais pas quelle pourrait être ma place dans ce monde qui ne m'intéressait pas. Les filles ne me mettaient pas particulièrement en émoi. À part celle du boucher, Marie-Odile. Mais elle était trop timide et ce n'est certes pas moi qui ferais le premier pas – j'étais encore plus timide qu'elle. Je disais « réservé », histoire de sauver la face. Pour le reste, je ne me voyais pas devenir pompier ou menuisier comme mon grand-père, seulement je ne me voyais pas non plus faisant autre chose. Rien ne m'intéressait.

En fait, une seule chose m'aurait vraiment motivé : retrouver l'homme qui avait engrossé ma mère pour, ensuite, la laisser se démerder seule avec ce moutard qui allait devenir moi. Oui, le retrouver et lui faire la peau. Seulement, ma mère avait toujours refusé de me révéler son nom. Je ne savais même pas d'où il était, ni ce qu'il faisait dans la vie. Un jour, ma grand-mère avait prétendu que c'était un jeune homme de passage, un de ceux qui faisaient leur service militaire et qui traînaient au mess sous-off de la rue Serpenoise. Puis, elle avait affirmé n'avoir jamais dit cela. Avec elle, de toute façon, on ne pouvait jamais savoir. Mensonge était son second prénom.

Personnellement, je n'avais rien à reprocher à ce jeune homme de passage ; il ne m'avait jamais manqué. Ma mère était une femme merveilleuse. Elle avait su me donner tout ce qu'un enfant peut désirer. Seulement, j'avais bien vu à quel point la solitude lui avait pesé. Et si ce dernier Noël avait été un tel fiasco, c'était bien à cause de l'absence de cet homme qu'elle n'avait jamais voulu remplacer – je n'ai jamais compris pourquoi, pourtant je ne me suis pas privé de lui poser la question.

– Je sais que cela peut paraître idiot, mon grand, mais c'est comme ça. Je n'y peux rien.

C'était la seule explication qu'elle m'avait jamais fournie. Elle disait cela en souriant gentiment, et je comprenais bien qu'il ne servait à rien d'insister. Alors, je n'insistais pas, mais je revenais à la charge, quelque temps plus tard.

Tiens, voilà ce que je lui répondrais si elle me demandait pourquoi je voulais entrer dans les ordres : « Je sais que cela peut paraître idiot, maman, mais c'est comme ça. Je n'y peux rien. »

Quand elle avait le cafard, ce qui lui arrivait de temps en temps, elle filait au Café du Sablon. Là, elle buvait avec les habitués, elle jouait au flipper, elle faisait flamber le Wurlitzer et elle dansait sur des vieux machins. À la fin de la soirée, il y avait toujours quelqu'un pour proposer de la raccompagner. « La raccompagner ! » Tu parles ! Pour rentrer chez elle, ma mère avait juste à tourner l'angle de la rue et à faire cinquante mètres. Allez, disons cent, je n'avais pas le sens des distances à l'époque.

Seulement, voilà, ils ne prenaient pas la direction de la rue Dom-Calmet. Ils se rendaient chez le monsieur, s'il vivait seul, à l'hôtel, s'il était marié. Tous les hommes du bistro connaissaient ces « crises » de « la triste Aline ». Tout le monde savait qu'en temps normal, il leur aurait suffi d'une remarque déplacée pour se faire remonter les bretelles de la manière la plus leste qui soit. Mais pendant ces « crises », tout devenait possible.

Il est même surprenant que ma mère n'ait pas eu de problèmes plus tôt. Il faut dire que c'était une maîtresse femme, sous ses apparences fragiles et menues.

Ce soir-là, quand je suis rentré de l'atelier où je faisais un apprentissage d'ébéniste, j'ai tout de suite vu qu'elle avait cette petite lueur dans le regard qui signifiait : « Pardonne-moi, mon grand, mais ce soir, j'ai le feu au cul. »

Merde alors ! J'avais préparé un sapin du tonnerre. J'avais investi une bonne partie de ma quinzaine pour acheter de la décoration pour l'arbre, la crèche et les cadeaux. Jamais, je ne lui avais adressé le moindre reproche, par le passé, quand elle m'annonçait son envie de sortir. Même pas quand, bambin, j'avais la trouille de me retrouver seul dans cet appartement trop grand, trop froid.

Je me souviens qu'un jour, mon grand-père avait accepté d'aider ma mère à retapisser sa chambre. Ils avaient commencé par arracher l'ancien papier peint. Sur le mur nu, j'avais découvert avec terreur l'empreinte d'une main. Elle était toute noire et deux fois plus grande que celles de mon grand-père, qui avait les mains les plus grandes que je connaissais.

– Qu'est-ce que c'est, Pépère ?

– Ça ? Oh, à mon avis, ça doit être la main du diable.

J'en étais sûr ! Je savais bien que le démon avait marqué de son empreinte cette maison où ma mère n'avait jamais réussi à être heureuse. Je n'ai rien dit, mais elle a bien vu que j'étais impressionné, elle l'a fait remarquer à grand-père. J'ai prétendu que c'était même pas vrai, que j'avais pas peur, mais il a entendu que je mentais.

– Allons, gros bêta, c'est rien que la main sale d'un ouvrier.

Je me suis écrié :

– Un ouvrier qui avait des paluches de cette taille ? Même les tiennes, elles sont pas si grandes que ça. Ne me prends pas pour un imbécile !

– Je ne te prends pas pour un imbécile, Henri. Ses mains non plus, elles n'étaient pas « si grandes que ça ». Peut-être même qu'elles étaient toutes petites. Seulement, elles devaient être très sales et il les a frottées sur le mur tout blanc. Ça a fait une traînée et c'est cette traînée qui donne l'impression d'une main énorme.

– C'est malin, toi, avec tes histoires, lui a dit maman, en me prenant dans ses bras.

Je devais avoir quatre ou cinq ans. Je n'ai pas cru à l'histoire de la traînée. Pour moi, il s'agissait bien de l'empreinte de la main du diable. Déjà que mes grands-parents vivaient à côté de la porte de l'enfer... Je ne savais pas pourquoi, mais notre famille m'apparaissait marquée du sceau du Malin ! Alors, quand *maman me laissait seul, la nuit, je ne fermais pas l'œil jusqu'à son retour.*

Elle n'oubliait jamais de venir m'embrasser avant de se coucher – vers trois ou quatre heures du matin, car elle ne découchait jamais tout à fait. Je faisais comme si elle m'avait réveillé et je prétendais que tout s'était bien passé. Qu'elle avait à peine refermé la porte d'entrée que je m'étais déjà endormi.

Elle n'était pas vraiment dupe, alors elle veillait à ne pas sortir trop souvent, mais quand ça la prenait...

Cette nuit de Noël, ça l'a prise. Et, pour une fois, j'ai explosé. Je lui ai tout déballé : mes terreurs d'enfant, ma rancœur, mon envie de tuer l'homme qui m'avait donné le jour et ma décision de partir pour ne plus revenir. Jamais !

Elle est devenue blême. Je ne lui ai pas parlé de mon désir d'entrer dans les ordres. Je voulais qu'elle se sente coupable. Qu'elle ait le sentiment que ma décision de partir était subite. Que son envie de sortir avait tout précipité – son envie de ce soir de Noël et toutes celles du passé. Je voulais lui gâcher sa fête comme elle me gâchait la mienne.

À la manière dont son visage se décomposait, j'ai vu qu'elle réalisait que ses petites virées nocturnes m'avaient fait beaucoup de mal, alors que nous avions tous deux essayé de la convaincre du contraire. Moi, par prévenance ; elle, par égoïsme, pour se donner bonne conscience. Je savais à quel point j'étais injuste envers ma mère. Mais plus je la sentais déstabilisée, plus j'en rajoutais.

Si je m'étais arrêté, elle serait sans doute restée la maison, ce soir. Seulement, j'ai continué. Je trouvais toujours une autre vacherie à lui balancer au visage. Une vacherie toujours plus blessante que la précédente.

Elle est sortie de manière précipitée. Je me suis retrouvé seul. C'est à ce moment précis que j'ai mesuré à quel point, en réalité, je n'avais pas aussi bien vécu les escapades de ma mère que j'avais essayé de m'en convaincre pendant toutes ces années. Je m'étais senti délaissé. Trahi. Comme si l'abandon de mon père n'avait pas été suffisant. Ce soir-là, j'ai eu, plus que jamais, envie de lui faire la peau à ce type qui avait interprété la devise des dictionnaires Larousse dans un sens un peu particulier. « Je sème [mes spermatozoïdes] à tout vent. »

Ma mère ne s'est pas rendue au Café du Sablon. Elle a marché. Elle titubait, comme si elle avait bu, alors qu'elle n'avait pas avalé une goutte d'alcool. En fait, elle était sortie pour que je ne la voie pas pleurer. Elle est remontée vers la place Saint-Livier, puis elle a tourné à droite dans la rue Grégoire-de-Tours qui, à cet endroit, sinuait entre des jardins potagers, et menait à la rue Paul-Diacre. Là, elle a tourné vers la gauche et elle a repris vers le pont Amos. Où allait-elle ? Je n'en sais rien. Il est probable qu'elle ne le savait pas elle-même.

Elle arrivait au pont quand une voiture s'est arrêtée. Au volant, un habitué du Café du Sablon. Elle l'a reconnu. Elle s'est efforcée de sourire. Elle a dû bafouiller : « Joyeux Noël ! » Il a proposé de l'emmener. Elle n'avait qu'une seule idée en tête : s'éloigner du Café du Sablon. Elle a dit oui. Elle est montée dans la voiture sans penser à mal. Sans se demander où il comptait l'emmener. Sur le siège arrière, il y avait des paquets entourés de cordelettes dorées. Ça lui a fait penser à ma décoration du sapin et aux cadeaux entourés de cordelettes dorées que j'avais déposés au pied de l'arbre en rentrant à la maison. Elle a subitement compris ce que j'avais pu ressentir en l'entendant annoncer qu'elle voulait s'offrir une de ses petites virées.

Tout désir physique s'est trouvé balayé par son désarroi. Seulement, l'autre avait dû croire qu'elle traversait une de ses crises ; le salaud avait flairé la belle aubaine. Elle ne l'a pas vu venir. Il a pris la direction de l'île du Saulcy. Elle a songé que c'était un endroit comme un autre pour se balader et que longer le bord du plan d'eau n'était pas vraiment déplaisant, même s'il devait y faire un brin frisquet.

Quand il a commencé à se montrer entreprenant, elle a essayé de lui expliquer qu'il y avait méprise. Peut-être même lui a-t-elle avoué qu'il s'en était fallu de peu pour qu'elle dise oui, mais là... L'autre lui a ordonné de la fermer. Il a dit qu'il n'aimait pas qu'on se paie sa tête et qu'il ne voyait pas pourquoi il n'aurait pas droit à son petit cadeau de Noël, alors que les autres y avaient droit même hors des périodes de fêtes.

Elle a subitement réalisé qu'il ne plaisantait pas. Il se trouve qu'elle non plus, elle ne plaisantait pas. Elle l'a menacé. S'il ne la ramenait pas immédiatement au Sablon, elle dirait tout à sa femme. Elle dirait tout à tout le monde. L'autre n'a pas aimé. Plus on est salaud moins on entend que ça se sache. En même temps, la perspective de sauter la belle Aline l'avait mis dans un tel état d'excitation qu'il ne pouvait envisager de rentrer sans s'être défoulé. Ils ont lutté dans la voiture. Ma mère a réussi à ouvrir la portière, elle est tombée sur l'herbe. Le temps qu'il s'extirpe de la voiture à son tour, elle avait quelques mètres d'avance sur lui.

Malheureusement, elle était trop bouleversée pour réfléchir à la direction dans laquelle elle s'élançait ; c'est ainsi qu'elle s'est retrouvée au bord de l'eau. Pour échapper à son poursuivant, il lui fallait faire demi-tour, mais il était sur ses talons. Il a saisi un pan de sa jupe. Ils sont tombés dans l'herbe. Elle a voulu hurler. Les cloches de la cathédrale Saint-Étienne ont sonné minuit...

Non, je ne suis pas responsable de ce qui s'est passé ce soir-là. Absolument pas !

C'est la porte de l'enfer qui s'est ouverte. Je n'y suis pour rien. Je n'avais aucun contrôle sur la libido de ma mère. Et puis, j'avais bien le droit de lui dire ce que je pensais. J'avais refoulé ma détresse pendant tant d'années. Ce n'est pas ma faute si elle a réagi de la sorte...

Je ne suis pas entré dans les ordres. Je me suis engagé dans l'armée. Je voulais faire la guerre. Pour tuer des fils de salauds comme celui qui m'a donné la vie, comme celui qui a pris celle de ma mère, comme tous ceux qui la sautaient régulièrement. Et il y en a déjà quelques-uns qui ont dégusté. Seulement, ici, personne n'en sait rien. Alors, il est temps de les faire bénéficier de l'expérience acquise « là-bas »...

VII

Jean fut réveillé par une sensation de froid. Il était affalé sur la table en formica de la cuisine. Il n'avait pas pris la peine de se coucher, la veille, comme il n'avait pas pris la peine d'allumer le chauffage, or, la maison avait toujours été glaciale. Il se leva et s'approcha de la fenêtre. Le jardin était paisible. De l'autre côté de la grille, où l'Épicerie Rémy faisait de la résistance, il devinait plus qu'il ne distinguait le chantier de la route. L'espace d'un instant, Jean se demanda ce qu'il faisait là. Somme toute, cette histoire n'était pas la sienne. Puis, il songea à « là-bas » et à son désir de l'amener ici. Cela lui parut brusquement vain. Qu'avait-il à voir avec le petit Henri Meynard ? Avec la belle Aline, assassinée une nuit de Noël, parce qu'elle avait eu le feu au cul une fois de trop ?

Il remarqua qu'il n'avait pas fermé la porte du garde-manger. Il la contempla un long moment et finit par la franchir. Il retourna vers la porte de l'enfer. Il ne chercha pas à l'ouvrir. Il s'assit à même le sol et s'y adossa. Elle lui parut chaude et il eut le sentiment qu'elle émettait comme une vibration, mais c'était sans doute un effet de son imagination.

Il s'efforça de faire le vide dans son esprit, mais c'était difficile. À vrai dire, il était fatigué. Pas à cause de la nuit passée sur la table de la cuisine, non, il s'agissait d'une fatigue plus ancienne, plus profonde. Une fatigue de l'âme – si tant est qu'il en ait une. Il aurait aimé ne plus penser, arrêter le flux des images qui lui rongeait l'être. Des images de guerres. De toutes les guerres depuis l'origine des temps, car il avait participé à toutes les guerres depuis l'aube de l'humanité et peut-être même avant. Il était le soldat universel.

– Moi, je suis le premier et le dernier, et le vivant, et je fus mort, et voici : je suis vivant pour les éternités des éternités, et je détiens les clés de la mort et de l'Hadès, murmura-t-il.

Il se leva, contempla la porte de l'enfer et conclut :

– Apocalypse, I, 18.

Il appuya la tête contre le panneau de bois, qui vibrait avec encore plus d'intensité.

Il devait chasser toutes ces images. Alors, il se remit dans la peau d'Henri Meynard. Il redevint le fils d'une jeune femme assassinée – un banal fait divers dont tout le monde s'était royalement foutu.

Pourquoi était-il parti ? Pourquoi s'était-il engagé dans l'armée ? L'idée était au moins aussi absurde que celle d'entrer dans les ordres. Pourquoi n'avait-il pas recherché l'assassin de sa mère ? Aujourd'hui, les pistes devaient être froides. À moins que l'assassin n'ait baissé la garde. Les années passant, il en était peut-être venu à se dire qu'il ne craignait plus rien. Il avait tué et il s'en était tiré sans le moindre bobo, cela l'avait peut-être rendu arrogant.

Peut-être…

De toute façon, quand il enfilait la peau d'Henri Meynard, fils d'Aline Meynard, il cessait d'être le soldat universel. Il cessait d'être Jean Abbadôn. C'était déjà ça.

Il referma la porte du garde-manger derrière lui. Il passa dans la chambre et ouvrit l'armoire dans laquelle il trouva ses vêtements soigneusement rangés. Il choisit un jean, un polo gris-bleu et un blouson aviateur. Il regagna la cuisine, posa les vêtements sur le dossier d'une chaise et, après s'être déshabillé, il pénétra sous la douche.

Il se souvenait d'un temps où il n'y avait pas même de cabinet de toilette dans la maison. On se lavait à l'évier de cuisine et, une fois par semaine, on remplissait une bassine en zinc dans laquelle on prenait un bain. Par bonheur, chez lui, rue Dom-Calmet, il y avait une salle de bains et il n'avait guère connu ces *réjouissances* d'un autre temps que lorsque sa mère devait s'absenter plusieurs jours d'affilée et qu'elle le mettait *en pension* chez ses grands-parents, qui, eux, s'étaient contentés de ce système antédiluvien jusqu'à la fin de leurs jours.

Jean songea qu'il aurait été plus judicieux de faire installer la douche dans le garde-manger, la pièce était assez grande et sa destination première rendue obsolète par l'apparition du réfrigérateur, mais il n'avait pas voulu modifier quoi que ce soit à ce lieu qu'un vulgaire panneau de bois séparait de l'enfer.

Il ne passa pas un long moment sous la douche, pour les mêmes raisons qu'il ne se prélassait jamais dans une baignoire. Ces moments de bien-être pour la plupart relevaient pour lui de la torture. Il savait que toute l'eau du monde ne réussirait jamais à le laver du sang et des déchets humains qui lui collaient à la peau. Même si personne ne les voyait, lui les sentait imprégnés dans chaque parcelle de son épiderme.

Par bonheur, ce matin-là, il avait enfilé la peau d'Henri avant de régler la température et la force du jet. Il avait donc pu caresser l'illusion de la propreté. Lady Macbeth n'avait pas songé à ce subterfuge-là pour laver le sang qui entachait ses mains : se glisser dans la peau d'un autre soi-même !

Tandis qu'il refermait la grille du jardin, il devina, posé sur lui, le regard du vieux Rémy. Il affecta un air enjoué et traversa la rue en direction de la dernière maison qui séparait la route de son refuge provisoire.

– Belle journée en perspective, père Rémy, lança-t-il.

Le vieil épicier ne se força pas à sourire. Il était soucieux et n'entendait pas jouer la comédie. Il n'avait pas résisté à l'avance des démolisseurs pour se mettre à composer avec des fantômes du passé.

– Belle journée, Henri. Pourvu que cela dure.

Abbadôn prit son sourire le plus enjôleur pour dire :

– Il n'y a aucune raison que cela ne dure pas, père Rémy.

– Je l'espère.

Abbadôn comprit les réserves du vieil épicier et laissa, à son tour, tomber le masque.

– Si vous vous inquiétez à cause de mon retour, père Rémy, rassurez-vous. Je suis revenu pour profiter une dernière fois des souvenirs de mon enfance. Il en subsiste déjà si peu. Ce qui est arrivé à ma mère appartient au passé, mais en aucun cas à cette partie de ma mémoire que je cherche à réveiller. J'en ai trop bavé là-bas. Aujourd'hui, j'aimerais retrouver les rires de mon enfance – les seuls vrais rires que j'ai connus. Écoutez, je n'ai rien fait pour chercher l'assassin de ma mère à l'époque, pourquoi voudrais-je le traquer après toutes ces années ?... Je vous en prie, père Rémy, ne faites pas courir le bruit que le petit Henri est de retour. Henri est mort, là-bas, sur un champ de bataille quelconque. Il repose sous une pile de décombres. Aujourd'hui, je me nomme Jean Abbadôn.

– Comme dans l'Apocalypse ? « Le messager de l'abîme qui en hébreu se nomme Abbadôn... »

Jean fit la grimace.

– Père Rémy, vous m'apparaissiez comme un personnage étonnant, quand j'étais gamin... Vous n'avez pas beaucoup changé. Cette remarque-là, personne ne me l'a jamais faite. (Il paraissait sincèrement impressionné.) Oui, vous avez raison, Abbadôn comme l'ange exterminateur de l'Apocalypse. (Il haussa les épaules.) Il fallait que je change de nom – je ne voulais pas souiller celui que m'avait donné ma mère et je ne connaissais pas celui de mon père. Abbadôn m'a paru convenir à merveille à l'homme que j'allais devenir. (Jean éclata d'un petit rire triste.) Vous connaissez la meilleure, père Rémy ? Le soir de Noël où ma mère a été assassinée, figurez-vous que je m'apprêtais à lui annoncer mon intention d'entrer dans les ordres.

L'épicier secoua la tête.

– Il y a eu des ordres guerriers. L'ordre du Temple, l'ordre de Malte... observa-t-il.

– Je n'ai mené aucune croisade. Je n'ai défendu aucun sanctuaire. J'ai donné libre cours à ma fureur meurtrière. J'en voulais à la terre entière de la mort de ma mère. Pour moi, à l'époque, il n'y avait pas un coupable, il n'y avait que des responsables. Tous étaient responsables. Tous ! Alors, j'ai tué... tué... tué...

Il aspira profondément avant de conclure :

– C'est pourquoi vous pouvez dormir en paix, père Rémy. L'assassin de ma mère est mort un nombre incalculable de fois. Il est mort en si grand nombre que le jour est arrivé où j'ai cessé de compter. Puis, j'en suis venu à ne même plus songer que c'était l'assassin de ma mère que je tuais. Quand j'ai réalisé que l'être que je venais de descendre était un homme et pas l'assassin de ma mère, j'ai compris qu'il fallait que je quitte l'armée. Je ne pouvais pas tuer des innocents. C'est pour ça que je suis ici. Pour me laver la tête de tout ce que j'ai vécu là-bas.

Le vieil épicier le dévisagea longuement. Jean fit une petite moue, mais ne détourna pas son regard.

– Je comprends, fit Rémy. Je comprends. Si vous avez besoin de quoi que ce soit, monsieur Abbadôn, n'hésitez pas à demander. Il doit encore me rester des chocos BN en chapelets, comme autrefois.

Abbadôn secoua la tête. Il tourna les talons, murmura un faible « merci », et reprit la rue de la Chapelle en direction de la rue Saint-Livier.

« Tu comprends, père Rémy ? siffla-t-il entre les dents, tout en s'éloignant. Tu comprends ? Je n'en suis pas si sûr. Si tu avais vraiment compris, tu n'aurais pas marché à mon baratin, car tu aurais su qu'il n'existe pas d'innocents. Pas plus ici que là-bas. Mais... l'essentiel est que tu te tiennes à carreau. Que tu ne viennes pas fourrer ton nez dans mes affaires. Henri Meynard t'aimait bien, papa Rémy. Je serais triste qu'il t'arrive quelque désagrément. »

VIII

Jean Abbadôn avait consacré la journée à retrouver ses anciens repères. Après ses retrouvailles avec la maison de ses grands-parents et l'épicerie du père Rémy, il avait prévu une confrontation majeure. Le moment crucial de sa journée ! Celui qui – peut-être – déciderait de tout. Mais auparavant, il devait réveiller en lui les images d'autrefois s'il voulait réintégrer complètement la peau d'Henri Meynard. Aussi avait-il remonté la rue de la Chapelle tout au bout de laquelle se dressait l'église Saint-Fiacre.

Il n'avait pas reconnu le site de son enfance. Peut-être était-ce normal. Peut-être l'adulte ne regardait-il pas le monde avec les mêmes yeux que l'adolescent, qui lui était encore trop influencé par l'esprit de découverte de l'enfant – surtout quand l'adulte en question avait consacré plusieurs années à détruire l'enfance de tant d'inconnus.

Peut-être était-ce simplement le quartier qui avait subi l'avancée inévitable de ce que les imbéciles appelaient le progrès.

Peu après avoir quitté le père Rémy, il avait traversé la rue Paul-Diacre et, en passant devant la boucherie, il avait observé les personnages qui s'activaient derrière le comptoir. Il s'était demandé si la jeune femme qui souriait à une vieille dame tout de noir vêtue était la Marie-Odile qui lui avait valu ses premiers émois amoureux. L'homme qui préparait un quartier de bœuf à côté d'elle était sans doute son mari. Jean avait attendu que la jeune femme l'aperçoive et que leurs regards se croisent pour reprendre son chemin.

Les sourcils de la jeune femme s'étaient alors froncés de manière imperceptible. Un signe de reconnaissance ? Pas nécessairement. Elle avait peut-être été dérangée par le regard insistant d'un homme qui, de toute évidence, ne s'intéressait pas à la marchandise exposée. Un inconnu qui la dévisageait et ne s'en cachait pas. Un inconnu qui recherchait en elle les traits d'une jeune fille autrefois timide et réservée.

Jean avait repris sa route. La boucherie avait suivi le sens du progrès. Modernisation du comptoir, de la caisse, de la décoration... Pour autant, la nouvelle génération n'avait pas poussé l'ancienne dehors. Jean avait reconnu le père de Marie-Odile, avec son sempiternel béret posé de guingois sur la tête, ses lunettes aux verres plus épais que jamais et son sourire qui n'était pas fait que de gentillesse ; la mère, elle, n'était pas dans la boutique. La nouvelle génération s'était contentée de prendre les commandes des opérations et d'imposer ses conceptions plus dans l'ère du temps.

Un peu plus loin, le revenant avait hésité devant la porte du Café du Sablon. Étrange sensation. L'endroit n'avait pas changé. Il paraissait comme figé hors du temps. La vitre tout en longueur, avec les lettres d'un jaune sombre bordé de rouge, dessinées sans le moindre souci d'originalité, n'avaient même pas eu droit à un petit coup de jeune. Les rideaux qui couraient tout le long de la vitre, à mi-hauteur, étaient fatigués et imbibés de nicotine. Peut-être étaient-ce les mêmes qu'autrefois.

Jean Abbadôn s'était gardé de regarder à l'intérieur du bistro. Il serait temps d'y revenir plus tard dans la journée. Pour l'heure, il devait s'imprégner de l'essence même d'Henri Meynard.

De l'autre côté de la rue, une boulangerie-pâtisserie, comme autrefois, mais qui ne ressemblait plus en rien à celle où le petit Henri venait acheter ses Carambar, ses Malabar et autres friandises, mais surtout ces croissants fourrés au chocolat et glacés au sucre ou encore – le dimanche seulement – ces paris-brest qui n'avaient pas leurs pareils.

Même si la maison n'avait pas changé de direction et respectait toujours les recettes du passé en réussissant, par le plus grand des miracles, à se procurer des ingrédients identiques, Jean savait qu'il ne retrouverait jamais sur ses papilles les goûts fabuleux qui avaient fait rêver le petit Henri.

Il ignora la pâtisserie et obliqua dans la rue Dom-Calmet. Sur la droite, il retrouva le grillage qui protégeait autrefois un jardin potager et une basse-cour en contrebas par rapport à la route. Ils étaient toujours bien là, mais laissés à l'abandon. En revanche, il vit, de suite, que l'espace en friche devant la maison de sa mère avait disparu. Il avait été comblé et rempli par une série de garages pour les voitures des habitants des immeubles voisins.

L'autre côté de la rue, en revanche, celui des numéros impairs, n'avait guère changé. Il y avait toujours, à l'angle, la librairie-papeterie où, adolescent, il venait régulièrement se procurer, avec son argent de poche, les romans de Paul Kenny – c'était peut-être à Francis Copland qu'il devait son désir de se battre pour son pays. Non, c'était idiot, il n'avait jamais eu envie de se battre pour son pays, ni pour qui que ce soit. Il avait simplement voulu en découdre avec ses fantômes.

Après la librairie, une grille peinte en vert protégeait une cour tout en longueur, ensuite, une autre entrée carrossable de garage. Celle-là, qui n'était pas fermée par une grille, se prolongeait sur l'arrière de l'immeuble et s'achevait par un mur en briques gris qui datait d'avant la guerre et séparait cette cour triste du jardin de son enfance. Jean Abbadôn se rapprochait d'Henri Meynard.

Il s'arrêta devant le numéro 7. Là, brusquement la tête se mit à lui tourner. Oh ! non, pas un de ses malaises ! Il n'en voulait pas. Ce n'était vraiment pas le moment. Il s'efforça de se concentrer sur la fenêtre du rez-de-chaussée, derrière laquelle se trouvait, autrefois, sa chambre d'enfant, puis sa chambre d'adolescent. Un étau enserrait son crâne avec de plus en plus de violence. Un jour, il devait avoir seize ans, il avait remplacé le lustre formé de cinq tulipes de verre dépoli par une boule en plastic rouge qui dispensait vers l'extérieur une lumière de bordel.

Le rouge qui lui embuait la vue, aujourd'hui, n'était pas celui de ce luminaire, qui avait irrité sa mère, même si elle s'était contentée de secouer la tête sans lui faire la moindre remarque – il en avait, d'autant plus, éprouvé un sentiment de culpabilité... Il... Non, il ne parvenait pas à concentrer son attention sur le passé. Il avait du sang devant les yeux. Jean Abbadôn ne voulait pas céder la place à Henri Meynard. Une rivière aux eaux gonflées de sang... Dans son lit, des corps avec des membres arrachés, des ventres éclatés, des visages écrasés... Et lui, couché au milieu de ces cadavres qui avaient été des compagnons de combat...

Il fit deux pas. Il s'arrêta devant les fenêtres du salon. C'était dans cette pièce qu'il dressait l'arbre de Noël, tous les ans avec sa mère. Quand il était plus petit, son grand-père fabriquait chaque année un décor de crèche différent, un décor de rêve, à la réalisation duquel il devait consacrer des heures et des heures ! C'était ici que Jean avait déposé ses cadeaux au pied du sapin, le soir où sa mère était sortie pour ne plus revenir.

Ne pas penser à Noël ! Ne pas penser à la mort de sa mère !

Maintenant, c'était lui qui allait mourir. Pas sa mère. Il le sentait bien. L'eau saturée du sang de ses compagnons lui pénétrait dans la bouche, dans le nez, dans les yeux... Il allait suffoquer. Blessé par une rafale de mitrailleuse, c'était le sang de ses frères d'armes qui allait l'achever... Connerie ! Non, « le Gosse » rampait vers lui ! Il lui faisait signe de ne pas s'en faire. Il allait le sortir de là. Jean savait que ça irritait « le Gosse » quand il l'appelait ainsi, mais il avait l'air tellement innocent...

– Vous allez bien ? Je peux vous aider ?

– Tout va bien se passer, le Gosse. T'en fais pas !

– Pardon ?

La voix était douce, légèrement chantante, avec cet accent imperceptiblement germanique des gens d'ici. Jean passa la main devant ses yeux. Ces satanées migraines ! Il se retrouva rue Dom-Calmet, Sablon, Metz, Lorraine... Une jeune fille le dévisageait avec une expression préoccupée. Inquiète ne serait pas le terme approprié. Non, elle était préoccupée, pas inquiète.

Il secoua la tête en s'efforçant de sourire.

– Tout va bien, merci.

Elle secoua aussi la tête. Ses cheveux sombres et bouclés dansaient légèrement autour de son visage à la peau claire. Elle avait les yeux en amande ; ils étaient couleur d'ambre, c'était joli. Son petit nez mutin laissait deviner un caractère coquin ou boudeur... Observation tout à fait idiote ! Comme si un nez renseignait sur le caractère d'un être...

Jean Abbadôn reprenait peu à peu contact avec la réalité. Il réintégrait la peau d'Henri Meynard.

– Un simple étourdissement, expliqua-t-il. Ça m'arrive de temps en temps.

– Le cœur ? demanda la jeune fille.

– Non. Un souvenir d'une autre vie, fit-il.

Elle ne l'interrogea pas plus avant. Elle devait sentir qu'il ne tenait pas à se confier. Cette discrétion la lui rendit sympathique.

– J'ai été dans l'armée et j'ai reçu une mauvaise blessure.

Elle plissa le front.

– Vous n'avez pas fait la guerre ? Vous êtes trop jeune, non... ? Il rit.

– Trop jeune pour celle de 40, sûrement, pour celle d'Algérie aussi, mais il y en a eu tellement d'autres depuis. Pour certaines, je n'étais pas trop jeune.

– Ah !

Elle ne lui demanda pas de quelles guerres il parlait, ni laquelle lui avait valu sa blessure.

– Vous êtes sûr que ça va aller ? demanda-t-elle, en revanche.

– Sûr, oui.

Et c'est vrai que les images se dissipaient et avec elles le malaise. Il y avait tellement de morts, de blessures, de tortures, de souffrances... dans sa mémoire ! La coupe était pleine et, de temps à autre, elle débordait. Il savait qu'un jour il lui faudrait repartir au front. N'était-il pas le soldat universel ? Celui qui avait fait toutes les guerres depuis la première, à l'aube de l'humanité ? Lui, Abbadôn !

Pourtant, il lui arrivait d'éprouver une profonde sensation de lassitude depuis quelque temps. La mort aurait été la bienvenue.

Pourquoi « le Gosse » ne l'avait-il pas laissé crever dans son trou d'eau et de sang ? Hélas, il connaissait la réponse à cette question. « En ces jours-là, les hommes chercheront la mort et ne la trouveront pas ; ils désireront mourir et la mort les fuira. » Apocalypse, IX, 6. Il n'était pas homme, lui l'ange exterminateur, mais son châtiment le contraignait à partager le sort de ces damnés.

La jeune fille le dévisageait la tête penchée de côté, le front légèrement plissé. Il la sentit sur le point de reprendre sa route et, sans savoir pourquoi, il eut envie de la retenir. Seulement, il ne savait comment s'y prendre. Il n'avait jamais su comment s'y prendre. Il n'avait pas l'habitude avec les femmes. Quand il avait quitté Metz, il était encore jeune et pas très déluré pour son âge. Depuis... il n'est pas nécessaire d'engager la conversation dans les bordels. Les filles aiment autant que ça se passe vite et sans trop de paroles.

Le temps qu'il trouve quelque chose à dire, elle l'avait salué. Il se risqua à demander :

– Vous habitez dans le coin ?

Elle rejeta ses cheveux en arrière et plissa à nouveau le front. Cela semblait être un tic chez elle.

– Un peu plus haut, fit-elle en accompagnant sa réponse d'une mouvement de tête en direction de la place Saint-Livier.

– Ah !... Ben, moi, un peu plus bas, fit-il avec un geste vague, qui ne pointait dans aucune direction précise.

– Alors, on se recroisera peut-être.

– Peut-être, fit-il.

Il se sentait complètement stupide. Comment fait-on pour donner à une jeune fille l'envie de prolonger un instant ?

– J'espère que la prochaine fois, vous n'aurez pas un autre de vos malaises. Ça vous arrive souvent ?

C'était elle qui prolongeait l'instant. Il fit la grimace.

– Ça dépend des périodes. C'est un peu comme la malaria... Enfin, ça n'a aucun rapport, mais...

Il ne savait pas comment achever sa phrase.

– Je comprends, dit-elle.

Décidément, tout le monde le comprenait à demi-mot, ce matin. Tout à l'heure, le père Rémy, maintenant elle.

– Comment vous appelez-vous ? demanda-t-il.

Elle le regarda un long moment sans répondre, comme si elle se demandait où il voulait en venir. Si son malaise n'avait pas été un stratagème pour la draguer. De toute évidence, elle conclut qu'il avait l'air plutôt inoffensif. Ça le fit sourire

– Je m'appelle Alicia, et vous ?

– Jean. Euh… merci Alicia.

Elle sourit aussi, pour la première fois, et c'était joli.

– Eh bien, à la prochaine, Jean.

Et sans lui laisser le temps d'ajouter un mot, elle reprit son chemin d'un pas sautillant. Il la regarda traverser la chaussée. Jean n'avait pas remarqué que le soleil était sorti des nuages et que l'autre côté de la rue était baigné de clarté. Alicia paraissait marcher dans la lumière.

Il retint son souffle et murmura :

– « Il parut un grand signe dans le ciel : une femme enveloppée de soleil… et le dragon et ses messagers firent la guerre, mais il ne fut pas de force… » Apocalypse, XII, 1.

Elle tourna dans la rue de la Chapelle et disparut sans s'être retournée. Jean resta un moment à contempler le vide qu'elle avait laissé derrière elle, sans très bien savoir ce qu'il attendait.

« Est-ce vraiment un signe ? Est-elle l'Ennemi ? La femme que je n'aurai pas la force de vaincre ? Par tous les vents de l'enfer ! »

En tout cas, une chose était sûre, elle avait réussi à l'arracher à sa torture présente.

Il reprit sa route vers la place Saint-Livier, tourna dans la rue Grégoire-de-Tours, qui ne tardait pas à devenir la rue Saint-Bernard et il continua à marcher sans plus penser jusqu'à l'église Saint-Fiacre, où avait eu lieu la cérémonie funèbre pour son grand-père, et sans doute celle pour sa mère, seulement à celle-là, il n'avait pas assisté. Après s'être recueilli sur les marches de l'imposant édifice, sans y avoir pénétré, il reprit la rue Saint-Bernard, jusqu'à celle de Castelnau ; là, il longea la voie du chemin de fer, qu'il traversa au pont de la Horgne.

Il se retrouva bientôt au cimetière du Sablon. Un gardien lui indiqua les sépultures contiguës de sa mère et de ses grands-parents. L'instant crucial était proche. Celui de la confrontation !

Il se recueillit sur la tombe de son grand-père, dont le visage l'observait avec bienveillance dans son cadre en plexiglas serti dans la stèle. Il y avait tant de douceur dans ces yeux si bleus et si francs, que pour la première fois de sa vie, il en éprouva presque un malaise. Il ne s'attarda pas auprès de sa grand-mère – il lui en voulait encore. Il alla s'asseoir sur la pierre tombale de sa mère. Il resta un long moment sans oser lever les yeux vers le portrait de la jeune femme qui posait sur lui un regard interrogateur.

Jean se souvenait très clairement de ce cliché. Il ignorait qui l'avait choisi pour orner la stèle. Lui ne s'était occupé de rien. Il était parti du jour au lendemain. Il en voulait tellement à sa mère, en ce temps-là. Aujourd'hui, il était simplement intrigué par ce regard qui paraissait lui demander : « Pourquoi ? » Il ne trouvait rien à répondre. Il lui en avait voulu, c'était tout. Comme il en avait voulu à la terre entière. Mais désormais, c'était de l'histoire ancienne.

Bien sûr, il aurait pu épiloguer. Dresser une liste de ses raisons : il lui en avait voulu de n'avoir pas su retenir son père, de n'avoir pas mieux conduit sa barque, de s'être complu dans le tourbillon de l'échec, de n'avoir rien fait de sa vie, d'avoir entraîné le petit Henri avec elle dans cette espèce de dérive qui s'était achevée, pour elle, sur les bords de la Moselle et pour lui… « là-bas » ! Ils avaient tous deux perdu leur âme dans des eaux troubles. Il aurait pu lui expliquer tout cela et tant d'autres choses encore, mais cela n'aurait plus eu aucun sens.

Dans son cadre en plexiglas, Aline était jolie, comme dans son souvenir, avec des lèvres sensuelles et des joues pleines. Des yeux un peu trop clairs et trop lourds d'une tristesse, qu'elle n'avait jamais appris à dépasser. Il avait l'impression de se trouver devant l'image d'une sainte martyre. Sans doute lui aurait-elle expliqué qu'elle avait fait « tout ça » pour lui… Il aurait mieux valu qu'elle songe un peu plus à elle ; il n'aurait pas gâché son existence à répéter les mêmes erreurs.

Il avait redouté cette confrontation. En définitive, elle se déroulait mieux que prévu. Le jour où il avait réalisé que l'homme qu'il mettait en joue n'était plus l'assassin de sa mère mais un innocent, il s'était senti délivré du poids de son passé. Il s'était, enfin, détaché de sa mère. Il avait coupé le cordon ombilical. C'est pourquoi, aujourd'hui, elle pouvait devenir un simple pion sur son échiquier, au même titre que tous les autres personnages. Il ne reprochait plus à Aline sa petite vie minable ; il ne la tenait plus pour responsable de la sienne. Il était délivré de sa rancœur, qui longtemps avait eu le goût amer de la haine. À vrai dire, chaque fois qu'il tuait un homme, ce n'était pas tant l'assassin de sa mère qu'il exécutait que la brave Aline Meynard, que le petit Henri avait trop longtemps adulée.

Oui, il lui avait fallu toutes ces années, toutes ces morts, toutes ces horreurs pour comprendre que c'était elle qu'il passait son temps à détruire. Désormais, il était libre de déposer son fardeau. Et, libéré du poids de la haine qui n'était sans doute qu'un simulacre de la culpabilité, il pouvait, en réintégrant la peau d'Henri Meynard vivre pleinement le destin de Jean Abbadôn.

Le petit Henri n'aurait pas compris pourquoi Jean tenait à ramener « ici » ses « là-bas ». Le petit Henri aurait voulu identifier l'assassin de sa mère, l'exécuter et, ayant effacé l'ardoise, reprendre une existence paisible, loin des champs de bataille. Oui, mais le petit Henri ne savait pas que l'existence n'est jamais paisible, que les champs de bataille sont partout et que l'odeur de la mort n'est jamais aussi forte que dans les endroits qui évoquent la naissance.

C'est pour ça que Jean aimait tant respirer l'intimité des femmes.

IX

Le gardien du cimetière, Raymond Lafosse – un nom prédestiné –, était passé à plusieurs reprises devant les sépultures de la famille Meynard. Cet individu au visage blême et aux yeux gris acier assis sur la tombe d'Aline l'intriguait. Il connaissait l'histoire de la jeune femme. Qui ne la connaissait pas ici ? Les conditions de sa mort avaient été suffisamment horribles pour que la presse en ait fait ses choux gras. *Le Républicain lorrain* avait dépêché sur l'affaire un jeune journaliste dynamique, sorte de Rouletabille moderne. Olivier Quelbran avait fouiné dans le secteur, interrogeant tout le monde, au point d'agacer les policiers chargés de l'enquête. En définitive, il avait dû s'avouer vaincu au même titre que les forces de l'ordre. L'assassin avait glissé entre les mailles du filet.

À l'époque, les soupçons s'étaient portés successivement sur tous les habitués du Café du Sablon. Quelbran n'avait pas tardé à découvrir que la belle Aline s'envoyait parfois en l'air avec l'un ou l'autre client. Putain ! le scandale ! Il était pas prêt d'oublier ça, le Raymond ! Chacun chantait le même refrain : « Pas moi ! » Aucun de ces honnêtes hommes n'avait jamais couché avec la femme assassinée, mais chacun avait entendu dire qu'elle couchait parfois avec l'un ou l'autre… Seulement, avec qui ? ça, c'était une autre affaire… Personne ne le savait. Mais tous s'accordaient sur un point : « En tout cas, moi, j'ai jamais trompé ma femme. » Tu parles !

Raymond Lafosse se souvenait encore de la remarque de la sienne de femme : « Ben, t'as de la chance que c'est pas ta chapelle, le Café du Sablon, parce que tu pourrais toujours me bâiller que tu lui es pas passé dessus à l'Aline, ça serait quand même ta fête ! »

Il y en avait combien des habitués du Café du Sablon pour qui ça avait été la fête, à la maison ? Puis, un jour, on n'avait plus parlé de rien. Le petit Quelbran avait bien continué à traîner ses guêtres au Sablon pendant presque toute l'année qui avait suivi le meurtre, mais il avait dû renoncer, lui aussi. Il aurait bien aimé résoudre le mystère, ça aurait été un bon moyen pour lancer sa carrière et peut-être pour s'ouvrir les portes d'un grand quotidien parisien. Seulement, il était rentré bredouille au *Républicain lorrain*, où il avait continué à couvrir les faits divers locaux.

En regardant le type installé sur la tombe d'Aline Meynard, Raymond songeait que dans les films policiers qui passent à la télé, on prétendait que l'assassin revient toujours sur les lieux de son crime. Il avait sûrement conservé le numéro de téléphone du petit Quelbran dans un tiroir de son bureau. Il devrait peut-être l'appeler. Qui sait ? Il y avait sûrement une prime pour celui qui permettrait d'arrêter l'assassin…

Seulement, il n'en fit rien, Raymond Lafosse. Il savait qu'à son retour à la maison, la mère Lafosse lui savonnerait les oreilles en lui bassinant qu'il aurait mieux fait de se mêler de ses affaires. Que quand on mettait son nez dans celles des autres, on s'attirait rien que des ennuis. Or elle avait toujours raison, la mère Lafosse. Ne serait-ce que parce qu'elle gueulait tellement plus fort que lui.

Quand l'heure fut venue de fermer les grilles, Raymond Lafosse ne put faire autrement que d'aller trouver le bonhomme qui n'avait pas bougé un cheveu depuis qu'il s'était installé sur la pierre tombale d'Aline Meynard. Seulement voilà, il ne savait pas comment l'aborder. D'habitude, il n'avait pas de mal à dire aux gens qu'il fallait sortir parce que c'était l'heure. Même que ça lui était plutôt facile, parce que ça voulait dire que la journée était presque finie pour lui. Mais là…

– Excusez-moi, m'sieur, mais…

Il s'interrompit. L'autre avait levé les yeux sur lui et Raymond avait aussitôt senti des frissons lui parcourir l'échine. Il n'avait jamais vu un tel regard, sauf peut-être… Enfin, il y avait si long-temps… C'était presque un regard de mort. Et il s'y connaissait en morts, Raymond Lafosse, vu qu'avant d'être fossoyeur, il avait fait la guerre d'Algérie.

Jean découvrit le visage inquiet de l'homme debout, la casquette à la main, à trois mètres de lui. Émergeant d'une sorte de rêve sans rêve, Jean laissa courir son regard sur les sépultures environnantes. À en juger par l'ombre des troènes, il avait perdu la notion du temps.

– Il est l'heure de fermer, c'est ça ? demanda-t-il.

– Ben, je suis désolé, fit l'autre.

Jean se leva et sourit.

– Vous en faites pas. Je n'ai pas vu le temps passer. Il y a telle-ment longtemps que j'aurais dû venir lui faire mes adieux.

– Vous la connaissiez ? demanda Raymond Lafosse, qui s'enhardissait, en voyant l'autre d'humeur à s'épancher.

Jean regarda la stèle et s'attarda sur le regard interrogateur de la jeune femme dans son cadre en plexiglas.

– C'était ma mère.

– Merde, alors ! fit le gardien. Mais, où c'est que vous aviez disparu tout ce temps-là ? Vous étiez pas là le jour de l'enterre-ment… C'est moi qui l'ai mise en terre, votre mère, alors vous pensez que je m'en souviens ! Tout le monde l'a remarqué d'ailleurs que vous étiez pas là. Ils parlaient que de ça… et de l'assassin qui échappait aux flics.

Jean se détourna du regard de la morte et, revenant vers le gardien, il répéta, avec une note interrogative dans la voix :

– Tout le monde l'a remarqué… ?

Jean n'avait jamais songé que son absence aux obsèques de sa mère aurait retenu l'attention de qui que ce soit. Ça paraissait pourtant normal. L'autre se méprit pourtant sur le sens de son intervention.

– Oh, allez pas croire que des mauvaises langues auraient prétendu que c'était vous qui aviez fait le coup ! Ça, pour sûr que non. Tout le monde savait combien vous étiez attaché à votre mère. Non, seulement, certains se sont demandé si vous vous étiez pas...

Il ne termina pas sa phrase, mais Jean n'eut aucune peine à la compléter. Il éclata de rire.

– Ah, bon Dieu, non ! Je ne me serais jamais suicidé. De toute façon, je ne peux pas mourir.

Raymond Lafosse écarquilla les yeux. Il avait bien remarqué que ce client était bizarre, mais là... Jean agita la main, comme s'il voulait se reprendre. Il hésita sur la manière de corriger sa dernière remarque et finit par dire :

– Je me suis engagé dans l'armée. J'ai été sur tous les fronts, même ceux dont on ne parle pas dans les journaux – je veux dire ceux où personne ne dit que la France est engagée. J'ai frôlé la mort...

Il agita à nouveau la main en levant les yeux au ciel. Pour Raymond, c'était plus précis que s'il avait annoncé un chiffre.

– Je comprends, fit-il, en se redressant. J'ai fait l'Algérie.

Jean hocha la tête, comme s'il ne fallait pas qu'ils en disent plus l'un et l'autre pour se comprendre. Il nota que c'était la troisième personne depuis ce matin qui le comprenait à demi-mot.

– J'ai une petite mirabelle de derrière les fagots, dans un tiroir du bureau. Ça vous dirait d'en écluser un godet avec moi ? Entre anciens... proposa le gardien, en retrouvant un peu de son entrain à l'évocation de leurs guerres respectives.

– C'est pas de refus, fit Jean, qui ressentait le besoin de se réchauffer un peu.

La journée avait été relativement ensoleillée, mais la station assise sur le marbre de la pierre tombale l'avait complètement réfrigéré. Il suivit le gardien dans sa guérite. En sortant du cimetière, Raymond s'empressa de refermer la lourde grille derrière lui. Jean ne se retourna pas. Aline pouvait reposer en paix, ce n'était plus son affaire.

La pièce dans laquelle l'introduisit le gardien sentait le tabac froid. Raymond sortit une blague à tabac et la lui tendit avec un paquet de papier Rizla.

– Ça vous dit ?

– Merci, fit Jean, en prenant le tout.

Il se roula une cigarette d'une main experte. L'autre ne le quittait pas des yeux. Il admirait la dextérité.

– Y a pas à dire, on reconnaît les anciens, pas vrais ?

Jean fit « oui » de la tête, en se demandant « les anciens de quoi » ? Raymond devait bien voir qu'il paraissait trop jeune pour avoir fait l'Algérie. Il devait parler de la guerre en général. Jean se demanda si Raymond était aussi un soldat universel. Mais, il chassa vite cette idée. Un soldat universel ne se contenterait jamais d'un poste de fossoyeur.

– Goûtez-moi ça... lieutenant ? risqua l'autre en lui tendant un petit verre de mirabelle.

– Capitaine, corrigea Jean.

– Je me disais bien que vous deviez être officier. Vous avez la classe. Moi, j'ai jamais été plus haut que caporal. J'en avais pas assez dans la caboche, et puis trop grande gueule, voyez ce que je veux dire... ?

Jean fit signe qu'il voyait tout en songeant que le brave fossoyeur n'avait pas vraiment l'air d'une grande gueule. Au contraire, il devait être du genre à obéir aux ordres, le doigt sur la couture du pantalon et sans réfléchir. L'autre claqua les talons et faisant un salut militaire, dit :

– Caporal Raymond Lafosse, mon capitaine... Euh... ? Ah ! bordel, je me souviens plus.

– Henri...

– C'est ça, Henri ! Le capitaine Henri Meynard, le coupa le caporal Lafosse, comme s'il avait toujours connu son visiteur sous ce titre-là.

– Fameux ! fit Jean en reposant le verre vide sur le bureau.

Raymond s'empressa de le remplir à nouveau.

– Alors, vous êtes rentré au pays ? fit le caporal, qui n'avait pas encore touché à son verre.

Le pauvre vieux hésitait. Il avait beau retrouver l'odeur du soufre dans cette rencontre avec un « ancien », il songeait que s'il buvait une mirabelle à cette heure-ci, la Grosse le sentirait à son haleine et qu'elle ne manquerait pas de lui asticoter les oreilles toute la soirée. Il n'avait pas pu résister à l'impulsion d'offrir un verre à un frère d'armes, mais il n'était pas prêt à faire de son deux pièces cuisine un nouveau camp retranché.

Perdu dans ses pensées, il ne remarqua pas que le capitaine Meynard ne lui avait pas répondu. Il enchaîna, sans transition :

– On n'a jamais retrouvé le fils de pute qui a fait ça à votre mère, capitaine.

– Il ne faut pas dire du mal des prostituées, caporal. Ce sont les femmes les plus honnêtes qu'il m'ait été donné de connaître. Les seules qui soient capables de donner de l'amour sans rien demander en échange. Enfin, rien de plus que ce qui avait été convenu d'emblée.

– Sauf vot' respect, capitaine, c'était qu'une façon de dire.

Là, le pauvre caporal Lafosse ne put résister plus longtemps à l'odeur de la mirabelle. Il vida son verre d'un trait et s'en remplit un autre. Le verre du capitaine était encore à moitié plein, mais il lui en rajouta une rasade au point de le faire déborder.

– Le… salaud qu'a descendu votre mère, il va pas tarder à dérouiller, pas vrai, capitaine ?

– Pourquoi ? On l'a identifié ? demanda Jean, surpris.

– Ben, je suppose que si vous êtes de retour… Je veux dire un type comme vous, capitaine… Vous avez dû mener votre petite enquête à distance, non ?

Jean sirota lentement son verre. Le verre était tellement plein, qu'un peu de mirabelle lui coula le long du menton. Il l'essuya délicatement d'un revers de l'index.

– Vous savez, caporal, si en étant sur le terrain les flics n'ont pas trouvé le salaud qui a fait ça, ce n'est certainement pas moi, à l'autre bout du monde, qui aurait pu faire le boulot.

L'autre secoua la tête d'un air entendu.

– C'est vrai. Vous aviez autre chose en tête, pas vrai ? Mais alors ? Qu'est-ce qui vous amène ici, capitaine ?

Les yeux du capitaine Meynard se brouillèrent et Raymond Lafosse sentit un nouveau frisson lui parcourir l'échine. Le revenant avait retrouvé son regard de mort.

– Il est un moment où on a envie de renouer un peu avec son enfance, pas vrai, caporal ?

Raymond secoua la tête en signe d'assentiment, mais il n'avait plus qu'une envie : voir ce curieux quidam, qui paraissait tout droit sorti de l'enfer, quitter son bureau le plus tôt possible. Il n'avait pas connu « le petit Henri », comme les gens l'appelaient alors, avant la mort de sa mère. Il savait ce qu'on racontait sur lui. Que c'était un bon fils, travailleur et généreux. Mais il savait aussi ce qu'il avait devant lui. Une sorte de Grand Macabre !

– On est en train de construire une route, au Sablon, reprit Jean. Pour lui faire de la place, on va abattre la maison de mes grands-parents. Et après ? Qu'est-ce qu'il restera de mes premières années ? De la période heureuse de mon existence ?

Il s'interrompit et Raymond eut le sentiment que c'était une vraie question. Que le capitaine attendait une réponse, alors il s'exécuta et répondit, avec déférence :

– Ben, plus grand-chose, je suppose, capitaine.

– Plus grand-chose, caporal. Vous avez raison. Or, qu'est-ce qu'un homme qui a perdu les traces de son enfance, caporal ?

Là encore, le caporal Raymond Lafosse comprit qu'il lui fallait répondre. Seulement, la question était plus délicate et il n'avait pas de réponse toute faite.

– Ben… bafouilla-t-il, un homme qui a perdu les traces de son enfance, capitaine, c'est… c'est…

L'autre le regardait de ses yeux de mort et Raymond Lafosse regrettait de lui avoir proposé de partager un verre de mirabelle ; d'autant que quand il rentrerait à la maison, la Grosse…

Le capitaine Henri Meynard secoua la tête et se leva.

– Un homme qui a perdu les traces de son enfance, caporal, c'est un homme qui n'a plus de passé. Or, un homme qui n'a plus de passé n'a pas d'avenir. Il est suspendu hors du temps.

– Ah ! ouais. Bien sûr… fit le fossoyeur.

Le regard de Jean Abbadôn s'anima subitement. Il perdit sa fixité de mort. Le voyant debout, le caporal Lafosse songea qu'il était, sans doute, sur le point de repartir, comme il était venu. Il s'en réjouissait déjà. Lui, il s'empresserait d'oublier qu'il avait jamais rencontré ce mort vivant. Il prierait pour que le capitaine n'ait pas l'idée de revenir se recueillir sur la tombe de sa mère.

Jean posa la main sur l'épaule du fossoyeur, qu'il sentit frissonner à ce contact.

– Caporal Lafosse, vous avez sans doute fait l'Algérie, je veux bien vous croire. Mais l'Algérie ne vous a pas fait.

Décontenancé, l'autre ne put s'empêcher de demander :

– Qu'est-ce que vous voulez dire ?

– Vous êtes resté le petit môme craintif, qui tremble pour un oui ou pour un non.

– J'ai pas demandé à aller là-bas, moi, fit le caporal, qui n'avait jamais avoué cela à personne. On m'a pas laissé le choix.

– Vous ne vous êtes pas engagé dans l'armée, n'est-ce pas ?

– Ben, non, je faisais mon service et...

Jean Abbadôn secoua à nouveau la tête. Il prit le menton du fossoyeur entre ses doigts de fer et l'autre sentit sa mâchoire se bloquer sous la pression ; il aurait été incapable de prononcer le moindre mot.

– Oubliez que vous avez jamais fait la guerre, caporal. Cessez d'en parler comme d'un moment béni de votre existence.

Raymond aurait voulu que le capitaine relâche sa prise, mais il n'aurait pas osé levé la main sur cet homme, qui tenait du démon.

– Vous êtes un bavard, comme tous les lâches, caporal. Et surtout, vous êtes un imbécile. Il n'y a rien de glorieux à faire la guerre ! La guerre est une affaire de crétins !

Jean libéra la mâchoire de l'autre, qui s'empressa de la masser. Quand il eut retrouvé l'usage de sa bouche, il ne put se retenir d'observer :

– Mais, vous êtes un homme de guerre vous ? Pas vrai ? Alors...

Il s'interrompit et Jean éclata de rire.

– Pourquoi ne pas achever votre phrase, caporal ? « Alors, vous aussi, vous êtes un crétin ! » C'est bien cela que vous vouliez dire, n'est-ce pas ?

L'autre ne savait plus où se terrer. Il avait mis le bureau entre le capitaine et lui, mais il savait que ce meuble étroit ne lui serait d'aucune protection si l'autre décidait de lui faire son affaire.

– Mon cas est autre, caporal, car, moi, je suis le soldat universel !

L'œil du capitaine brillait maintenant d'un éclat qui amena le malheureux Raymond à songer qu'il était fou.

« La guerre a dû lui chambouler le ciboulot. »

Jean sourit.

– Je sais que vous me prenez pour un fou, caporal, seulement vous vous trompez. Je ne suis pas un soldat comme vous. Je n'ai pas fait une petite guerre minable comme vous. Je les ai toutes faites, moi. Depuis la première.

« Ben, merde, songea Raymond, si je me trompe en le prenant pour un fou, alors je me demande bien qui est cinglé ? »

Ce n'est pas ce qu'il dit. Il se contenta de demander :

– On vous reverra bientôt, capitaine ?

– Pourquoi, caporal ? Je vous manque déjà ? Que viendrais-je refaire ici ? Vous écouter raconter les souvenirs de guerre des autres ? Comme tous les idiots que vous abrutissez au bistro, tous les soirs ?

Raymond Lafosse avala sa salive. Il sentait sa gorge se nouer. Une sorte de vertige se saisissait de lui. Il expliqua :

– Je pensais que vous reviendriez vous recueillir sur la tombe de votre mère.

Jean ouvrit la porte de la guérite du fossoyeur. Avant de sortir, il regarda une dernière fois le caporal Raymond Lafosse.

– Je n'ai aucune raison de revenir. Ma mère est morte. J'ai trouvé, ce matin, ce que j'étais venu chercher. Quant à vous, caporal, vous devriez vous méfier de votre nature émotive. J'ai peur pour votre cœur...

Et Jean Abbadôn s'éloigna sans refermer la porte derrière lui. Dans la petite guérite de Raymond Lafosse, gardien du cimetière du Sablon, et fossoyeur, une odeur de mirabelle flottait dans l'air. Devant les yeux de l'ancien caporal, de petites abeilles noires voletaient, troublant son champ visuel.

Non, ce n'était pas des abeilles... C'était des sauterelles !

« Seigneur, cet homme est le démon ! Pourquoi a-t-il parlé de mon cœur ? Je le sens qui bat la chamade dans ma poitrine. C'est comme s'il avait subitement gonflé et qu'il était sur le point d'éclater. J'ai pourtant bu que deux petits verres... C'est pas possible que ce soit l'alcool. »

Raymond Lafosse tituba. Il s'appuya au dossier de sa chaise. Il essaya de la faire tourner pour pouvoir s'asseoir et attendre que le malaise se dissipe, mais elle lui échappa des mains et il glissa sur le sol, la bouche ouverte, les yeux exorbités.

« Cet homme est le démon ! Il m'a jeté un sort... »

Le gardien du cimetière du Sablon entendit subitement d'étranges sifflements. Des sifflements si violents qu'il aurait voulu se boucher les oreilles, seulement voilà : ses mains ne répondaient plus à sa volonté. Le bourdonnement ne cessait de croître : comme un vol de sauterelles ! Curieuse image ! Pourquoi des sauterelles partout ?

C'était peut-être étrange, pourtant c'était bien de cela qu'il s'agissait : des sauterelles qui se répandaient dans les champs de son cerveau, qui lui grignotaient la conscience, qui envahissaient maintenant tout son corps avec une vélocité infernale et qui lui enserraient le cœur ! Il se sentait suffoquer.

Il avait peur le vieux caporal de la guerre d'Algérie !

Les sifflements se mettaient à ressembler à ceux de bombes que les sauterelles dirigeaient vers leur cible. Et il avait bien compris que leur cible, c'était lui. Pourtant, il n'entendit pas exploser les bombes ; son esprit se fermait au monde extérieur. Paralysé sur le sol, insensible à tout, Raymond Lafosse avait l'impression de tomber dans un puits sans fond envahi de sauterelles féroces. Si une pensée avait encore pu se former dans son esprit, si des mots avaient encore pu franchir ses lèvres, il aurait sans doute dit :

« Ben, merde, alors, je suis mort ! »

Et effectivement, Raymond Lafosse venait d'expirer.

Jean Abbadôn retraversait le pont de la Horgne en chantonnant le *Dies Irae*, du *Requiem* de Mozart.

X

Dies irae, dies illa
solvet saeclum in favilla :
teste David cum Sibylla
Quantus Tremor est futurus
quando judex est venturus !... [1]

Jean avait déjà oublié le caporal Raymond Lafosse. Il avait même oublié le regard interrogateur de la jeune femme dans son cadre en plexiglas. Il entonnait à tue-tête du Mozart en longeant la voie de chemin de fer, par la rue de Castelnau. Les rares passants se retournaient sur son passage, mais il ne s'en souciait pas le moins du monde. Il se remémorait des pages d'œuvres diverses qui s'étaient imprimées en lui au fil des âges : l'Apocalypse, le *Requiem* ou encore cette traduction paraphrasée du *Dies Irae* qu'avait réalisée Jean de la Fontaine et qu'il avait lue à l'occasion de la réception de La Bruyère à l'Académie française, en 1693... Tout se mêlait gaiement et lui procurait une sensation de bien-être et de légèreté.

---

1. « Jour de colère que ce jour-là, où le monde sera réduit en cendres, selon les oracles de David et de la Sibylle. Quelle terreur nous saisira, lorsque la créature ressuscitera... »

Interrompant, le *Dies Irae*, il déclama quelques extraits de l'adaptation de La Fontaine, qui, sortis de leur contexte, s'harmonisaient bien avec son humeur :

Dieu détruira le siècle au jour de sa fureur.
Un vaste embrasement sera l'avant-coureur...
Terre et cieux passeront ; et ce temps de colère
Pour la dernière fois fera naître le jour.
Cette dernière aurore éveillera les morts
L'ange rassemblera les débris de nos corps...
De quels frémissements nous nous verrons saisis !...
Les tombeaux s'ouvriront ; et leur triste silence
Aura bientôt fait place aux cris des malheureux...
Ne m'abandonne pas quand j'irai chez les morts.

« Par Belzébuth ! Je m'en souviens comme si c'était, hier. » Puis, il eut une dernière pensée fugace pour le fossoyeur Raymond Lafosse : « *Requiescat in pace*, caporal. *Ton temps de dupe est révolu...* »

D'un pas alerte, il marcha jusqu'à la rue de la Croix-des-Robert, qui le ramena rue de la Chapelle. Il n'accorda même pas un regard à l'église Saint-Fiacre. La nostalgie s'était éloignée depuis qu'il avait senti, autour de lui, la présence réconfortante et chaleureuse des morts. Bientôt, il passa devant la boutique où, enfant, il venait, porteur d'un cruchon, chercher le lait frais pour sa grand-mère. La crémerie avait disparu, mais la nostalgie s'empressa de le reprendre dans ses filets. Somme toute, n'était-il pas venu ici pour cela ? Pour se laisser imprégner par la nostalgie d'Henri Meynard ! Jean Abbadôn sourit et soupira.

De temps en temps, ma grand-mère me demandait de lui rapporter aussi des petits-suisses, dans leurs emballages individuels. Ceux-là étaient pour moi, je le savais. Elle les arrosait d'un coulis de confiture faite maison. Quand le pot était presque vide, il m'arrivait de dire :

– Mais, il n'en restera plus pour vous.

69

Si mon grand-père était là, il ne manquait jamais de s'exclamer :

— Bah ! ne t'en fais donc pas. On en a cinq cents pots à la cave.

Je l'avais quelquefois accompagné à la cave, même si je n'aimais pas ce genre d'endroit sombre et humide, mais ma curiosité était plus forte que ma peur. Dans ces occasions, j'examinais soigneusement la pièce encombrée et je finissais toujours par observer :

— Mais, Pépère, je ne vois pas les cinq cents pots dont tu parlais.

Le vieil homme — qui n'était pas aussi vieux que l'enfant que j'étais l'imaginait alors — haussait les épaules et sur un ton, qui n'admettait pas de réplique, il lançait :

— Parce que tu crois que tu as tout vu !

À vrai dire, j'avais bien l'impression d'avoir tout vu. Pourtant, je me gardais de le formuler à voix haute, car je n'étais pas certain qu'il n'existât pas une cache secrète dans quelque recoin de la cave. Et puis, j'aimais conserver un peu de son mystère à toute cette affaire — surtout qu'elle n'était pas aussi effrayante que l'histoire de la main du diable sur le mur de la chambre de ma mère.

Cinq cents pots de confitures ! Il y avait de quoi rêver. Parfois, il s'agissait de cinq cents pots de cornichons faits maison eux aussi, ou de cinq cents pots de mirabelles au sirop... À en croire mon grand-père, leur cave était une véritable caverne d'Ali Baba. Quand je demandais à ma mère si c'était vrai, elle souriait et répondait :

— Si c'est Pépère qui le dit... Tu sais bien, Henri, que ton grand-père n'est pas un menteur.

Bien sûr que je le savais, mais je savais aussi que mon grand-père aimait me taquiner. Parfois, lorsque je passais la nuit chez mes grands-parents et qu'il voulait que je me tienne tranquille pendant la journée — c'est-à-dire que je fasse les devoirs dont ma mère prenait soin de leur confier la surveillance — au lieu de le harceler pour être autorisé à travailler le bois avec lui, il m'annonçait :

– Si tu fais bien tes devoirs, Henri, ce soir, je t'emmène au bal du Lion d'or !

Enfin, c'est ce que je comprenais, moi. Le soir venu, quand grand-mère disait :

– C'est l'heure d'aller te coucher, Henri.

je répondais :

– Ben, je croyais que Pépère m'emmenait au bal du Lion d'or.

Mon grand-père me saisissait alors sous son bras, me portait jusqu'à mon lit, et là, il me balançait doucement au milieu des draps en disant :

– Eh bien, de quoi te plains-tu ? Tu y es ! Bonne nuit, maintenant, car... au lit on dort !

Et je comprenais que je m'étais encore une fois fait rouler par cet homme facétieux, dont les yeux bleus riaient en permanence.

En fait, ils ont définitivement cessé de rire le jour où il a débarqué chez nous, comme un diable surgi de sa boîte... tout noir de fumée. Il toussait, les poumons encrassés par le plastique calciné. Un incendie s'était déclaré à la foire de Metz, dans le train fantôme. Il savait que j'avais prévu de m'y rendre ce jour-là – je devais avoir seize ou dix-sept ans. Il avait extrait une dizaine de cadavres méconnaissables de l'attraction foraine. Les chairs et le plastique étaient fondus de manière inextricable. Sur le moment, il était impossible de reconnaître certaines victimes. Il avait tremblé pour moi tout le temps de l'intervention.

Au lieu de rentrer à la caserne avec les autres, il s'était précipité chez nous, en uniforme et tout crasseux. Il n'avait retrouvé son calme qu'en me voyant sortir de ma chambre, hébété de le trouver dans cet état. Il s'était alors effondré en larmes. Je l'ai vu se ramasser sur lui-même et glisser lentement sur le sol. Il est resté là, assis par terre, la tête dans les bras, pendant près d'une heure, à trembler de tout son corps. Je suis allé m'asseoir près de lui. Je l'ai pris par les épaules. Il ne s'est pas dégagé, lui qui n'aimait généralement pas les effusions – c'était pas des trucs de mecs ! J'ai même senti sa main rêche de menuisier se poser sur la mienne.

71

Quand il a recouvré ses esprits, il m'a regardé et il a dit :

– Il y a trop longtemps que je fais ce métier-là. J'en ai trop vu... surtout pendant la guerre.

Je ne l'avais jamais entendu parler de ses années de guerre. S'il m'arrivait de le questionner à ce sujet, il me répondait :

– J'étais d'un côté de la ligne Maginot, le frère de ta grand-mère, de l'autre côté... C'est toujours comme ça les guerres : des frères qui se battent contre des frères. Et pourquoi ? Pour des politiciens et des marchands d'armes qui trouvent plus joli de parler de patriotisme que d'avouer que leur premier mobile est la cupidité.

– Pourtant, on ne pouvait pas le laisser faire... Hitler.

– Bien sûr qu'on ne pouvait pas le laisser faire, mais tu crois vraiment que le frère de ta grand-mère avait envie de le laisser faire, Hitler ? À quelques kilomètres près, il naissait Français et il se battait à mes côtés... À moins, que moi, je ne sois né quelques kilomètres plus loin et que je me sois retrouvé à sa place.

– Alors, tu vois bien !

– Le problème n'est pas là, bonhomme. Quand les choses en arrivent à ce stade, il est déjà trop tard. Pourquoi les gens ont suivi Hitler, à ton avis ? Par idéalisme ? Par patriotisme ? Par haine des juifs ? Sûrement pas. Ils l'ont suivi parce qu'il leur a parlé de leurs intérêts et qu'ils n'ont vu qu'une chose : l'espoir d'une vie plus belle. Que des millions de gens doivent mourir pour ça, ils préféraient ne pas le savoir. Et c'est pour ces gens-là que le frère de ta grand-mère s'est trouvé enrôlé dans la Wehrmacht, alors qu'il n'en avait rien à faire, lui. Parce que, de toute façon, il faisait partie du camp de ceux dont la vie n'aurait pas connu de véritable amélioration. Et puis, il était cordonnier et c'était un juif qui lui avait enseigné tous les trucs du métier. Alors, tu comprends, lui, il pouvait pas supporter l'idée de se battre pour des gens qui gazaient les juifs. D'ailleurs, il a pas tardé à déserter. Je sais toujours pas comment il a réussi à traverser la ligne Maginot, dans son uniforme vert – lui non plus, d'ailleurs –, toujours est-il qu'un jour, on l'a vu débarquer chez nous. Nous l'avons caché dans la cave pendant toute une partie de la guerre.

72

Et puis on a réussi à le faire passer vers l'intérieur ; c'était plus
sûr pour tout le monde. Il a été hébergé dans une ferme, pas loin
des Pyrénées. Il y a toujours des gens prêts à risquer leur vie pour
les autres.
    Je ne réussissais jamais à l'entraîner plus loin sur ce sujet.
    – La guerre, affirmait-il, c'est en temps de paix qu'on la gagne,
bonhomme. Jamais en temps de guerre.
    Pour une fois qu'il abordait spontanément cette question, je n'ai
pas éprouvé l'envie de le questionner, d'autant qu'il a ajouté :
    – Je ne supporterai plus ça très longtemps.
    Je croyais qu'il était sous le choc et qu'avec le temps, il s'en
remettrait. Il était sous le choc, ça ne faisait aucun doute, mais il
ne s'en est pas remis. Six semaines plus tard, il perdait ses
cheveux par plaques. Il a commencé à ressentir des douleurs dans
le bas du ventre. Un an plus tard, il devait renoncer à travailler.
Il a encore survécu quelques années, mais nous savions tous que
le crabe finirait par avoir sa peau.
    Il n'a jamais parlé de sa douleur, mais quand il est parti, il a
murmuré :
    – Quel soulagement ! J'ai tant souffert.
    J'ai cru qu'il parlait de ses dernières années. Mais avec le
temps, j'en suis venu à réaliser qu'il devait évoquer sa vie tout
entière. Une chose est sûre, en tout cas : je n'ai plus jamais vu ses
yeux rire après l'incendie du train fantôme. Ce n'est pourtant pas
faute de les avoir regardés ; ils étaient si bleus que j'avais parfois
l'impression que c'était leur reflet qui donnait son éclat au ciel.
Je disais souvent : « Il y a mon grand-père et après – seulement
après –, il y a Dieu. » Pourtant, quand il est parti, j'ai réalisé que
je ne le connaissais pas. Qu'est-ce que je savais de son enfance,
de sa jeunesse et même de ce qu'il pensait réellement. Hélas, il
était trop tard...

En se remémorant ce que son grand-père avait dit de l'avène-
ment d'Hitler, Jean songea que les mêmes causes produisant les
mêmes effets, il n'était pas surprenant de voir le Front national
connaître un tel regain de popularité : « La guerre, c'est en temps

de paix qu'on la gagne. » D'un geste rageur, il arracha quelques affiches avec la mention : LE PEN PRÉSIDENT. Les gens se mobilisaient pour l'instant, mais ils ne tarderaient pas à se rendormir et à se repassionner pour le *Loft*. Et le cancer continuerait à ronger en sourdine cette paix qui n'était, somme toute, qu'une illusion.

Jean n'avait rien avalé de la journée et il commençait à ressentir la faim. Il tourna dans la rue Saint-Livier, chercha le cinéma où il avait vu ses premiers films et constata que l'immeuble était à l'abandon. Il soupira et traversa la rue. Il avait repéré un petit troquet qui servait une restauration rapide. Il commanda des brochettes et des frites, qu'il avala sans plus penser à rien. Il sentait Jean Abbadôn reprendre le dessus sur Henri Meynard, mais cela ne le dérangeait pas. Il était un peu fatigué de ce petit merdeux, qui pleurnichait sur son passé. Pourtant, il ne devait pas le laisser filer… S'il était ici, c'était pour lui.

XI

La nuit venait tout juste de tomber. Jean avait repris sa déambulation. Il ne ressentait pas la fatigue. Il était habitué aux marches forcées, or, même s'il était parti depuis le matin, celle-ci tenait plutôt de la balade. Une musique des années cinquante vint lui chatouiller les oreilles. Elle provenait du Café du Sablon. Fronçant les sourcils, il s'approcha et reconnut les premières mesures d'un vieux rock de Bill Halley et... comment s'appelait encore son groupe ? Oui, c'est ça : les Comets ! *Bill Halley and the Comets !*

« Eh ! oui, songea-t-il, la comète de Halley ! Je n'avais jamais fait le rapprochement... Quel idiot je suis ! »

One, two, three o-clock, four o'clock, rock
Five, six, seven o'clock, eight o'clock, rock
Nine, ten, eleven o'clock, twelve o'clock, rock
We're gone rock around the clock tonight...

Une jeune fille dansait entre les tables. Ses bras, nus, émergeant d'un tee-shirt ample flottant hors d'une jupe courte et plissée d'un rouge vif, balayaient l'air en décrivant des arabesques harmonieuses, tandis que sa tête, penchée vers l'avant, faisait voler ses cheveux sombres et bouclés.

Jean sentit le souffle lui manquer. Cette jeune fille sur laquelle étaient braqués tous les regards ne pouvait qu'éveiller en lui des images qui ramenaient « le petit Henri » à la surface. Sa mère dansait-elle ainsi, les soirs de manque ? Était-ce ainsi qu'elle aguichait les clients. Et cette jeune fille se comportait-elle de la sorte dans la même intention ? Vivait-elle aussi une période de manque ? Avait-elle également un enfant qui l'attendait à la maison en se demandant si elle n'oublierait pas de rentrer ? Si le monsieur d'un soir n'allait pas lui voler sa maman ?

Jean Abbadôn ouvrit le col de sa chemise. Il suffoquait. La musique de Bill Halley lui déchirait les tympans avec une violence qui l'aurait fait hurler s'il avait été capable d'émettre un son.

La jeune fille virevoltait entre les tables, s'appuyant par moments sur l'épaule de l'un ou sur le genou de l'autre. Elle rejeta la tête en arrière et Jean put découvrir ses yeux en amande d'une si jolie couleur ambrée. Il mit un moment à reconnaître la jeune fille qui lui avait proposé son aide, ce matin, alors qu'il éprouvait un malaise devant la maison où il avait vécu jusqu'à la mort de sa mère.

– Alicia ! s'exclama-t-il.

Personne ne pouvait l'entendre. Dans le café, le volume sonore était trop fort et dans la rue, il n'y avait personne.

– Alicia, reprit-il, sur un ton plus posé. Alicia... Aline. Alicia-Aline... C'est incroyable ! Se pourrait-il qu'elle m'ait reconnu ? Qu'elle ait voulu se jouer de moi ? Non, c'est impossible, elle était à peine une gamine quand ma mère est morte. Et puis, je ne me souviens pas d'elle. Elle ne doit pas être d'ici. Pourtant...

Et puis, brusquement, lui revint une image du matin : la jeune fille s'éloignant dans un halo de lumière... et le passage de l'Apocalypse que cette vision avait évoqué en lui : « Il parut un grand signe dans le ciel : une femme enveloppée de soleil... et le dragon et ses messagers firent la guerre, mais il ne fut pas de force... »

– Non, c'est absurde. Tout cela est une simple coïncidence. Rien de plus !

Le *Rock Around the Clock* de Bill Halley venait de s'achever. Jean pouvait presque entendre le bras du juke-box ranger le

45 tours, faire tourner le bas de rangement et partir à la pêche du disque suivant. Alicia restait penchée vers l'avant, les mains posées sur les genoux, les cheveux tombant presque jusqu'au sol. Elle semblait reprendre son souffle dans l'attente d'une nouvelle danse.

Autour d'elle, personne ne faisait le moindre geste pour venir la rejoindre. Pour autant, chacun se taisait et gardait les yeux rivés sur la jeune fille, qui ne pouvait pas ne pas éveiller en eux le souvenir de cette autre jeune femme, qu'on n'avait plus jamais revue après une tragique nuit de Noël.

Les cheveux volèrent dans l'air et la tête se redressa quand les premières mesures du morceau suivant déchirèrent le silence de ce bistro généralement bruyant de mille conversations. L'espace d'un instant, Jean eut l'impression que le regard ambré de la jeune fille croisait le sien. Elle lui parut sourire légèrement. À son intention ?

Elvis Presley entonnait *I Need Your Love Tonight...*[1]

Ironie ! Ironie !

Jean pressa les mains contre ses oreilles. Oui, c'était bien lui qu'elle regardait. Oui, il en était sûr. Les premiers mouvements toujours aussi virevoltants d'Alicia amenèrent la jeune fille à lui tourner le dos. Mais non, voyons, c'était impossible. Elle ne pouvait pas l'avoir vu. Il était dans les ténèbres de la nuit, elle dans la lumière.

Jean Abbadôn ne voulait plus réfléchir. Qu'elle l'ait vu ou non était sans importance. Il partit en courant.

> *Oh, oh ! I love you so*
> *Ah ah ! I can't let you go,*
> *Ouh, ouh ! don't tell me no*
> *I need your love tonight...*[2]

_____

1. « J'ai besoin de ton amour ce soir. »
2. « Oh, oh ! je t'aime tant / Ah, ah ! je ne peux te laisser partir / Ouh, ouh ! ne me dis pas non / J'ai besoin de ton amour ce soir... »

Sans réfléchir à ce qu'il faisait, Jean tourna dans la rue Dom-Calmet, il traversa la chaussée et se retrouva du côté des numéros impairs. Il dépassa la grille verte et s'engagea dans la deuxième entrée carrossable. Il se retrouva dans la cour grise et sans charme qui courait derrière le numéro 9 de la rue, et ne s'arrêta qu'au pied du mur en briques gris qui le séparait du jardin du numéro 7 – ce jardin dans lequel il avait vécu les heures les plus heureuses de son existence.

Les paroles de la chanson de Presley résonnaient à ses oreilles. Jean aussi était amateur de la musique des années cinquante et soixante. Il connaissait par cœur un nombre incroyable de chansons, qu'il lui arrivait de chanter à tue-tête, chez lui, avec son propre Wurlitzer. Combien d'heures n'avait-il pas consacrées à en écouter, quand il était ado, le volume poussé au maximum, au grand dam de sa mère et des voisins, dans une maisonnette en bois dont il n'était séparé que par un vulgaire mur en briques gris qu'avaient épargné les obus des Allemands et des Alliés.

« À cette heure-ci, les gens doivent être couchés, songea-t-il. Et puis, quel mal y aurait-il à cela ? »

D'un coup d'œil, il évalua le mur. Il était relativement haut, mais il en avait sauté d'autres lors des exercices de formation et, plus tard, au cours de diverses opérations. Sans hésiter, il plia les jambes et se propulsa vers le haut en prenant appui sur un rebord de la façade arrière du numéro 9 ; il agrippa le sommet du mur et combinant un mouvement de reins, une traction des bras et un rétablissement, il se retrouva à califourchon sur le mur mitoyen. L'instant d'après, il atterrissait silencieusement dans le jardin de son enfance.

La maisonnette était toujours là. Coquette et proprette, comme dans son souvenir. C'était son grand-père qui l'avait construite, quand Henri n'était encore qu'un nourrisson.

« Un jour, il sera bien content d'avoir son coin à lui. »

Il avait aussi dressé, sur une autre parcelle du jardin, une balançoire solidement scellée dans le sol et au siège maintenu par des filins d'acier, ni plus ni moins. Il connaissait trop bien les risques des cordes qui lâchaient de manière traîtresse.

Henri avait été *bien content d'avoir son coin à lui*. Il lui arrivait souvent de rêver d'ailleurs et comme sa mère n'avait pas les moyens de lui offrir des voyages, elle lui offrait des livres. Et comme il avait tendance à les dévorer trop vite pour les finances familiales, elle en était venue à s'en procurer de seconde main, chez des bouquinistes du centre de la ville. Henri n'y voyait aucun inconvénient. Il aimait l'odeur du vieux papier, qui lui permettait de voyager par procuration. La maisonnette bâtie par son grand-père devenait le havre qui abritait ses évasions, et la balançoire, le navire ou le coursier sur lesquels il poursuivait les aventures commencées dans les pages de papier jauni. S'il ne s'était pas engagé dans l'armée au lendemain de la mort de sa mère, il aurait peut-être fini par écrire ses propres romans. L'imagination ne lui avait jamais fait défaut et, à force de lire les histoires des autres, il n'aurait eu aucune peine à en inventer de nouvelles et à les coucher sur papier.

– Alors, jeune homme, vous venez rendre visite à la vieille dame ?

XII

Jean sursauta. Il s'était laissé surprendre. Oubliant toute prudence, il n'avait accordé qu'un regard distrait aux fenêtres de l'immeuble et il avait eu l'impression que les volets en fer du rez-de-chaussée – qui protégeaient autrefois la chambre de sa mère –, étaient clos ; il en avait déduit que personne n'avait remarqué son intrusion. De toute évidence, il s'était trompé. En affinant son regard, il constata que les volets n'étaient pas joints complètement ; ils s'écartèrent en grinçant et un petit visage de pomme reinette rieur apparut dans la faible clarté de la chambre.

– Excusez-moi, dit-il, j'ai vécu ici pendant...

Il fit un geste vague du bras, signifiant peut-être que, même après son départ, il avait, d'une certaine manière, continué à vivre « ici ». C'était un peu vrai – plus que jamais depuis quelque temps, mais comment expliquer cela à une parfaite inconnue ?

– C'est mon grand-père qui a construit cette maisonnette, enchaîna-t-il, en désignant du doigt l'endroit qui, pour lui, avait été synonyme de sécurité maximale.

– Ne vous excusez pas, jeune homme. Je ne reçois presque plus et je ne dors guère. Votre visite, même tardive, ne m'est nullement désagréable, croyez-le bien.

– Vous vivez ici depuis longtemps ? demanda Jean.

La vieille dame prit une lampe sur ce qui devait être un guéridon proche de la fenêtre et la posa auprès d'elle. Ainsi, elle ne restait pas à contre-jour et son interlocuteur pouvait découvrir ses traits. Ce que Jean vit en premier lieu, ce fut un sourire lumineux, qui en fit naître un sur ses propres lèvres et presque dans ses yeux, ce qui était beaucoup plus rare. Cette femme dégageait une bonté qui n'était pas sans rappeler celle de son grand-père.

– Oh ! mon Dieu... le temps passe tellement vite à mon âge. Vous êtes sans doute le jeune homme qui a disparu après le décès brutal de sa mère, n'est-ce pas ?

« *Le décès brutal*... quelle manière élégante de nommer un meurtre, songea Jean. Un souci de me ménager sans doute. »

La dame lui était sympathique. D'autant qu'elle parlait d'une façon un rien surannée qui n'était pas pour lui déplaire. Il opina de la tête.

– J'ai dû m'installer ici peu après votre départ, enchaîna-t-elle. J'habitais une assez jolie maison du centre, dont mon fils tenait absolument à profiter sans attendre mon décès. Pour m'en déloger, il a voulu me placer dans une résidence pour personnes âgées. J'ai préféré lui céder la place et me dénicher un lieu à moi. Vous me voyez au milieu de vieux ?

Jean lui confirma qu'il l'imaginerait mal dans un tel environnement.

– Vous me disiez que c'était votre grand-père qui avait construit cette maisonnette, n'est-ce pas ? Figurez-vous que c'est elle qui m'a décidée à prendre cet appartement que, par ailleurs, je trouvais un rien tristounet. Figurez-vous que dès le retour des beaux jours, j'y installe mon nécessaire à broderie et de quoi me faire du thé... Je m'y sens si bien !

– Moi aussi, je m'y sentais bien. Si vous saviez les heures que j'ai pu y consacrer à la lecture...

– Hélas, aujourd'hui, les jeunes ne savent plus que les livres sont les compagnons les plus fidèles de l'homme... et de la femme aussi, bien sûr. Ils vous accompagnent toute la vie.

– Et puis, ils vous ouvrent les portes de tous les mondes !

Jean Abbadôn avait cédé la place au petit Henri, qui ne demandait qu'à en profiter pour se réinstaller dans ses vieilles habitudes.

– Je vous remettrais bien la clé du cadenas, mais vous ne verriez pas grand-chose dans la maisonnette... je n'aime pas quand les gens disent « la baraque », fit-elle, le front plissé.

– Mon grand-père avait lui-même horreur de cette expression, glissa Jean, amusé.

La vieille dame eut une expression qui signifiait : « Je le savais bien ! » Elle poursuivit, comme s'il n'y avait pas eu d'interruption.

– L'ampoule est grillée et je ne l'ai pas encore remplacée. Mais pourquoi ne reviendriez-vous pas demain ? Dans la journée ? Nous pourrions prendre le thé ensemble et vous me raconteriez ces heures qui vous ont laissé de si touchants souvenirs que vous n'hésitez pas à sauter par-dessus les murs pour les retrouver.

Jean sourit.

– C'est entendu. Je reviendrai demain à l'heure du thé. Merci, madame...

– Bah, appelez-moi Angèle.

Jean Abbadôn prit congé, ravi de l'opportunité qui lui était offerte de s'introduire librement dans l'espace le plus intime d'Henri Meynard.

– Je suppose que vous n'aurez aucune peine à repasser par-dessus le mur, fit Angèle, les yeux pétillants de malice. Cela m'évitera d'aller vous ouvrir les portes de la cave.

– Ne vous inquiétez pas, lui lança Jean. À demain !

Et il atterrit dans la cour voisine.

« Angèle ! Décidément, le sort s'acharne sur moi. Après Alicia, un ange maintenant. »

Il émergeait dans la rue Dom-Calmet, perdu dans ses réflexions, quand il fut percuté par une passante qui avançait d'un pas rapide et dansant.

– Alicia ! s'exclama-t-il, surpris. Justement, je pensais à vous.

La jeune fille posa sur lui un regard intrigué, comme si elle cherchait à situer d'où ils se connaissaient.

– Mais oui, bien sûr, Jean, c'est ça ?

– C'est ça.

– Vous allez mieux, depuis ce matin ?

– Beaucoup mieux.

Elle souriait et son sourire paraissait dépourvu de toute retenue, mais aussi de toute provocation. Il jeta un regard autour d'eux. Personne ne semblait avoir suivi la jeune fille.

– Je vous ai vu danser, tout à l'heure.

– Ah ? fit-elle, intriguée. Je ne vous ai pourtant pas aperçu. Vous n'étiez pas au Café, n'est-ce pas ?

– Non, je passais devant. La musique m'a attiré et puis… vous…

– Je vous ai attiré ? interrogea-t-elle, sur un ton amusé.

Il ne se laissa pas décontenancer.

– Presley chantait *I Need Your Love Tonight*.

– C'est votre réponse à ma question ? fit-elle sans changer de ton, mais avec un petit sourire malicieux.

– Vous savez, Alicia, il me paraît difficile d'imaginer que quelqu'un ait pu rester indifférent à votre manière de bouger. J'ai rarement vu quelqu'un dégager autant de grâce et de sensualité en dansant. Tous les clients du Café du Sablon devaient songer, avec Presley, « je ne peux pas te laisser partir, ne me dis pas non »…

Elle rit. Toujours sans retenue et sans provocation. Jean songea que cette jeune fille devait se sentir bien dans sa peau.

– Oh ! vous savez, ils sont habitués. Mon appartement n'est pas très grand, alors quand j'ai envie de danser, je vais leur casser les oreilles avec ma musique de sauvage, comme ils disent. Je déteste les boîtes enfumées où les gens se pressent les uns sur les autres. Au Café du Sablon, tout le monde supporte mes excentricités sans trop râler.

– Et personne ne vous a jamais dit combien vous les affoliez.

Elle secoua la tête de gauche à droite ; ses cheveux volaient autour de son visage si lumineux, même dans l'obscurité. Jean songea que les clients du Café du Sablon avaient dû être échaudés par la manière dont s'étaient achevées les « excentricités » d'Aline Meynard, quelques années plus tôt. Ils n'étaient sans doute pas décidés à remettre ça. Alicia ajouta :

– Il n'empêche que je ne suis pas sourde à leur silence.

Elle s'était remise à marcher, en remontant vers la place Saint-Livier. Elle avait repris son chemin de manière si naturelle que

Jean lui avait emboîté le pas sans se poser de questions. Ils avançaient côte à côte, comme s'ils se connaissaient depuis toujours, sans la moindre équivoque.

– J'habite un peu plus haut. De l'autre côté de la place. Rue du Graouilly, annonça-t-elle

Jean Abbadôn marqua brusquement le pas.

– Rue du Graouilly ? répéta-t-il.

– Oui, fit Alicia, en s'arrêtant à son tour.

La vision de ce matin, la jeune fille enveloppée d'un halo de lumière... la femme enveloppée de soleil contre laquelle le dragon ne serait pas de taille... la rue du Graouilly... tout cela faisait beaucoup de coïncidences. Beaucoup trop ! Le Graouilly était un dragon légendaire. Il avait été vaincu par un évêque et pas par une jeune femme. Jean, lui, ne serait pas vaincu.

– Ça ne va pas ? demanda Alicia.

Jean s'efforça de rire. Cela ne lui fut pas trop difficile. Le combat est toujours plus simple quand on a identifié l'ennemi. Certes, Alicia n'était peut-être pas l'Ennemi, mais Abbadôn se sentait toujours plus à l'aise quand il devait se préparer au combat. Là, il tiendrait compte des signes et, désormais, il serait prêt !

– Non, cette fois tout va bien. C'est seulement...

Il porta la main à sa bouche et, penchant la tête de côté à la manière de Tom Ewell, contemplant Marilyn Monroe sur sa bouche de métro, dans *Sept ans de réflexion*, il dit :

– ... c'est seulement que j'aime vous regarder danser, or vous avez une façon de marcher très... dansante.

Alicia éclata de rire.

– Vous êtes né ici ?

– Oui, et j'ai vécu la majeure partie de mon existence dans cette rue.

– On a peine à le croire, dit-elle.

Jean songea qu'en présence de cette jeune fille, il devait prendre soin de céder la place à Henri Meynard. Abbadôn devait s'effacer. S'effacer pour mieux surveiller le jeu.

– Que voulez-vous dire ? demanda-t-il.

– Il y a chez vous une légèreté qu'on ne rencontre pas chez les gens du coin. Les hommes semblent tellement coincés… Enfin, ce n'est pas que ça me dérange. Bien au contraire. Seulement, à la longue, ils en deviennent ennuyeux. Et ça, c'est beaucoup plus insupportable.

Jean sourit.

– D'une certaine façon, murmura-t-il, j'en suis peut-être un peu responsable.

– Vous ? s'exclama Alicia.

– Oui… indirectement. Oh, c'est une longue histoire. Elle vous intéresse ?

La jeune fille avait recommencé à marcher. Jean était resté trois pas derrière elle. Elle s'était retournée à deux reprises et devant le regard presque goguenard de son compagnon, elle avait éclaté de rire et avait continué d'avancer en parlant sans plus se retourner. Arrivé sur la place, Jean l'avait rejointe. Elle se tourna vers lui et répondit :

– Je me demande comment vous avez pu les rendre aussi moroses… vous, ou qui que ce soit, d'ailleurs. Oui, ça m'amuserait de connaître votre histoire.

Et avec une petite lueur malicieuse dans le regard, elle ajouta :

– Il n'y a pas tellement de distractions dans le coin.

– Bien ! Que diriez-vous si je vous proposais de nous retrouver demain, au Café du Sablon, vers… vingt heures. Vous m'offririez deux ou trois danses, ensuite, on irait se promener et je vous raconterais mon histoire.

– Je dirais que même s'il me faut payer pour voir, comme disent les joueurs de poker, votre proposition me paraît honnête et séduisante…, fit-elle avec une petite moue rieuse.

– Payer pour voir ?

– Eh bien, oui, vous me racontez votre histoire si je danse pour vous. C'est cela que j'appelle payer pour voir.

Jean rit.

– Deuxième demande de précision, fit-il. Ma proposition vous paraît honnête parce que séduisante ou séduisante parce qu'honnête ?

Henri gardait son air rieur. Il est vrai qu'il se sentait bien en compagnie d'Alicia. Il y avait même longtemps qu'il ne s'était pas senti aussi bien. Voilà qui inaugurait favorablement de la soirée à venir.

Alicia fit mine de réfléchir à la question et répondit, en définitive :

– Tout ce qui est honnête n'est pas nécessairement séduisant et tout ce qui est séduisant peut ne pas être honnête... Non, ni l'un ni l'autre. Juste « honnête et séduisante ». Et où comptez-vous m'emmener promener ?

– Que diriez-vous d'une balade en barque, sur la Moselle ? Du côté de l'île du Saulcy, par exemple...

XIII

Jean Abbadôn rentra chez lui d'un pas mesuré.

La jeune fille l'avait regardé s'éloigner en songeant combien il était étrange cet inconnu qui s'évanouissait presque le matin et qui, le soir, l'invitait à une promenade en barque sur la Moselle. Il ne paraissait pas bien méchant. Il lui avait fait comprendre qu'elle ne le laissait pas indifférent, mais d'une façon si franche et si dépourvue d'ambiguïté qu'elle n'en éprouvait aucun malaise. Pourquoi avait-elle accepté son invitation ? D'abord, parce qu'il ne l'avait pas pressée. Ils prendraient un verre ensemble, au Café du Sablon, un endroit où elle se sentait en sécurité. Ensuite, elle pourrait toujours refuser de sortir avec lui, si son instinct venait à allumer les signaux d'alarme. Elle se fiait beaucoup à son instinct et il l'avait rarement trompée.

Et puis, sans être particulièrement beau, Jean lui plaisait. Du peu qu'elle en avait perçu, il n'était en rien comparable à toutes les personnes qu'elle avait rencontrées par le passé. Alicia n'avait pas une grande expérience des hommes, mais ceux qui avaient traversé son existence l'avaient surtout marquée par leur capacité à susciter l'ennui. À vrai dire, l'ennui possédait, pour elle, un parfum subtil qui ne lui échappait jamais et la faisait fuir, or les effluves qui émanaient de l'inconnu évoquaient plutôt l'aventure, l'imprévu, l'exotisme, l'étrange…

Alicia sentait que cette rencontre exercerait une influence considérable sur son existence. Or, elle ne désirait rien avec plus de ferveur que de changer de vie. Elle rêvait d'ailleurs et d'autrement. Jean serait peut-être la porte qui ouvrirait sur ces horizons nouveaux. Oh ! elle n'en était pas à envisager de démarrer une liaison avec lui – ils venaient à peine d'échanger quelques mots. Encore que… Si ça se présentait et si elle se sentait bien en sa compagnie, pourquoi pas ? Elle n'avait ni mari ni fiancé ni petit ami. Pas le moindre homme pour lui demander des comptes que, de toute façon, elle ne se sentait prête à donner à personne.

Cela dit, elle ne se projetait pas aussi loin dans le futur. Elle ne se posait pas la question en ces termes. Et puis, elle avait toujours laissé faire le destin. Pourtant, sans envisager la situation en termes de « liaison », cet homme lui paraissait susceptible d'élargir son monde. Il avait de tels lointains dans les yeux.

Abbadôn était serein. Depuis longtemps il ne s'était pas senti aussi serein. Cette jeune fille exerçait un curieux effet sur lui. Elle lui donnait envie de… Il éprouvait quelque difficulté à mettre un mot sur ses sensations. Elle lui donnait envie de… chaleur ! Oui, c'est cela même : « de chaleur ». Il répugnait à dire « de tendresse », pourtant…

Ces notions n'appartenaient pas à son univers et il ne désirait pas les y introduire. Il n'avait jamais rien éprouvé de semblable. La tendresse était une illusion qui entraînait les hommes vers les pires bassesses – c'était peut-être là sa seule qualité. Mais Abbadôn n'entendait pas s'y abandonner. Il n'avait jamais éprouvé le besoin de tendresse. Il n'avait jamais connu la tendresse et il s'en portait bien. Enfin, il n'avait pas connu la tendresse depuis qu'il était dans la peau de Jean Abbadôn. Mais qui était Jean Abbadôn ? Et qui était Henri Meynard ?

Il ne pouvait pourtant nier que la présence d'Alicia éveillait en lui cette envie de chaleur. Cela le troublait et lui procurait simultanément une sensation de bien-être nouvelle.

Pourtant, il ne voulait pas s'abandonner à cette attirance vers la douceur de vivre. Absolument pas ! Il avait une mission à accomplir.

Il devait déverser son « là-bas » ici ! Il devait sortir ces hommes de leur torpeur. Il ne pouvait se laisser attirer dans la leur. Il était le bras armé de la vengeance. Pas la vengeance d'un adolescent blessé, la vengeance d'une humanité leurrée sur le visage de la réalité depuis l'origine des temps. Il devait être leur Prométhée ténébreux !

Alicia était séduisante, séductrice peut-être… elle n'en était que plus dangereuse. Il devait se défier d'elle ! Il ne devait pas oublier sa vision du matin. Et même si cette jeune fille, qui faisait naître en lui des envies de chaleur, était la femme enveloppée de soleil, annoncée par l'Apocalypse, lui ne serait pas le dragon vaincu. Il serait le dragon triomphant ! Il ferait mentir les prédictions du Grand Livre ! D'ailleurs, n'en était-il pas l'auteur ? Et ne les avait-il pas rédigées dans le seul but d'induire en erreur les rares hommes éveillés ?

Là où l'on attendrait l'ange exterminateur, il apparaîtrait sous le masque du « petit Henri » ; là où l'on ferait des risettes au petit Henri, il libérerait ses sauterelles, ses calamités. Le malheureux Raymond Lafosse en avait déjà fait l'expérience.

– Sois sur tes gardes, petite Alicia ! Car « si tu ne veilles pas, j'arriverai comme un voleur et tu ne sauras pas à quelle heure, j'arriverai contre toi ! » Apocalypse, III, 3.

Devant son épicerie, le père Rémy, assis sur les marches du perron, fumait une cigarette. Jean se dirigea vers lui.

– Belle soirée, père Rémy, fit-il.

Le vieil homme avait toujours le regard aussi perçant.

– Vous avez passé une agréable journée, monsieur Abbadôn ?

Jean sourit. Le vieil homme lui indiquait qu'il ne le trahirait pas ou tout au moins, pas pour l'instant.

– Excellente journée !

Baissant la voix, il ajouta :

– Je suis allé me recueillir sur la tombe de ma mère. Je n'ai pas vu passer les heures.

L'épicier ne le quittait pas des yeux. Jean ne s'était jamais senti pénétré avec une telle intensité. Il sourit pourtant.

– Je ne m'attendais pas à ce que ces retrouvailles fussent aussi émouvantes.

– Vous étiez tellement proche de votre mère, observa le père Rémy.

Jean ne répondit pas. Il s'assit à côté de l'épicier, sur les marches du perron. De la main, il caressa la pierre bleue et froide. Il appréciait cet instant de calme et de silence. Dans quelques semaines, le bruit des engins de démolition redeviendrait assourdissant. Mais Jean n'en éprouverait aucun inconfort. Il serait reparti comme il était venu.

– Je suis passé rue Dom-Calmet, annonça-t-il, sans préciser dans quelles circonstances.

– Vous avez fait la connaissance de Mme Brücke ? demanda Rémy.

– Angèle ? Elle ne m'a pas dit son nom. Elle a conservé la maisonnette construite par mon grand-père dans le jardin.

Après un bref silence, il ajouta :

– Elle m'a invité à prendre le thé avec elle, demain. C'est une petite dame charmante.

– C'est vrai, confirma Rémy. Charmante.

– J'ai aussi rencontré une jeune fille… Alicia, reprit Jean, comme s'il faisait son rapport.

C'était sûrement ainsi que se comporterait Henri Meynard. Avec déférence envers cet homme qui occupait une place privilégiée dans son enfance. Pas un substitut du père, ce rôle étant dévolu au grand-père, plus un directeur de conscience.

– Ah ! fit le père Rémy.

La nuance réprobatrice était nettement perceptible dans son ton.

– La jeune fille qui danse au Café du Sablon ? demanda-t-il, comme si la précision était nécessaire.

Jean ne releva pas. L'épicier secoua la tête en tirant sur sa cigarette roulée.

– Je ne crois pas que ce soit très judicieux, observa-t-il. Cette jeune fille ne peut pas manquer de vous faire penser à votre mère.

– Pourquoi ?

– Ne fais pas l'innocent, Henri.

– Voyons, père Rémy ; quand Alicia a fini de danser, elle rentre seule chez elle. Elle n'entraîne personne dans son sillage. Comment voulez-vous qu'elle me fasse penser à ma mère ?

– Le simple fait que tu aies observé qu'elle rentrait seule chez elle, Henri, prouve que tu n'as pas eu besoin de moi pour penser à ta mère. Tu ferais bien d'éviter cette jeune fille. Il ne faut pas lui faire de mal. Même par maladresse ou par... distraction. Ou encore par ricochet.

– Écoutez, j'avoue que j'ai effectué le rapprochement entre Alicia et ma mère. Mais cela n'a pas duré. Alicia n'est pas Aline. Il y a chez elle une spontanéité, une insouciance... comme une joie de vivre. Ma mère avait peur de la vie. Elle la portait comme un fardeau.

– Tu as parlé avec Alicia ?

– Nous nous revoyons demain soir. Au Café du Sablon.

Le père Rémy secoua à nouveau la tête.

– Tu devrais éviter cette fille, mais aussi cet endroit, Henri.

Jean sourit.

– Vous avez sans doute raison... pour ce qui est de l'endroit. La fille c'est autre chose. De toute façon, je n'ai pas l'intention de passer la soirée avec elle dans ce bistro bruyant. Nous irons nous promener. La marche est un excellent moyen pour faire connaissance.

Jean songea qu'il aurait été amusant de préciser qu'il emmènerait Alicia faire un tour en barque du côté de l'île du Saulcy. Au lieu de cela, il prit une voix presque contrite pour conclure :

– Père Rémy, si j'avais des idées noires en tête, croyez-vous que je vous tiendrais informé de mes moindres faits et gestes ?

L'épicier secoua la tête. Il posa la main sur l'épaule de son compagnon et s'appuyant dessus, il se remit debout. Jean se releva à son tour.

– Je suis un vieil homme inquiet, monsieur Abbadôn, lâcha l'épicier en rentrant dans sa boutique. Bonne nuit à vous.

– Bonne nuit, père Rémy.

Jean ne regagna pas directement la maison du père Torn. Il contourna la bâtisse qui faisait de la résistance contre l'avancée de la route et s'engagea au milieu du champ de ruines. Il le parcourut paisiblement et sentit la présence de la bande de la veille. Il sentit sa présence, mais il ne vit personne. C'était sans importance. La bande avait dû le voir s'entretenir avec le père Rémy. Par ailleurs, il était clair que son message avait été reçu. Il pouvait rentrer à la maison. Le brave épicier de son enfance n'aurait rien à craindre de ces jeunes rebelles.

Dans la lumière bleutée du néon du vieux cabaret de jazz – saxophone ténor bleu au bec duquel était accroché un chapeau rouge renversé, dont dépassait deux verres de champagne d'où jaillissaient des bulles jaunes –, le Wurlitzer ne tarda pas à diffuser le *I Need Your Love Tonight*, de Presley. Quand le silence fut revenu, Jean se dirigea vers le garde-manger. Il en ouvrit la porte. Dans l'étroit cabinet, une étrange clarté émanait du fond de la pièce, du côté de la porte de l'enfer. Abbadôn demeura un instant interloqué. Un homme âgé, grand et mince le contemplait.

– Qui êtes-vous ? demanda Jean.

– Qui je suis ? fit l'autre, presque amusé. Tu me poses la question ?

C'était du visage de cet homme qu'émanait la clarté qui baignait la pièce. Jean plissa les yeux. Il fit deux pas en avant.

« Le visage dans le cadre en plexiglas ! » songea-t-il.

– Pé… Pépère ? Que fais-tu là ?

– Pépère ! Tu m'appelles ainsi… toi, qui te fais nommer Jean Abbadôn ! Toi, qui as pris le nom d'un ange exterminateur !

– Il fallait bien choisir un nom… et pour le travail que j'aurais à accomplir…

– Personne n'a jamais obligé Henri Meynard à s'engager dans l'armée. À devenir un tueur !

– C'est vrai, mais…

Jean se troublait. Il ressentait presque de la peur – c'était nouveau pour lui. Il devenait vraiment Henri Meynard. C'est à peine si Abbadôn demeurait présent, quelque part, dans un coin reculé de sa conscience. Et puis, Jean pas plus qu'Henri ne s'étaient jamais trouvés confrontés à un spectre. Or, la raison a du mal à appréhender le surnaturel.

– Quand maman est morte, j'ai perdu les pédales. J'aurais tué la terre entière.

– Crois-tu vraiment que cela aurait pu lui rendre la vie ?

– Non, mais je ne voyais pas comment me libérer autrement de ma colère. À l'époque, je croyais que j'en voulais au monde entier. À son meurtrier. Aux habitués du Café du Sablon… Il m'a fallu du temps pour réaliser que c'était à elle que j'en voulais.

– À elle, vraiment ?

– Oui, à elle, répondit-il, subitement mal assuré.

Il parlait de façon presque mécanique. Il avait le sentiment d'être… possédé !

– Ce ne serait pas plutôt à toi… Henri ?

– À moi ? De quoi pourrais-je m'en vouloir ? De l'avoir laissée sortir ? Oh, bien sûr, j'y ai pensé. Mais qu'aurais-je pu faire ? Lui interdire de quitter la maison ? De quel droit ?

Le vieil homme se rapprochait lentement de Jean, qui ne pouvait s'empêcher de reculer tout aussi lentement. Plus le spectre avançait, plus sa voix devenait diffuse et plus son apparence s'estompait au point de ne laisser dans l'air qu'une sorte d'ectoplasme venteux.

– Henri ! « Tu es tombé, fais retour ! Reprends tes premières œuvres, sinon, je viendrai contre toi ! »

– Apocalypse, II, 5, murmura Jean, en balayant l'air pour dissiper le nuage qui envahissait toute la pièce à mesure qu'il devenait plus évanescent. Un nuage bleu comme les yeux du vieil homme.

– Pourquoi es-tu venu ? Que me veux-tu ? hurla Jean en se précipitant vers la porte de l'enfer.

« Fais retour… sinon, je viendrai contre toi ! »

La voix était presque inaudible tant elle semblait venir de loin, mais elle n'en était pas moins parfaitement compréhensible.

– Que veux-tu dire : « Fais retour… » ? Que me veux-tu ?

Le voix ne répondit plus et Jean se mit à marteler la porte de l'enfer en hurlant son impuissance. Il haletait quand il recouvra ses esprits.

Mais qu'est-ce qui lui prenait de perdre ainsi les pédales ? Qu'est-ce qui lui prenait de dialoguer ainsi avec un spectre.

Jean claqua la porte du garde-manger derrière lui. Il prit une bouteille de bière dans le Philips de 1953 et alla s'allonger tout habillé sur le lit.

Il commençait à en avoir marre d'Henri Meynard. Il était trop différent de lui. *La guerre, ça vous change un homme.* Pourtant si Jean voulait aller au bout de sa mission, il devait conserver le contact avec Henri. Il devait redevenir Henri. Il devait être Henri. Oui, il le fallait ! Car Jean Abbadôn allait toujours au bout de sa mission.

XIV

Il y avait des corps partout dans le lit de la rivière. Jean Abbadôn se sentait sur le point de mourir, pourtant il ne pouvait s'empêcher de songer aux eaux de la mer Rouge engloutissant les troupes de pharaon, lors de la fuite des Hébreux. Cet exode n'avait rien à voir avec sa situation tellement pitoyable, mais ça le rassurait d'une certaine manière. S'il se trouvait là, couché au milieu de ses compagnons morts ou agonisants comme lui, c'était peut-être un effet de la volonté divine. Et si c'était le cas, cela voulait peut-être dire que le repos était proche pour l'ange exterminateur. Comme s'il approchait du terme de la malédiction. Ce que les hommes appelaient la mort. Lui, la délivrance !

Oui, c'était sûrement cela : un effet de la volonté divine, car il n'aurait jamais dû se laisser piéger de la sorte ! S'il avait assumé la direction des opérations, il n'en serait pas là. Aucun de ses compagnons n'en serait là ! Il était le meilleur guerrier de son unité. Il connaissait son métier comme personne. Ça ne l'avait pas empêché de se retrouver plongé dans cette mélasse par la faute d'un con de colonel qui n'avait voulu en faire qu'à sa tête.

Jean aurait dû lui désobéir ! Il aurait même dû descendre cet enfoiré qui, de toute façon, crevait maintenant à deux pas de lui.

Oui, il aurait dû lui régler son compte, seulement les hommes ne l'auraient pas laissé faire. Il y avait trop de bleus dans ce groupe-là.

95

Le commandant était un con, mais ces crétins l'appréciaient car il leur foutait la paix, question discipline, alors que lui, le capitaine Jean Abbadôn, les faisaient suer. Il était le meilleur – tous les anciens le reconnaissaient –, mais ça n'empêchait pas ces crétins de les détester. Normal ! Il ne se trompait jamais. Une faute difficilement pardonnable aux yeux de qui appartient à la race des moutons bêlants. Les vrais guerriers devenaient denrée rare.

S'il n'était pas dans le même bain qu'eux, Abbadôn trouverait cette situation cocasse et même irrésistible. Le châtiment de la bêtise n'est jamais excessif. Ces cons n'avaient pas voulu l'entendre, ils en étaient morts ou ils en crevaient. Bien fait pour eux ! La seule chose regrettable dans cette histoire, c'était qu'Abbadôn crevait avec eux.

La délivrance ? Oui, ce serait bien, mais pas à n'importe quel prix. Pas dans ces circonstances humiliantes. Même si telle était la volonté divine.

Jean regardait ce pauvre con de colonel, qui lui tendait la main, les yeux exorbités par la peur, les lèvres tremblantes. Il devait compter sur son capitaine pour le tirer de là. Jean avait toujours réalisé des miracles – tous les anciens l'affirmaient. Il allait bien en accomplir un petit dernier avant de clamser : le miracle ultime, celui consistant à arracher son supérieur à l'emprise de la mort ! Ensuite, il pourrait toujours rendre l'âme – si tant est qu'il en ait une ! Eh bien, non ! Jean n'en ferait rien ! D'abord, parce qu'il était en train de crever lui-même, ensuite, parce que même s'il avait eu l'opportunité de sauver la vie de ce colonel de ses deux, il n'aurait pas levé le petit doigt. Voir cet abruti faire dans son froc en attendant de rendre son dernier souffle lui procurait une trop grande jouissance.

Dans le lit de la rivière aux eaux gonflées de sang flottaient des corps aux membres arrachés, aux ventres éclatés, aux visages écrasés... Et lui, Jean Abbadôn était couché au milieu de ces cadavres qui avaient été ses compagnons de combat et qui, pour la plupart, ne l'avaient pas aimé. L'eau saturée du sang de ces imbéciles lui pénétrait dans la bouche, dans le nez, dans les yeux... Il allait suffoquer. Ce n'était pas le pire. Le pire c'était de crever en avalant le sang de ces nullités ! Dans certaines tribus, les corps des ennemis tués étaient mangés par leurs vainqueurs, mais uniquement s'ils avaient été de dignes guerriers. La croyance voulait que leur ingestion permette d'assimiler leur force et leur sagesse. En conséquence, on n'allait quand même pas consommer des lâches ou des cons.

Le Christ avait bu le calice jusqu'à la lie. Abbadôn faisait de même et c'était répugnant. Il ne s'était jamais senti l'âme d'un Sauveur, lui. Il n'était pas doué pour le sacrifice.

Blessé par une rafale de mitrailleuse, il allait être achevé par le sang de ces abrutis... Quelle connerie ! Mourir ne l'avait jamais effrayé. Mais dans ces conditions... Non ! Ça, il ne le voulait pas. Il fallait qu'il trouve le moyen de s'en sortir ! Il le fallait !

Satané bon sang ! Se pouvait-il que cet abruti de colonel ait eu raison quand il affirmait qu'Abbadôn était un faiseur de miracles ? Là... c'était... Mais oui !

C'était « le Gosse » qui rampait vers lui ! Il lui faisait signe de ne pas s'en faire, de rester calme, de ne pas bouger. Il allait le sortir de là. Jean savait que ça irritait le Gosse quand il l'appelait ainsi, mais il avait l'air tellement innocent... et puis, il était bien le seul qui lui inspirait un peu de sympathie. Tant qu'à être tiré d'affaire par quelqu'un, autant que ce soit par lui. Abbadôn ne voulait pas crever dans ces conditions, mais il voulait encore moins devoir la vie à n'importe lequel de ces crétins qui n'avaient pas voulu l'écouter !

Jean était content de constater que le Gosse était passé au travers des balles.

Il venait le tirer de là. Le Gosse posa une main sur sa gorge, pour lui tâter le pouls. Puis, il lui glissa à l'oreille que tout irait bien. Jean avait prononcé les mêmes mots des dizaines de fois, toujours à des mecs qui allaient mourir. Cela dit, c'était sans importance, qu'il s'en sorte ou non, il était déjà heureux de ne pas crever en avalant du sang de baudruches.

Les balles sifflaient toujours à leurs oreilles. Ça ne paraissait pas impressionner le Gosse. Il rampait à reculons en tirant son capitaine par le col. Jean sentit bientôt son dos racler une surface plus rugueuse. Ils étaient arrivés sur la berge. Il faisait maintenant un froid de chambre mortuaire ; le sang lui avait tenu chaud jusque-là. Sorti de l'eau, plus de sang, plus de chaleur ! Pourtant le soleil avait déclenché un terrible brasier dans le ciel. Un brasier qui n'allait pas tarder à les embraser. Après l'eau, c'était le feu qui en voulait à sa peau.

Jean haletait. Il suait. Il tremblait de tout son corps. Ce n'était pas la peur, c'était la rage ! La rage de quitter le champ de bataille en laissant autant de morts derrière lui et sans avoir pu rendre la pareille aux enculés d'en face. Brusquement, il se sentit glisser. Il sombrait dans un puits sans fond. Qu'est-ce qu'il avait bien pu faire, le Gosse ? Il ne l'avait quand même pas balancé dans une fosse commune ! Non, il ne l'aurait jamais traité de la sorte. Et puis, la chute était trop longue. Jean essaya de rassembler un minimum d'air dans ses poumons pour pouvoir hurler.

Le cri montait. Il le sentait monter. Il savait que lorsqu'il aurait réussi à le projeter hors de lui, il retrouverait la maîtrise de ses membres. De ce côté-ci de la vie, ou de l'autre... C'était sans importance. Ce qui comptait, c'était d'échapper à cette sensation insupportable de paralysie. La paralysie c'était l'impuissance. Et Jean ne supportait rien moins que l'impuissance.

Enfin, le cri jaillit de ses lèvres.

Jean se redressa brusquement. Il regarda autour de lui. Non, il n'était pas mort ! Il était...

Il était dans la chambre d'Henri Meynard, au Sablon, à Metz !

– Merde ! s'exclama-t-il. J'en ai marre de ces cauchemars ! Combien de fois vais-je encore revivre ces instants ? Ça ne suffit pas de les avoir vécus là-bas ? Pourquoi dois-je perpétuellement les recommencer ici ? Il y en a qui vont payer pour ça !

Et il poussa un nouveau hurlement. Délibérément, celui-là. Jusqu'à se retrouver à court de souffle, pantelant sur le lit. En sueur.

Une douche plus tard, Jean Abbadôn avait recouvré son calme. Les cauchemars et les crises qui l'assaillaient par moments, comme hier matin notamment, devant la maison de sa mère, étaient déplaisants, mais somme toute, ils constituaient un prix infime à payer pour tout ce qu'il avait enduré là-bas. Sans le Gosse, il serait mort. Pourtant, le Gosse n'avait jamais cessé de le considérer comme son sauveur. Il est vrai que Jean avait plus d'une fois tiré ses hommes de situations jugées désespérées. Mais, ce jour-là, il avait perdu conscience à plusieurs reprises et, sans la présence d'esprit de son compagnon, il ne s'en serait jamais sorti.

C'est drôle, il éprouvait de l'affection pour le Gosse, or il n'arrêtait pas de le rabrouer, comme lorsque celui-ci l'avait conduit au milieu des ruines de ce quartier en mutation. Il avait fait tout ce trajet au volant de sa voiture pour ne pas laisser Jean parcourir seul cette remontée du temps. Il aurait dû lui dire quelque chose de réconfortant ; le Gosse attendait un mot gentil. Au lieu de ça, il lui avait laissé croire qu'il le méprisait. C'était sa pudeur à lui. L'autre n'était sûrement pas dupe.

Ce qui ennuyait Jean, c'était que le Gosse avait annoncé qu'il viendrait lui rendre visite. Il n'avait pas précisé quand et il ne préviendrait sûrement pas, sachant que, s'il le faisait, Jean lui dirait d'aller se faire foutre. La perspective d'un imprévu ne plaisait pas à l'ange exterminateur. Il ne voulait pas qu'on vienne mettre son nez dans ses affaires. Car, c'étaient ses affaires, désormais. Le Gosse avait tellement bon cœur qu'il lui demanderait sûrement de renoncer à son projet apocalyptique.

Jean ne renoncerait pas. Il savait, lui, qu'Henri Meynard ne retrouverait jamais la paix de l'âme tant que sa mère n'aurait pas été vengée d'une manière ou d'une autre. Même si le terme de vengeance lui paraissait, le plus souvent, incongru et inapproprié. Le pire était toujours de ne rien entreprendre. Une victime peut supporter sa souffrance si elle sait qu'on a tout fait pour châtier son tortionnaire. Si personne n'a rien tenté, la douleur devient un cancer qui lui gangrène l'âme et le cœur. Jean devait cet apaisement à Henri ; il lui avait mené la vie dure depuis trop longtemps. Il était temps qu'il lui apporte la paix, qu'il lui offre sa paix en héritage.

Ensuite, il pourrait se retirer et le monde n'entendrait plus parler de lui.

Il franchirait la porte de l'enfer et... advienne que pourra !

Quand il sortit de la maison du père Torn, Jean aperçut immédiatement le vieil épicier debout au sommet des marches sur lesquelles ils s'étaient assis, la veille au soir, pour parler de sa journée. Alors qu'il remontait l'allée entre les parcelles de jardin, vers la grille verte, Jean sentait que Rémy l'attendait. Que pouvait-il bien lui vouloir, ce matin ? Ce bonhomme commençait à l'agacer. Mais Henri l'aimait bien et Jean ne voulait donc pas lui faire de mal… tant que ce ne serait pas devenu indispensable, tout au moins. Henri comprendrait. En tout cas, Jean saurait lui faire comprendre.

Le père Rémy tenait un journal à la main. Il avait le bras baissé nonchalamment et le journal touchait presque le sol. Il s'agissait sans doute de l'édition matinale du *Républicain lorrain* et Jean avait l'intime conviction que le trouble de l'épicier était lié à un article qu'il y avait lu.

– Bonjour, père Rémy, lança-t-il, alors qu'il venait tout juste de refermer la grille derrière lui.

– Bonjour, monsieur Abbadôn ! J'imagine que vous n'avez pas encore eu le temps de lire la presse de ce matin.

Jean songea que son intuition ne l'avait pas trompé. Il traversa la rue et s'assit sur les marches en pierre bleue. Il tendit la main vers la gazette de l'autre, qui ne fit pas mine de la lui tendre, mais qui n'offrit aucune résistance quand Jean s'en empara.

– Vous avez raison. Je n'ai pas d'abonnement et je ne suis pas un lève-tôt, comme vous. Il faut dire que je passe des nuits relativement agitées ces temps-ci… Des cauchemars !

– Des remords de là-bas ?

Jean fut décontenancé par la question de l'épicier.

– Des remords ? Pourquoi aurais-je des remords ? J'ai fait mon devoir. Comme ceux d'en face faisaient le leur. Nous savions pourquoi nous étions là et nous n'avons rien fait qui n'était pas dans les règles de la guerre. Non, pas de remords…

Il marqua un temps et jugea opportun d'ajouter :

– J'ai failli mourir là-bas. Une vilaine blessure. Il m'en reste un traumatisme. Rien que de normal.

Sans transition, le père Rémy dit :

– Vous devriez jeter un œil sur le fait divers du jour.

Jean regarda la page à laquelle le journal était ouvert. Il ne lui fallut pas longtemps pour comprendre l'état du père Rémy. Il soupira et laissa tomber le journal sur le sol.

– Je suis allé au cimetière, hier. Hier, le fossoyeur est mort d'une rupture d'anévrisme dans le cerveau. Alors, vous rapprochez les deux faits et vous en concluez que le petit Henri est bien revenu pour venger sa mère. C'est ça ?

Il se leva. La réaction du père Rémy l'amusait, car elle prouvait que le vieil épicier était aussi dangereux qu'il l'avait supposé, et cela le réconfortait. Jean aimait se sentir environné d'ennemis. Il se retrouvait, en quelque sorte, en terrain connu. Et dans des cas pareils, il était passé maître en l'art de surgir là où personne ne l'attendait. Il fit mine d'être irrité, alors qu'il n'y avait aucune colère en lui.

– Vous ne me lâcherez donc jamais ? Ça ressemble à du harcèlement, vous savez.

– Allons, Henri, ne me parle pas sur ce ton-là… Il est inutile d'élever la voix. Je t'ai dit que ton retour n'était pas une bonne chose.

– Pourquoi je n'élèverais pas la voix ? Je suis fatigué de sentir en permanence le poids de votre regard suspicieux. C'est depuis que je suis venu vous saluer… dès mon arrivée. Ma première visite a été pour vous et vous me traitez comme si j'étais le pire des voyous !

Il ramassa le journal et l'agita sous le nez du père Rémy.

– Ils disent là-dedans que le fossoyeur est mort d'une rupture d'anévrisme dans le cerveau, pas d'un coup de matraque sur le coin du crâne. Pas d'un coup de couteau entre les omoplates. Pas d'un coup de feu entre les deux yeux !

Sans se départir de son calme, l'épicier dit :

– Ils disent qu'il avait les yeux exorbités par la peur. La question est même posée clairement de savoir s'il ne serait pas mort de peur !

– Bon Dieu ! Vous avez lu la presse, ces jours-ci ? Avec les élections qui approchent, tout le monde ne parle que d'insécurité ! On ne s'est jamais senti aussi menacé. Même ceux qui habitent dans des voies privées gardées par des hordes de vigiles, jour et nuit, se mettent à parler de l'insécurité de leur quartier. Alors, quand un pauvre vieux fait ses bagages pour l'autre versant et que la vue de la Camarde lui flanque la trouille, on se demande si le grand méchant Henri Meynard n'est pas venu lui faire « Bouh ! » sous le nez ! Et comment je l'aurais fait mourir de peur votre fossoyeur ? En lui disant que j'étais revenu lui faire la peau ? En pratiquant une cérémonie vaudou au milieu du cimetière ? En lui jetant un sort ?

Jean Abbadôn reprit son souffle. D'un ton plus calme, il demanda :

— Et puis... qu'est-ce que ce brave homme avait à voir avec la mort de ma mère ? Il l'a mise en terre, c'est vrai. C'était son métier. Mais il n'a jamais été un habitué du Café du Sablon, pour autant qu'il m'en souvienne. Pourquoi m'en serais-je pris à lui ?

Jean se releva et posa la main sur l'épaule du vieil épicier.

— Bon sang, père Rémy, je ne suis pas un assassin. D'accord, je me suis engagé dans l'armée, mais je n'ai jamais tué un homme pour le plaisir. Je ne suis pas un meurtrier, je suis le fils de la victime. N'inversons pas les rôles voulez-vous ? Je vous aime bien, père Rémy, mais vous commencez à me rendre la vie pénible.

Laissant le journal retomber sur les marches, Jean tourna les talons et s'éloigna sans se retourner. Il marchait en secouant la tête, comme un homme découragé. Dans son dos, il sentait le regard suspicieux du vieil épicier. Il l'avait déstabilisé, c'était évident, mais il n'avait pas réussi à endormir sa méfiance.

Tant mieux ! Ce serait plus drôle ainsi.

XV

Jean Abbadôn s'est rendu au Café du Sablon. En passant devant la boucherie, il n'a pu s'empêcher de s'arrêter et de regarder la jeune femme qui, debout derrière son comptoir, riait avec un client. Leurs regards se sont à nouveau croisés et les sourcils de Marie-Odile se sont froncés, comme la veille. Il a poursuivi son chemin.

Au bistro, il s'est installé à une table et a commandé un café avec des croissants. Toutes les conversations portaient sur les prochaines élections et sur la montée de l'extrême droite en France. Le risque de descente en deuxième division du FC Metz était relégué au second plan. De toute façon, personne ne paraissait y croire.

Jean écoutait les propos oiseux de ces braves gens qui s'imaginaient avoir une vision judicieuse de la situation politique du pays. Ah ! s'ils avaient été au gouvernement, la France aurait été sûrement mieux dirigée. Il scrutait discrètement chacun de ces visages. Parmi eux, se trouvait sans doute l'assassin de sa mère. Lequel ? D'une certaine manière, chacun d'eux. Il en revenait toujours à la même conclusion, qui n'était pas faite pour lui déplaire.

Les habitués lui jetaient de temps en temps un regard en coin. Un nouveau venu est toujours une sorte d'attraction. Aucun ne paraissait le reconnaître. Normal ! Il n'avait plus rien à voir avec le petit Henri. De toute façon, celui-ci n'avait jamais fréquenté cet endroit. Il avait toujours détesté le Café du Sablon, qui lui volait régulièrement sa mère.

S'ils avaient pu savoir ce qui se passait dans la tête de Jean, ces piliers de bistro se seraient nettement moins souciés du résultat des élections. Ils auraient eu un sujet d'inquiétude beaucoup plus personnel. Or, quand un homme tremble pour sa propre vie, l'existence de l'univers lui paraît bien dérisoire.

Jean se garda de se mêler aux conversations. Il se promettait de revenir. De revenir souvent. C'était ici que se jouerait une partie importante de l'impromptu qu'il avait concocté après une aussi longue absence.

Quand il quitta le Café du Sablon, il aperçut une petite femme, tout de noir vêtue, qui s'en revenait probablement de l'église. Son visage de pomme reinette était aussi souriant que la veille. Angèle l'aperçut, elle aussi, et se dirigea vers lui.

– Alors, jeune homme, vous veniez rendre visite à la vieille dame ?

Jean sourit.

– Il est un peu tôt pour prendre le thé, vous ne croyez pas ?

Angèle Brücke haussa les épaules et lui agrippant le bras, elle entraîna résolument son compagnon vers la maison de son enfance.

– Vous savez, à mon âge, le temps est une notion tellement relative, expliqua-t-elle.

Jean se laissa guider. Il émanait d'Angèle une telle bienveillance qu'il ne se sentait pas l'envie de lui opposer la moindre résistance.

– Vous revenez de la messe ? demanda-t-il.

– Oh, les temps ont bien changé…

La brave dame n'expliqua pas en quoi les temps avaient bien changé. Elle poursuivit :

– Je reviens de l'église. J'aime m'y recueillir en dehors de tout service religieux. Ne trouvez-vous pas qu'il émane de ces lieux une atmosphère de sérénité et de réconfort ?

Jean n'avait pas envie de répondre à cette question. Il ne tenait nullement à blesser la vieille dame.

– Quand j'étais enfant, fit-il...

... ma grand-mère m'emmenait toujours avec elle à l'église le dimanche matin. Elle passait à la maison et demandait à maman si elle voulait l'accompagner. La réponse de ma mère ne variait jamais :

– Dimanche prochain, peut-être, mais aujourd'hui, je ne peux pas. Henri ira avec toi, lui.

Personne ne me demandait mon avis. Cela dit, j'aimais bien la grand-messe de dix heures avec la musique d'orgue, les cantiques et le Suisse dans sa belle tenue d'apparat, qui se tenait à la porte. Une seule chose me dérangeait, dans ces instants... À l'église, les hommes devaient aller s'installer d'un côté de la nef, et les femmes de l'autre, or ma grand-mère insistait pour que je reste à côté d'elle. Les gens du quartier connaissaient son caractère et personne n'osait lui résister, pas même le Suisse, tout impressionnant qu'il fût. Cela me vexait ! Mon grand-père, lui, n'assistait jamais aux offices. Il n'était pas très « religieux ». Pourtant, le jour où le vieux curé a pris sa retraite, il s'est proposé pour organiser l'hommage que la communauté voulait lui rendre. Il a réalisé une décoration florale de l'autel, comme jamais aucune église n'en a connue... bon, je suis peut-être un peu partial en affirmant cela. J'allais souvent lui proposer mon aide. Ce qui veut dire que je passais le plus clair de mon temps à le regarder faire.

Il avait l'habitude de ce genre de créations.

À l'occasion de la fête de la mirabelle, la ville organisait – et elle organise toujours – un corso fleuri ; le char créé par mon grand-père remportait souvent le premier prix. Je me souviens de celui qui représentait un sabot... le fameux sabot de Lorraine de la chanson. Il m'avait proposé de participer au défilé. Moi, j'étais encore timide comme pas deux, mais j'ai accepté. Ma mère m'a confectionné un habit de petit ramoneur. Aussi, comme dans la chanson, j'étais fier comme Artaban. Non pas de défiler, mais d'être associé à la réalisation de mon grand-père. Cette année-là,

il a encore remporté le premier prix et moi, j'ai eu droit à un
baiser de Miss Mirabelle.

– Vous semblez avoir beaucoup aimé votre grand-père, dit
Angèle.
– Beaucoup, fit Jean sobrement.

Ils étaient arrivés et la vieille dame le fit pénétrer dans l'appartement dont le petit Henri gardait le souvenir imprimé dans un coin de sa mémoire : le long couloir qui divisait le logis en deux parties, à droite la cuisine, puis la salle de bains et ensuite la chambre de sa mère ; à gauche, le salon et tout au fond la chambre d'Henri. Au bout du couloir, le cagibi. Que de souvenirs ! Des roses et des gris. Pas mal de gris, car l'humeur de sa mère était souvent mélancolique. Aujourd'hui, il dirait qu'elle avait toujours été dépressive. Par moments, elle réussissait à surmonter sa dépression ; à d'autres, elle sombrait – c'était alors qu'elle se rendait au Café du Sablon.

En retrouvant ce lieu qu'il n'avait jamais véritablement « vu », Jean sentit les digues de la mémoire céder sous le flot des souvenirs.

Un soir de Noël, je devais avoir quatre ou cinq ans, nous étions dans la cuisine avec ma grand-mère – en ce temps-là, maman et elle n'étaient pas encore fâchées. Mon grand-père avait préparé le décor du sapin, dans le salon, comme chaque année, et comme il n'était pas avec nous, je supposais qu'il apportait la touche finale à son travail. Bien sûr, la porte du salon était condamnée. Interdiction de la pousser avant qu'il ne vienne nous appeler. Nous patientions donc dans la cuisine, seule pièce éclairée de l'appartement – il fallait entretenir le mystère ! Même dans le couloir, il faisait sombre. J'attendais avec impatience le moment où la porte s'ouvrirait sur les cadeaux disposés au pied de sa composition toujours réinventée.

J'ai subitement éprouvé le besoin de faire pipi. Je suis donc sorti dans le couloir et là, j'ai aperçu, dans la pénombre, juste devant la porte du cagibi... le père Noël ! Lui-même, en personne... J'ai poussé un hurlement à réveiller les morts et j'ai pissé dans mon pantalon, tellement cette vision m'avait impres-sionné. Aussitôt le père Noël a retiré sa barbe et j'ai vu mon grand-père s'exclamer.

– Voyons, Henri, c'est moi. N'aies pas peur !

Personne n'a ri, mais ma grand-mère m'a traité de poule mouillée. Maman est intervenue :

– Mais non, voyons, Henri n'est pas une poule mouillée. Moi aussi, j'aurais eu peur à sa place.

Mon grand-père m'a rassuré. Il avait voulu me faire une surprise. C'était fameusement réussi !

– Moi aussi, j'aurais été impressionnée, dit Angèle, en secouant la tête. Voulez-vous du café ?

Jean n'osa pas refuser.

– Nous allons le boire ici, ensuite je vous emmènerai dans la maisonnette.

Tandis qu'elle sortait les tasses et mettait l'eau à chauffer, la vieille dame dit :

– Quand je me suis installée dans cet appartement, je me suis tout de suite sentie environnée par une grande tristesse. Les gens me disaient que c'était sans doute à cause du drame qui avait frappé ses anciens habitants. Mais, moi, cette explication ne me satisfaisait pas. Votre mère n'a jamais été heureuse, ici, n'est-ce pas ?

Jean s'assit à une table qu'il ne reconnaissait pas. Tout le mobilier avait changé, et jusqu'au papier peint qui recouvrait les murs.

– Ma mère aimait un homme qui l'a abandonnée après l'avoir mise enceinte. Ensuite, elle ne s'est jamais mariée.

Elle a consacré toute son existence à mon éducation. Mon grand-père l'a beaucoup aidée. En réalité, cet homme n'était pas son géniteur. Ma grand-mère, dont la jeunesse avait été… disons, dissolue, s'était, elle aussi, retrouvée enceinte sans être mariée, mais en l'occurrence, c'était elle qui avait plaqué le père ; je suis sûr que cet amant occasionnel n'a même jamais su qu'il avait une fille. Quand elle a rencontré mon grand-père, ils sont sortis ensemble pendant plusieurs mois – en tout bien tout honneur ! Elle avait sans doute décidé de s'acheter une conduite – à moins que mon grand-père n'ait été respectueux des conventions...

Un soir, comme elle rentrait dans son petit appartement du Sablon, juste ici derrière, rue Saint-Livier, elle l'a trouvé assis sur le seuil de la porte. Il tombait des cordes et il n'avait qu'une chemise fatiguée sur le dos. Son père venait de le flanquer à la porte, or, mon grand-père, qui vivait encore chez ses parents, travaillait déjà, mais n'avait pas un centime à lui. Il devait rendre l'intégralité de sa paie à son poivrot de père. Il a donc demandé à ma grand-mère s'il pouvait loger chez elle. Elle lui a répondu :

– Écoute, j'ai une fille, qui est élevée à Trèves par ma sœur. Si tu veux monter chez moi, il faut que tu m'épouses et que tu la reconnaisses.

Le pauvre vieux était amoureux de cette femme – oh ! combien délicate ! Il s'est empressé d'accepter. Deux mois plus tard, ils étaient mariés, ma grand-mère renonçait à travailler et filait à Trèves chercher sa fille qui avait alors onze ans et n'avait pas vu sa mère depuis près de dix années. Autant dire qu'elle ne conservait aucun souvenir d'elle. La jeune mariée repentie n'a pas demandé l'avis de la gamine, pas plus que de la tante qui avait élevé la fillette, tout ce temps-là, en ne lui mégotant pas son amour. Elle a ainsi ramené à Metz un enfant terrorisé par cette inconnue aussi chaleureuse qu'un de ces blocs de glace, qu'on livrait alors dans des camions réfrigérés.

La petite Aline a ainsi découvert à la fois une mère, qui l'impressionnerait toujours, et celui qu'elle ne tarderait pas à aimer et à considérer comme son vrai père. Elle a aussi découvert la bêtise des humains. Étant donné qu'elle avait passé toute son enfance en Allemagne, elle ne parlait pas le français. À l'école, les autres enfants lui lançaient des pierres en la traitant de : « Sale Boche ! » La Guerre était passée par là.

Elle a serré les dents et dès la fin de sa première année de scolarité lorraine, elle était première en français. Je crois qu'elle n'a jamais pardonné à sa mère de l'avoir abandonnée à la naissance. Après la mort de mon grand-père, les relations se sont tendues entre les deux femmes, au point qu'elle a cessé de voir ma grand-mère.

— Elle a dû être bien malheureuse.

Angèle s'assura que son visiteur avait vidé sa tasse de café avant de proposer :

— Allons voir la maisonnette de votre enfance !

Jean éprouva un pincement au cœur en descendant l'escalier de la cave, puis en traversant la buanderie. Cet endroit avait été source de tant de peurs pour le petit Henri, qui avait toujours imaginé que l'obscurité était peuplée de fantômes et de spectres en tous genres. Angèle ouvrit la dernière porte qui donnait sur un escalier menant au jardin.

— Et voilà, dit-elle, en lui tendant la clé de la maisonnette.

XVI

Quand la porte s'ouvrit en grinçant faiblement, Jean sursauta. L'espace d'un instant, il eut l'impression d'apercevoir une ombre au fond de la pénombre. L'ombre de cet homme qui l'avait visité la veille au soir, dans le garde-manger. L'ombre de son grand-père ! Il se retourna et le visage de la pomme reinette le rassura aussitôt. Quand il ramena son regard vers l'intérieur de la maisonnette, l'illusion s'était dissipée. Il dut se baisser pour franchir le seuil, car la porte était basse.

La première pièce, plus étroite que la seconde, avait été construite alors que le petit Henri avait une douzaine d'années. Son grand-père avait jugé que, l'enfant grandissant, l'endroit devait grandir lui aussi. Jean ne fut pas surpris de constater que la vieille dame avait remplacé l'établi de menuisier d'autrefois par un matériel de jardinier, soigneusement rangé et entretenu. Il ouvrit les volets puis passa dans la pièce principale où il fit de même.

L'endroit avait été aménagé de façon très coquette. Sur une petite table ronde, revêtue d'un napperon réalisé au crochet, des pelotes de laine de couleurs diverses, avec des aiguilles plantées dedans ; à côté des crochets et un matériel de broderie, indiquaient qu'Angèle s'installait ici pour se livrer à toutes sortes de travaux d'aiguilles. L'unique fauteuil installé tout à côté suggérait quant à

110

lui que la vieille dame aimait ses aises et qu'elle n'invitait pas souvent quelqu'un à partager sa solitude.

Aux fenêtres, elle avait installé des rideaux au point de croix ; du temps où le petit Henri s'installait ici pour lire, les fenêtres étaient garnies de demi rideaux de confection, sur lesquels étaient brodés, d'un côté, un chien et de l'autre un chat.

Ici, combien ai-je passé d'heures en lectures et en rêveries ? Je dévorais tout, selon les âges : la comtesse de Ségur, Enyd Blyton, Charles Dickens, Alexandre Dumas, Jules Verne, Eugène Sue... plus tard, Balzac, Stendhal, Maupassant, Zola. Je ne dédaignais pas non plus Ian Fleming, Paul Kenny ou Agatha Christie. Tout ce qui me tombait sous la main et pouvait me faire rêver, sans souci du programme ou des obligations scolaires.

Quand j'avais terminé un livre – ou parfois en plein milieu de l'histoire –, je me précipitais sur la balançoire. Je reprenais les principaux personnages à mon compte et je leur inventais de nouvelles aventures. Je nourrissais une véritable passion pour Paul Féval. Combien de chevauchées, le chevalier de Lagardère n'a-t-il pas entreprises tandis que je me balançais de toutes mes forces, sous les exhortations au calme de ma mère. Je ne l'entendais pas. Quand l'heure du repas ou du coucher venait et qu'elle m'appelait, elle devait toujours s'y reprendre à plusieurs reprises. Je n'entendais rien, perdu dans un univers imaginaire beaucoup plus épanouissant que celui dans lequel elle cherchait à me ramener.

Je consacrais peu de temps à la réalité. Toujours égaré dans mes mondes parallèles. Quand j'ai eu douze ans, ma grand-mère m'a offert une machine à écrire en me disant :

– Toi, tu deviendras journaliste !

Je lui ai répondu :

– Non, je serai écrivain !

Je n'ai jamais voulu faire autre chose de ma vie... sauf le jour où j'ai décidé d'entrer dans les ordres. Mais il faut dire que dans ma réalité, devenir écrivain n'était guère qu'un vœu pieux. Pieux et absurde !

Et pourtant... j'en ai écrit des romans sur cette balançoire !

111

– Vous êtes un drôle de personnage, Henri, observa Angèle.

– Vous connaissez mon nom ? s'étonna Jean.

– Bien sûr, voyons ! Ne m'avez-vous pas dit que vous étiez le fils de la dame qui vivait ici avant son décès brutal ? Vous êtes donc Henri Meynard, n'est-ce pas ?

– J'oubliais que la mort de ma mère a dû alimenter les conversations des gens d'ici longtemps après mon départ.

– Vous savez, je ne me suis jamais beaucoup intégrée à la vie du quartier. Seulement, après mon installation… un peu forcée, dans cet appartement, mon fils est régulièrement venu me rendre visite. J'ai voulu croire que c'était le remords de m'avoir, en quelque sorte, chassée de chez moi. J'ai bien vite compris qu'il venait surtout s'assurer que je me plaisais dans ce rez-de-chaussée, et que je n'avais pas l'intention de retourner vivre dans ma maison au centre de la ville.

Elle fit une pause en secouant la tête tristement. Elle songeait, sans doute, à cet autre lieu où elle avait vécu des jours tellement plus heureux et dont elle avait été exilée par un fils qui n'avait pas su gérer sa vie. Jean était sorti de son refuge d'antan et ils parlaient en marchant dans le jardin divisé en quatre parcelles : une pour la maisonnette, une pour la balançoire, la troisième pour les fleurs et la quatrième pour les arbres fruitiers. Comme autrefois. Angèle avait respecté l'agencement des lieux.

– Je dois votre nom et votre histoire à mon fils, reprit-elle. Il connaissait votre mère et vos grands-parents.

– Il habitait dans le quartier ? demanda Jean, subitement intéressé par ce fils indigne.

– Vous l'avez sûrement croisé, quand vous habitiez encore ici. Il résidait avec sa femme rue Paul-Diacre ; ils possédaient une petite mercerie rue de la Chapelle.

Jean sentait son cœur battre avec force dans sa poitrine. Il s'efforça de prendre un ton anodin pour demander :

– Ne fréquentait-il pas le Café du Sablon ?

La vieille dame haussa les épaules.

– Il y passait plus de temps que chez lui. C'est sans doute pour ça qu'ils n'ont jamais eu d'enfants, ma bru et lui. Et c'est, sans doute, pour compenser de ne lui avoir jamais fait les enfants dont elle rêvait qu'il a voulu lui offrir ma maison. Comme si une belle maison, ou quoi que ce soit, pouvait compenser toutes ces années pendant lesquelles il a délaissé sa femme pour les amis, le jeu et le mauvais vin !

Jean situait maintenant fort bien le fils de la vieille dame au visage de pomme reinette.

– Aujourd'hui, il ne fréquente donc plus le Café du Sablon ? demanda-t-il en prenant soin de ne pas paraître trop insistant.

La vieille dame sourit.

– Je vous ai raconté que les premiers temps de mon installation ici, il venait régulièrement passer quelques heures avec moi... une fois par semaine. Puis, ses visites se sont faites plus rares et ont pris fin quand il a compris que je ne chercherais pas à lui reprendre mon bien. Seulement, il n'allait quant même pas renoncer à la belle excuse de la visite à sa vieille mère. Aujourd'hui, il fait toujours croire à sa femme qu'il vient me voir tous les mercredis, seulement il ne dépasse jamais le Café du Sablon. Tiens ! Il devrait y être ce soir.

Jean secoua la tête. Il avait enregistré l'information. Lui aussi serait au Café du Sablon, ce soir.

– Vous regrettez votre maison, n'est-ce pas ?

Angèle fit la moue et son visage de pomme reinette s'en trouva encore plus froissé qu'à l'habitude, mais elle n'en perdit pas pour autant son charme de vieille dame toute de bonhomie.

– Je ne voudrais pas vous froisser, jeune homme. Autant j'adore ce jardin et cette maisonnette si chère à votre cœur, autant l'appartement me donne des idées noires. D'abord, il manque de lumière – un défaut qui m'est insupportable. Et puis, je vous l'ai dit : il dégage une atmosphère lourde, pesante... si triste !

– Déprimante, ajouta Jean.

Angèle eut un petit sourire triste.

– Oui, déprimante, confirma-t-elle. Au printemps et en été, ce n'est pas trop grave, je viens ici, dit-elle en désignant la maison-nette, mais en automne et surtout en hiver... il y fait trop froid et presque aussi sombre que dans l'appartement.

– Vous aimeriez retourner vivre dans votre maison, n'est-ce pas ? fit Jean.

– Oh, vous savez… si mon fils s'y sent bien, et surtout si cela lui évite de vouloir m'envoyer dans une résidence pour personnes âgées… Quant à vivre sous le même toit que lui… jamais ! Je ne supporterais pas de le voir traiter sa femme avec aussi peu de considération. Je préfère n'avoir pas à intervenir dans leur couple. Pourtant, si je disais le fond de ma pensée… Il vaut beaucoup mieux que je m'abstienne.

– Angèle, on ne sait jamais ce que la vie nous réserve. Peut-être que vous la retrouverez, un jour, votre maison.

La pomme de reinette haussa à nouveau les épaules.

– Je ne me fais aucune illusion, Henri. Mais vous êtes gentil de vouloir allumer une lueur d'espoir dans mon ciel grisâtre. Ne trouvez-vous pas que l'air s'est un peu rafraîchi ?

Jean opina de la tête. Il retira son veston et le posa délicatement sur les épaules de sa nouvelle amie.

– Quel homme délicat et attentionné ! observa la vieille dame, en tournant un regard ému vers son compagnon. Rentrons, voulez-vous. Et si la vieille dame ne vous ennuie pas trop, nous prendrons un autre café.

– Volontiers, fit Jean.

Il leva les yeux vers le ciel qui se couvrait de nuages lourds et menaçants. Il eut l'impression d'entendre sa mère lui crier :

– Henri, il va y avoir de l'orage. Ne reste pas dehors, tu vas te faire tremper. Rentre à la maison, maintenant.

Quand j'étais enfant, et jusqu'à mon adolescence, il m'arrivait souvent de rêver d'un grand chat noir. C'était un animal inquiétant, qui se déplaçait sur ses pattes arrière, tel un bipède, et avait taille humaine.

Le rêve se déroulait selon un scénario immuable. Je jouais dans le jardin. Seul. Ce qui m'arrivait souvent dans la réalité. Vous ai-je dit que j'étais un enfant sombre et solitaire ? Tout à coup, le ciel se couvrait de nuages couleur de cendre. L'orage approchait rapidement. Dès cet instant, la peur m'envahissait.

Une peur qui n'était guère éloignée de la terreur. L'orage en soi ne m'inquiétait pas. La traversée du sous-sol non plus – encore que je détestais cet endroit ténébreux et peuplé d'ombres inquiétantes. Mais, en l'occurrence, ce qui me terrorisait, c'était ce que je savais trouver à l'issue de ma course vaine.

Car, même dans mon sommeil, je connaissais, par avance, le déroulement du rêve.

J'ignore ce qui serait advenu si j'étais resté dans le jardin à affronter l'orage, ou si j'avais cherché refuge dans la maisonnette construite par mon grand-père, ou encore si j'avais tenté de rentrer chez moi par la fenêtre de la chambre de ma mère ou de la cuisine. Je l'ignore parce que pas une fois l'idée ne m'a traversé l'esprit de choisir l'une de ces solutions, pourtant simples et non déraisonnables.

À chaque fois, je cédais littéralement à la panique. L'estomac noué, je dévalais les escaliers, je poussais avec vigueur la porte de la buanderie que je traversais sans regarder ni à gauche ni à droite. La porte intermédiaire donnant sur les caves volait à son tour, je grimpais quatre à quatre les escaliers menant à la surface. La dernière porte me cédait sans l'ombre d'une résistance. Je pivotais et montais les cinq dernières marches pour me retrouver devant la porte du rez-de-chaussée, derrière laquelle j'espérais toujours réussir à me réfugier. Hélas, celle-ci me résistait.

Dès lors, je ne me faisais plus d'illusions ; rien ne pourrait infléchir le cours des événements.

Je me retournais lentement et je me retrouvais face au Chat noir, debout au pied des cinq marches qui nous séparaient. Il souriait, immobile, et moi je restais terrifié à attendre je ne sais quoi.

Je ne l'ai d'ailleurs jamais su, car là s'arrêtait le rêve.

Le Chat noir ne m'a jamais fait le moindre mal. Il n'a jamais eu le moindre geste menaçant à mon endroit. Pourtant, personne ne m'a jamais inspiré plus de terreur que lui.

La vieille dame secoua la tête.

– Oui, quel étrange personnage vous faites, Henri ! J'ai l'impression que vous avez toujours vécu en dehors de la réalité.

Aujourd'hui, encore… Comme si vous étiez enfermé dans la mémoire d'un autre. Comme si l'adulte était prisonnier de l'enfant.

Jean baissa la tête. Il voulait éviter le regard de la trop perspicace dame. « *Comme si vous étiez enfermé dans la mémoire d'un autre…* il est bien étrange qu'elle ait prononcé ces mots, songea-t-il. »

– J'ai passé toutes ces années dans l'armée, tenta-t-il d'expliquer. Je me suis battu partout où…

– Vous n'êtes pas obligé de revivre ces moments douloureux, le coupa Angèle.

Jean sourit.

– J'ai été gravement blessé… à deux doigts de la mort. Une fois rétabli, j'ai quitté l'armée et j'ai décidé de rentrer au pays.

– Vous voulez oublier toutes les horreurs que vous avez vécues là-bas, compléta Angèle. En renouant avec votre enfance, vous espérez retrouver vos racines et un peu de votre sérénité… C'est bien cela ?

Elle n'attendait pas qu'il lui réponde. D'ailleurs, sans s'interrompre, elle ajouta avec un sourire lumineux et rassurant :

– Ne quittez pas un drame pour sombrer dans un autre, jeune homme. Ne vous laissez pas dériver dans un nouveau drame qui, de toute façon, n'est pas le vôtre.

Jean sourit ; il se voulait rassurant lui aussi.

– La mort de ma mère n'appartient pas à mon enfance, dit-il. Le père Rémy est persuadé que je suis revenu pour me venger. Mais pourquoi voudrais-je me venger aujourd'hui, alors que je ne l'ai pas fait hier ? Et puis, j'ai eu plus que ma dose de violences. J'aspire à la paix, désormais. À la paix intérieure plus qu'à tout autre chose.

En prononçant ces mots, Jean avait curieusement le sentiment d'être sincère. Alors que… sa mission !

Angèle hocha la tête de haut en bas.

– Alors, c'est bien, Henri. C'est bien !

Jean repoussa sa chaise. La tasse de café était vide devant lui.

– N'aviez-vous pas dit, hier soir, que l'ampoule était grillée dans la maisonnette ? Si vous avez une ampoule neuve, je puis vous la remplacer, proposa-t-il.

– Oh, ne m'obligez pas à la chercher, maintenant, fit la vieille dame, en affectant la lassitude. Vous me la remplacerez lors de votre prochaine visite, car vous reviendrez me voir, n'est-ce pas ?

Jean sourit. Il était persuadé qu'Angèle savait fort bien où se trouvaient les ampoules de rechange, qu'elle n'aurait pas à chercher pour mettre la main dessus.

– Si vous le permettez, dit-il, en guise de promesse.

Et pour la seconde fois, la pomme de reinette lui dit :

– Vous êtes vraiment un homme délicat et attentionné, Henri. Je suis très heureuse que vous ayez éprouvé l'envie de revoir la maisonnette construite par votre grand-père. Cela nous a permis de faire connaissance et de devenir amis. Vous reviendrez, n'est-ce pas ? demanda-t-elle encore.

Il promit.

Angèle fronça les sourcils et portant un doigt à ses lèvres, elle dit en raccompagnant son visiteur :

– Je songe au chat noir de votre rêve, Henri. Vous n'avez jamais pensé à rentrer par la fenêtre de la chambre ou de la cuisine, comme vous n'avez jamais pensé à vous réfugier dans la maisonnette, dites-vous… Pourtant, vous saviez ce qui vous attendait. Ne croyez-vous pas que ce rêve cherchait à vous faire prendre conscience que vous avez tendance à accepter trop facilement l'aspect inéluctable des événements ? Que vous êtes trop soumis à la fatalité ? Le fait que ce chat n'ait jamais eu de comportement agressif à votre égard – il était même souriant, non ?… N'était-ce pas une façon de vous faire comprendre que vous n'aviez rien à craindre de lui ? En d'autres termes, que vous pouviez choisir une autre voie que celle qui vous était tracée ? Que celle-là vous menait dans une impasse ?

Jean demeura un instant interloqué.

– C'est curieux, murmura-t-il. Les psychiatres n'ont jamais vu autre chose qu'une peur de la sexualité dans ce rêve.

La vieille dame éclata de rire.

— Oh, mon Dieu ! Freud a fait beaucoup de bien, mais il a fait aussi beaucoup de mal. Réfléchissez à mon interprétation. Rien n'est écrit d'avance, Henri. Il est toujours possible d'infléchir le destin.

Quand Jean Abbadôn se retrouva seul dans la rue, il resta un long moment immobile au bord du trottoir. Angèle ! Ange-elle ? Quel ange était cette femme ? Un ange tentateur envoyé pour troubler l'ange exterminateur ? Pourtant, Angèle se trompait. Ce qui était écrit devait advenir ! Le choix n'existait pas. En tout cas, il n'existait plus ! Abbadôn devait aller au bout de sa mission en ce lieu. Il murmura d'une voix sourde et presque inaudible :

— « Je pris le petit volume de la main du messager et le dévorai ; il avait dans ma bouche la douceur du miel et, comme je l'avalais, il devint amer à mon ventre. » Apocalypse, X, 10.

Jean s'éloigna en songeant :

« C'est bien cela, les paroles de cette brave vieille sont comme du miel, mais si je les avale, elles se transformeront en poison. J'irai jusqu'au bout de ma route ! Nul ne peut plus m'arrêter, désormais. »

Au plus profond de son être, une petit voix lui disait que la vieille dame n'avait pas foncièrement tort, mais il s'efforça de la faire taire.

XVII

Jean marcha beaucoup ce jour-là. Franchissant le pont Saint-Clément, que les gens d'ici appelaient le pont Amos, parce qu'il débouchait sur l'ancienne brasserie, aujourd'hui à l'abandon, il traversa la rue de Pont-à-Mousson et déambula dans le jardin botanique. Il arrivait non loin de la maison de retraite La Vacquinière, où sa grand-mère avait choisi de finir ses jours, après le décès de son mari. Il n'eut pas une pensée pour la vieille dame au cœur froid.

Ses pas le conduisaient vers la Moselle. Vers son canal, pour commencer, avec son bras mort et l'île Saint-Symphorien. Quand on consulte une carte, l'île ressemble à une tête monstrueuse, la gueule ouverte au nord-ouest en un cri lancé en direction de sa voisine : l'île du Saulcy. Un cri ? Plutôt un râle d'agonie.

Non, Jean n'anticiperait pas. L'opportunité lui était offerte de se confronter à l'endroit où sa mère avait été assassinée, non pas en solitaire mais en compagnie d'une jeune fille qui présentait quelques points communs avec la belle Aline Meynard. Comme la jeune femme assassinée, elle fréquentait le Café du Sablon et affolait les habitués par ses danses aguicheuses. Jean n'entendait pas gâcher par un excès d'empressement cette occasion d'ajouter un peu de piment à son approche du lieu du crime.

Il revint sur ses pas et s'engagea dans la rue de Nancy jusqu'à la place de Maud'Huy, où les rues font succéder Verlaine à

Rabelais et à Mozart. Il ne s'arrêta qu'au pied de la cathédrale, la plus haute et la plus ajourée du monde. Celle qui abritait dans ses entrailles l'effigie du Graouilly, le vieux dragon local. Sans ralentir le pas, Jean Abbadôn y pénétra et remonta la nef jusqu'au pied de l'autel. Il ne posa pas le genou en terre, mais leva la tête vers le Christ en croix, presque en un geste de défi.

Jusques à quand, ô maître, ô saint et véridique,
ne juges-tu pas et ne venges-tu pas
notre sang sur les habitants de la terre ?

C'est à peine si Abbadôn avait murmuré ces mots, mais il éleva légèrement la voix pour ajouter :

– Apocalypse, VI, 10.

Un prêtre s'arrêta et le dévisagea avec curiosité. Jean s'en aperçut et lui sourit. L'autre hésita, lui rendit son sourire et vint le saluer.

– J'ai surpris votre allusion à l'Apocalypse. Vous avez bien dit VI, 10, je crois…

Abbadôn secoua la tête. Il n'aimait pas les représentants de l'Église, mais, quand il le voulait, il savait porter son masque sans rien trahir de ses sentiments.

– C'est cela, oui, répondit-il, sans se départir de son sourire et de son expression avenante.

– Vous en appelez donc à la colère divine ? fit l'autre, intrigué.

– Sans doute.

Le prêtre se demandait si cet homme, qui semblait posséder une connaissance rare de la Révélation[1] de Jean, avait besoin d'une assistance morale. Son regard paraissait celui d'un être posé et même sûr de lui, pourtant si on poussait au-delà de l'impression première, on devinait un homme troublé. L'énergie qui émanait de lui était même celle d'un individu en plein désarroi.

---

1. Le sens premier d'Apocalypse est, en fait, celui de révélation.

– Souhaitez-vous parler à un homme d'Église ? demanda le prêtre.

Décontenancé, Jean mit un temps à réagir.

– Qu'est-ce qui vous fait croire que je puisse avoir besoin de parler avec un homme d'Église ? demanda-t-il.

L'autre joignit les mains et son visage afficha cette expression d'obséquiosité mielleuse qui était l'une des causes de l'irritation que Jean éprouvait toujours en présence des gens du culte.

– Un homme qui en appelle à la vengeance divine ne peut avoir le cœur au repos.

– Vous croyez ? fit Jean en s'efforçant de maîtriser sa voix. (Il marqua à nouveau un temps et demanda :) Regardez autour de vous, mon père... voyez le monde dans lequel nous vivons, comment un être un tant soit peu conscient pourrait-il avoir le cœur au repos ?

Le prêtre se méprit alors sur les propos de Jean. Les murs de la ville étaient couverts d'affiches électorales. Pour présider à sa destinée, la France avait le choix entre un homme dont la probité était douteuse et un autre dont le fer de lance était la haine du prochain. Partout en Europe, les mouvements d'extrême droite reprenaient force et vigueur. Et partout ailleurs, la guerre, les attentats, la faim, la misère...

– Je comprends votre désarroi, mon fils, mais est-ce bien à la colère de Dieu qu'il convient de faire appel en la circonstance ? Ne vaudrait-il pas mieux en appeler à Son amour ?

Jean ne put retenir son rire.

– Pardonnez-moi, mon père, mais voilà plus de deux mille ans que votre Église prône l'amour du prochain et qu'elle s'efforce de l'imposer par tous les moyens possibles et imaginables, le résultat n'est guère convaincant. Ne vous êtes-vous jamais dit que les méthodes du Dieu vengeur de l'Ancien Testament étaient nettement plus expéditives ?

– Mon fils... commença l'autre catastrophé, mais Jean lui coupa la parole.

– Non, ne tenez pas compte de ce que j'ai dit, mon père. Les terribles colères de ce Dieu vengeur n'ont pas été plus efficaces que votre amour : le Déluge, Jéricho, Sodome et Gomorrhe… Rien n'y a fait ! Tout est toujours à recommencer. Peut-être, un jour, devrait-Il en tirer la leçon ultime, ce Dieu vengeur, tout comme votre Dieu d'amour, d'ailleurs. Le problème ne vient pas de Dieu, mais de l'humanité. Vous ne croyez pas ?

L'ecclésiastique était déconcerté. Jean en profita.

– Encore que… l'humanité est une création de Dieu. C'est donc Lui le responsable premier.

– Mon fils…

– Tout cela est bien embrouillé, ne trouvez-vous pas ? Dieu… l'Homme… Une seule chose commune aux deux : la colère ! Nous voici ramenés à notre point de départ.

– La colère n'est jamais bonne conseillère, mon fils.

– Alors, pourquoi le Dieu de l'Ancien Testament l'a-t-il si souvent laissé exploser ?

– Il ne s'agissait pas de colère au sens où l'homme l'entend… comme l'expression d'un trop plein, mon fils. Dans le cas de Dieu, la colère est la juste rétribution des fautes d'une humanité qui…

Jean le coupa une fois encore.

– Je vous en prie, mon père, toutes vos paroles ne servent à rien, sinon à brasser du vent. Quand la colère est juste, son expression est nécessaire. Hélas, vos semblables, n'ont eu d'autre souci que d'asservir l'humanité. Ils n'ont donc cessé de la museler. Vous mettez tout en œuvre pour empêcher l'homme de hurler quand il n'en peut plus. Et faute de pouvoir donner libre cours à cette fureur qui l'étouffe, il souffre au plus profond de ce que vous appelez son âme sans, pour autant, comprendre ce que recouvre ce terme. Mais vous avez raison, l'homme ne doit s'en prendre qu'à lui-même. L'Église n'a jamais dissimulé ses intentions. Elle a toujours présenté le Christ comme un berger et l'humanité comme un troupeau de moutons bêlants…

– Mon fils !

Le prêtre regrettait d'avoir adressé la parole à cet homme en proie à un tourment intérieur, qu'il avait perçu sans en mesurer l'ampleur. Il s'en voulait de lui avoir fourni l'opportunité de déverser son fiel dans la maison du Seigneur et dans les oreilles vertueuses de fidèles venus chercher quelque réconfort au pied de la croix. Il aurait dû le rejoindre sur le parvis ou l'inviter dans la sacristie. Il n'était pas bon que des fidèles surprennent de tels propos. Encore que... la plupart des « fidèles » présents n'étaient là que pour admirer l'architecture matérielle de l'édifice et non son architecture spirituelle. Combien pliaient encore les genoux pour rendre grâce à Dieu ? Même pleines, les églises étaient devenues des lieux bien vides !

Abbadôn avait élevé le ton et des têtes se tournaient vers lui, mais il n'en avait cure. Il éprouvait une satisfaction proche de la jouissance à défier l'Ennemi dans sa propre maison.

– Mais... prenez garde, mon père ! En contraignant l'homme au silence, vous faites de votre Église une communauté d'êtres tièdes, or vous n'avez sûrement pas oublié ce que dit l'Apocalypse, chapitre III, verset 15.

Le prêtre fronça les sourcils et, souriant, Jean enchaîna :

– « Tu n'es ni chaud ni froid ; il vaudrait mieux que tu sois chaud ou froid. Ainsi, puisque tu es tiède et ni chaud ni froid, je vais te vomir par ma bouche. »

Sans laisser le temps au prêtre de lui répondre, Jean tourna les talons et parcourant la nef en sens inverse, il se dirigea vers la sortie. Il entendit le malheureux représentant de l'Église lancer à trois reprises dans son dos :

– Mon fils...

Il ne se retourna pas. Il se sentait apaisé. Il songeait que, dans la crypte, le Graouilly devait se réjouir. Il lui donnerait encore bien d'autres occasions d'exulter... avant longtemps.

Sur le parvis de la cathédrale, le soleil était doux à sa peau.

XVIII

Quand Alicia poussa la porte du Café du Sablon, elle fut surprise de constater que Jean était déjà installé, devant un verre de pastis. Pourquoi surprise ? Elle aurait été incapable de le dire. Elle avait simplement imaginé que ce curieux personnage était du genre à se faire attendre plutôt qu'à patienter. Il lui adressa un signe de la main discret en lui indiquant le siège qui lui faisait face. Tous les clients et le patron saluèrent la jeune fille avec jovialité. Dès qu'elle eut pris place à sa table, ils entreprirent de dévisager l'inconnu avec encore plus de curiosité, et beaucoup moins de retenue, que lorsqu'il était venu prendre son petit déjeuner, le matin même.

– Nous allons leur fournir un sujet de conversation pour le reste de la soirée, observa la jeune fille, à voix basse et en se penchant vers son compagnon.

Ce soir, elle avait enfilé un jean bleu délavé et un chemisier blanc très sobres ; elle portait sur l'épaule un blouson en jean délavé comme le pantalon. Aux pieds, des bottines rouges à talons. Jean nota qu'elle avait adopté une apparence beaucoup moins sexuellement agressive que la veille. Comme si elle voulait lui adresser un message. Il sourit. Alicia supposa que c'était en réponse à sa remarque, mais Jean se souciait peu des ragots. De toute façon, ces braves gens ne tarderaient pas à avoir des sujets de conversations beaucoup plus captivants que la vie sentimentale et sexuelle de la belle Alicia et de l'inconnu sorti d'on ne sait où.

– Vous tenez vraiment à ce que je danse pour vous avant notre promenade ? demanda Alicia. Parce que là, c'est pour la semaine qu'ils tiendront leur sujet de conversation et j'ai bien peur de ne pas avoir fini d'en entendre parler. Vous savez, tout le monde se connaît, ici.

Jean savait. Il sourit. Alicia commanda :

– La même chose !

Elle montrait le verre de son compagnon.

– Je vous remets ça ? demanda le patron à l'inconnu, qui devenait subitement un personnage presque familier.

– Bien volontiers, monsieur, dit Jean sur un ton presque mondain qui fit sourire Alicia.

Quand ils se retrouvèrent seuls, il se décida, enfin, à répondre à la jeune fille :

– Je ne voudrais pas être à l'origine d'un malaise dans vos rapports de bon voisinage avec ces braves gens. Et surtout, je ne tiens pas à vous donner le sentiment qu'entre nous ce soit du donnant donnant. Je vous raconterai mon histoire. Ensuite, si nous devenons amis, peut-être qu'un jour vous accepterez de venir prendre un verre chez moi. Ce jour-là, vous aurez droit à une surprise... Il n'est pas impossible qu'alors vous choisissiez vous-même de m'offrir l'une de vos danses. Je serai votre seul spectateur. Personne ne pourra donc jaser.

Alicia secoua la tête avec un léger sourire dans les yeux.

– Vous êtes vraiment un étrange personnage, Jean, dit-elle en versant de l'eau dans son pastis.

– Décidément, je fais de plus en plus l'unanimité dans le quartier. Ce matin, une vieille dame au visage de pomme reinette m'a fait la même observation.

La jeune fille fronça les sourcils, puis se frappant le front, elle s'exclama :

– Je parie que vous parlez de la vieille Angèle.

– Exact.

– Un visage de pomme reinette... oui, cela lui convient bien. Ainsi, vous connaissez Angèle ?

– Cela fait partie de mon histoire, répondit Jean.

– Je suis impatiente de l'entendre.

Voyant qu'il n'enchaînait pas, elle reprit :

– Angèle est une vieille dame adorable. Il m'arrive d'aller lui tenir compagnie. Elle est tellement seule...

Alicia rit.

– Elle est adorable, mais elle a un sacré tempérament... trempé comme l'acier ! Si vous êtes dans ses bonnes grâces, et cela semble être notre cas à tous les deux, vous avez droit au sourire le plus lumineux et au café le plus savoureux qui soient ; mais, si vous ne lui plaisez pas, elle sait se montrer redoutable et même son café devient férocement amer.

La porte du café venait de s'ouvrir. Alicia lui tournait le dos et, par-dessus son épaule, Jean reconnut le nouvel arrivant. Il était vêtu d'un costume bleu marine qui, de toute évidence, ne sortait pas d'une boutique de confection, mais de chez un tailleur. Un tissu de qualité et une coupe soignée, mais la fibre paraissait bien fatiguée et les coudes de la veste avaient été renforcés. Il lança à la cantonade un « Bonsoir », qui indiquait l'habitué. Il serra la main de plusieurs clients avant de terminer par celle du patron.

C'était lui, le fils de la pomme reinette. Celui qui possédait, autrefois, une mercerie dans la rue de la Chapelle. Gérard !

Le nouvel arrivant n'était pas là depuis cinq minutes qu'il avait déjà avalé deux pastis et qu'il réclamait au patron un paquet de cartes à jouer. Il le tendit en direction de trois clients, qui le rejoignirent aussitôt à une table proche de la porte d'entrée.

Sans qu'ils n'aient rien demandé, le patron leur apporta un plateau avec quatre verres, une carafe d'eau, et une bouteille d'anisette qu'il déboucha à leur table. Il s'efforça de parler bas, mais Jean avait l'ouïe fine et il n'eut aucun mal à entendre ce qu'il leur disait en posant une boîte à chaussures sur un coin de leur table :

– Tenez, v'là l'argent du Monopoly. Soyez quand même discrets, ce soir ! J'ai pas envie de perdre ma licence.

– Pas de problème, lança Gérard.

Le mercier ajouta aussitôt à l'intention de ses partenaires :

– Ce soir, j'espère être un peu plus verni que d'habitude.

– Tu dis ça chaque fois, répliqua le patron. Ta chance tu la rencontreras le jour où tu ne toucheras plus aux cartes.

L'autre le repoussa en tournant les yeux dans la direction de Jean. Leurs regards se croisèrent et le mercier en éprouva un curieux malaise. Jean, lui, avait soigneusement enregistré les traits du visage de Gérard dans sa mémoire. Il se leva.

– Venez ! dit-il à Alicia.

– L'heure de l'histoire ? demanda la jeune fille, avec un petit sourire narquois.

– Elle approche, en tout cas. Lorsque nous voguerons au fil de la Moselle…

Il régla les consommations au comptoir, salua à la cantonade, tandis que sa compagne se contentait d'un petit geste de la main adressé à tous en général et à personne en particulier.

Quand il fut dans la rue, Jean sentit sur lui le regard persistant de Gérard.

– Pauvre Angèle ! murmura-t-il. Je comprends que son fils n'ait jamais eu les moyens d'acheter sa propre maison et qu'il ait préféré chasser sa mère de chez elle pour pouvoir satisfaire les demandes de son épouse. Demandes tout à fait légitimes, cela dit !

– Wouah ! fit Alicia. Un simple coup d'œil vous a permis de comprendre tout cela.

– Angèle m'a expliqué comment elle s'est retrouvée dans cet appartement trop sombre et déprimant de la rue Dom-Calmet. Il suffit de voir son fils s'asseoir à cette table, avec ses cartes, et d'observer l'attitude de comploteurs qu'ils adoptent en présence d'un étranger pour comprendre qu'ils ne jouent pas pour des haricots.

– Le point vaut cher, confirma Alicia.

– La mercerie marchait bien, pour autant que je m'en souvienne. Malheureusement, les bénéfices ont fondu comme neige au soleil à coups de dix de der et de belote et re. Alors, madame Gérard en a eu marre. Elle aurait aimé quitter son appartement coquet mais pas très luxueux de la rue Paul-Diacre pour s'installer dans une maison plus digne des sacrifices qu'elle avait consentis tout au long de son existence de femme mariée, investie dans les affaires de son homme. Alors, comme celui-ci ne pouvait la lui payer avec son argent, il a choisi de pousser sa mère vers une maison de retraite pour la dépouiller du seul bien au monde qui comptait à ses yeux.

Alicia l'écoutait avec une expression intriguée.

– Je vais me répéter, Jean...

– Je sais, fit-il en riant, je suis un personnage étrange.

– Vous connaissiez Gérard ?

Il se tourna vers la jeune fille et posa un doigt sur ses lèvres.

– Tout à l'heure ! Tenez, voici un taxi. Cela nous évitera de trop marcher.

– Il n'y a jamais de taxi dans le coin, observa Alicia.

Tout en lui ouvrant la portière, Jean confessa :

– Je l'avais réservé par téléphone. Il doit nous attendre depuis une grosse demi-heure.

Une fois installé, il lança au chauffeur :

– Nous allons à l'île du Saulcy. Vous pouvez nous déposer rue du Pont-des-Morts.

Puis, revenant vers Alicia, il suggéra :

– Et si vous me parliez un peu de vous.

– Oh, moi...

La jeune fille estimait n'avoir pas grand-chose à raconter. Elle avait vingt-quatre ans et était originaire de Forbach. Elle avait fait des études de journalisme et décroché un boulot de stagiaire au *Républicain lorrain*. Elle espérait devenir grand reporter et parcourir le monde.

– J'aimerais être là où se passent les éléments qui façonnent le monde.

Jean éclata de rire.

– Vous trouvez cela naïf ? demanda-t-elle, légèrement vexée.

– Pardonnez-moi, se reprit-il. Cela n'a rien de naïf ni de risible, je vous assure. D'une façon différente, moi aussi j'ai voulu être dans les endroits où se « façonne le monde ». Je vous comprends donc fort bien. Si je ris, c'est qu'après avoir pas mal roulé ma bosse dans des tas d'endroits qui font l'actualité, j'en suis venu à la conclusion que c'était ici que se façonnait le monde. Enfin, c'est à la fois faux et vrai... Disons que ce qui se joue au loin s'organise ici. C'est un peu comme la partie de belote que joue Gérard, ce soir. Imaginez qu'il investisse tous ses biens et qu'il perde tout... seulement, au moment de régler la note, il ne pose pas sur la table son argent, mais celui de gens qui vivent à l'autre bout du monde – des gens qui, eux, n'ont pas joué, mais qui ont quand même tout perdu.

– Je comprends ce que vous voulez dire.

– Bien sûr, mais prenez donc le temps de vivre votre propre expérience. Ce n'est pas à moi de vous convaincre que le désir d'être ailleurs, pour quelque raison que ce soit, nous accompagne où que nous allions. Ailleurs est partout. Ici, nulle part.

Jean parlait en regardant au-delà d'Alicia. Son regard se concentrait sur la vitre de la portière, juste derrière la tête de la jeune fille. Ce n'était pourtant pas son reflet que lui renvoyait la vitre. C'était celui de Gérard, assis à sa table de bistro. Jean assistait à la scène comme s'il y était. Le mercier accumulait les victoires, ce soir.

– Dites donc, les gars, la roue tourne pour une fois. On dirait que je suis en veine.

– Commente pas le jeu, Gégé, lança un de ses partenaires. Coupe au lieu de parler !

Le mercier éclata de rire.

– Sois pas mauvais perdant, Dédé. Voilà, je coupe et distribue, puisque tu es si pressé.

– Je suis pas mauvais perdant, vieux, et je suis pas pressé, mais faut éviter de vendre la peau de l'ours avant de l'avoir tué.

– Tu as raison, fit Gérard, qui n'en avait que faire des conseils de prudence du Dédé. Dites, ça vous dirait qu'on corse un peu les choses en augmentant les mises ? Maintenant qu'on est entre nous ?

Les trois autres se regardèrent et haussèrent les épaules.

– Tu crois que c'est bien prudent ? demanda le patron. C'est pas la première fois que tu commences fort et…

Gérard le coupa :

– Je la sens bien, ce soir, Jeannot. Ouais, je la sens bien.

– Bon, si tu veux… firent les autres.

Le taxi venait de déposer Alicia et Jean à l'entrée du pont des Morts, qui traverse, de part en part, la pointe sud-est de l'île Chambière. Un autre pont, beaucoup plus petit, relie celle-ci à l'île du Saulcy. Mais ce n'est pas dans sa direction que Jean entraîna sa compagne. À la sortie du taxi, il lui avait saisi la main, comme pour la guider et elle ne l'avait pas retirée.

Ils avancèrent sans hâte jusqu'au pied de l'Esplanade ; là, ils obliquèrent vers le lac des Cygnes et un peu plus loin, à moitié tirée sur la berge, une barque paraissait les attendre.

– Impressionnant ! observa Alicia, quand Jean eut mis l'embarcation à l'eau. Le taxi, la barque… on dirait que vous avez tout prévu.

Jean rit. Le soleil s'était couché et une semi-pénombre prenait possession des lieux.

– J'ai prévu tout ce qui me permettrait de tenir la promesse que je vous ai faite, hier soir. Je compte sur vous pour introduire l'imprévu dans notre première sortie.

– Parce qu'il y en aura d'autres ? demanda la jeune fille, en s'efforçant d'introduire une pointe d'ironie dans sa question.

– Cela dépendra de nous. Si nous nous sentons bien ensemble… pourquoi pas ?

– C'est vrai, pourquoi pas ?

Alicia sourit. Ses dents et le blanc de ses yeux paraissaient des sources de lumière d'une intensité joyeuse.

La jeune fille connaissait bien cet endroit ; elle venait souvent s'y promener, en été. Elle s'y sentait parfaitement en sécurité. Elle n'habitait pas ici quand Aline Meynard avait été assassinée. Et même si elle avait souvent entendu parler de ce drame non résolu, celui-ci ne faisait pas partie de son histoire à elle. L'île du Saulcy n'était donc pas un lieu sinistre pour Alicia, mais plutôt le siège un peu terne de l'Université.

Jean maniait les rames avec une aisance qui trahissait une puissance musculaire, qui ne la surprit pas. Il garda un long moment les yeux fixés sur la surface de l'eau, qui lui renvoyait, à la manière d'un miroir magique, la scène qui se déroulait au même moment au Café du Sablon.

– Merde, Gégé, moi qui te croyais en veine, ce soir, lança le patron de derrière son bar.

– Ta gueule, Jeannot, tu me fous la poisse. Apporte-nous une autre bouteille.

– Je ne crois pas...

– Laisse croire les curés ! Apporte-nous du pastis.

– Il a raison, Gégé. On devrait peut-être s'arrêter..., suggéra Dédé.

– Vous voulez pas m'accorder la chance de me refaire, c'est ça ?

– Mais non, voyons, nous...

– Alors, ferme ta gueule et coupe...

Le mercier suait et mâchonnait nerveusement son filtre de cigarette. Il avait cessé de fumer depuis près de sept ans, mais ce soir, l'envie l'avait saisi à nouveau. Il n'avait jamais beaucoup de chance au jeu, mais ce soir, c'était pire que de la poisse. Qu'est-ce qui lui avait pris de faire augmenter à ce point les mises ? Par le passé, il avait toujours payé ses dettes. C'était peut-être sa seule morale, mais celle-là, il y tenait ! Cela dit, si la partie s'arrêtait là, il ne réussirait jamais à rembourser tout ce qu'il devait. Et il ne pouvait pas espérer se refaire un autre soir. La règle était claire et avait toujours été respectée : tant qu'un joueur n'a pas payé ses dettes, il n'est pas autorisé à jouer une nouvelle partie. Pas question de faire crédit pour lui permettre de se refaire. Le soir de la partie, oui, mais jamais au-delà.

Le principe était bon, il évitait à un joueur de s'enfoncer toujours plus profondément dans la mouise. Mais en l'occurrence, ce bon principe signifiait plus que la ruine pour Gérard. Il n'avait d'autre choix que de continuer à jouer pour espérer se refaire.

Ouais, mais si la chance ne tournait pas ?... Bah ! de toute façon, au point où il en était... Son banquier venait justement de lui signifier qu'il ne pouvait se permettre d'attendre plus longtemps le remboursement de ses différents emprunts. Gérard avait réussi à le faire patienter en lui parlant de rentrées prochaines, seulement l'autre ne tarderait pas à se manifester à nouveau. Et cette fois-là, il n'accorderait plus le moindre sursis.

– Jeudi matin, sans faute, lui avait-il assuré.

Pourquoi avait-il affiché une telle assurance, alors qu'il n'avait jamais été chanceux à la belote ? Si l'autre venait à découvrir que l'argent de Gérard était systématiquement englouti par le jeu, il ne lui accorderait plus aucune facilité ; il lui mettrait carrément le couteau sur la gorge. De toute façon, jeudi matin...

Non, il n'avait pas le choix. Il devait se refaire.

– Je sens que je vais me refaire. Oui, oui... je la sens bien, ce soir. Je la sens bien !

– Jean ? Vous rêvez ? demanda Alicia en posant la main sur celle de son compagnon.

Il sourit. Il y avait de l'émotion dans ses yeux, qui s'étaient tournés lentement vers l'île du Saulcy. Alicia sentit la main de cet homme déconcertant trembler sous la sienne.

– Je vous ai promis mon histoire, dit-il d'une voix qui trahissait un trouble intérieur profond.

Elle lui serra la main avec douceur.

– Ne vous sentez surtout pas obligé. C'est comme pour la danse au Café du Sablon... juste une manière d'engager la conversation et de trouver un prétexte pour nous revoir.

Elle rit pour le mettre tout à fait à l'aise. C'était drôle, elle se trouvait seule, la nuit, avec un inconnu, dans un endroit quasiment désert. Elle aurait dû éprouver une certaine nervosité, or c'était lui qui paraissait tendu.

– Je crois que nous avions l'un et l'autre envie de nous revoir.

Jean revint vers la jeune fille. Il lui sourit, mais il y avait une curieuse lueur dans ses yeux.

– Vous êtes gentille, Alicia. Mais, je vais tenir ma promesse, même si cette histoire m'est effectivement douloureuse. Seulement, si j'ai voulu revenir au pays, c'était justement pour vous la raconter.

– Pour me la raconter ? Mais…

Elle n'acheva pas sa phrase. Elle voulait dire : « Mais, comment pouvez-vous être revenu pour me raconter votre histoire, alors que vous ne me connaissiez pas ? » Seulement, elle avait le sentiment que Jean ne l'entendait pas et, de toute façon, il était clair qu'elle n'était pas au bout de ses surprises avec cet homme-là.

XIX

– Vous ne vous appelez donc pas Jean, observa Alicia quand son compagnon eut achevé son récit.

– Si, aujourd'hui, je m'appelle Jean. C'est le nom que je me suis choisi en m'engageant. Henri Meynard est mort à l'heure où sa mère s'est fait assassiner.

– Voilà une curieuse identification.

Jean secoua la tête. Il avait cessé de ramer et la barque dérivait lentement.

– Il n'y a aucune identification, Alicia. Henri était un brave garçon, toujours soucieux de faire plaisir à tout le monde. Il ne croyait pas en la méchanceté humaine. Quand il s'est réveillé, le choc a été rude. Il a non seulement découvert la malfaisance des autres, mais aussi sa propre violence. La haine qui l'étouffait alors qu'il croyait l'étouffer. Il n'a plus voulu de la gentillesse. Il a décidé de laisser libre cours à sa colère.

La jeune fille était décontenancée. Quel curieux changement d'attitude ! Pourtant, elle comprenait son compagnon. Comment aurait-elle réagi si on avait tué un être qui lui était cher ?

– Ne me dites pas qu'aujourd'hui, vous revenez avec l'intention de vous venger ?

Jean sourit.

– C'est l'obsession du père Rémy.

– Le vieil épicier qui fait de la résistance à l'avancée de la nouvelle route ?

– Oui. Il est persuadé que je suis revenu pour tuer l'assassin de ma mère. Il croit même que c'est moi qui ai tué le fossoyeur retrouvé mort, hier, dans son bureau, à la porte du cimetière.

– C'est absurde ! s'exclama Alicia.

Jean posa un regard surpris sur la jeune fille. Elle avait prononcé ces mots avec une telle assurance. De toute évidence, elle ne pouvait croire que son nouvel ami fût un assassin.

– C'est ce que j'ai essayé de lui expliquer. Pourtant…

Il laissa sa phrase en suspens. Alicia fronça les sourcils.

– Pourtant… ? répéta-t-elle pour l'inciter à poursuivre.

– Et si j'étais vraiment revenu pour châtier l'assassin de ma mère ?

– Soit ! fit-elle, sans masquer son incrédulité. Imaginons… Pourquoi auriez-vous tué le fossoyeur ? Il n'a jamais été un habitué du Café du Sablon, que je sache.

– Non, confirma Jean, ce pauvre homme vivait de l'autre côté de la voie de chemin de fer, et il n'est pour rien dans le meurtre de ma mère.

– La police n'a jamais retrouvé l'assassin, si j'en crois ce qu'on racontait quand je me suis installée dans le quartier. Auriez-vous mené votre propre enquête ?

– Non, fit à nouveau Jean. Je n'ai pas mené d'enquête personnelle. J'ignore toujours qui a tué ma mère et, de toute façon, l'identité du coupable n'a guère d'importance. Pour moi, il n'y a pas eu un meurtrier unique. Tout le monde est responsable. À sa manière, le vieux fossoyeur était aussi responsable que les autres. Et à ce niveau-là, être responsable c'est être coupable. Ma mère aussi était responsable.

– Je ne comprends pas, confessa Alicia.

Jean reprit les rames et fit glisser la barque en direction de l'île du Saulcy ; il paraissait fixer un point précis. Sand doute l'endroit où le corps de sa mère avait été retrouvé. Il conserva le silence pendant un long moment et Alicia sentit son regard se troubler. C'était comme s'il revoyait la scène du meurtre. Comme si elle se déroulait en ce moment même sous ses yeux. La jeune fille était émue par la souffrance évidente de son compagnon. Elle se pencha vers lui et posa une main sur son genou.

Jean ne détourna pas son regard de la berge, mais ses yeux retrouvèrent peu à peu leur mobilité et un sourire apparut sur ses lèvres.

– Les gens acceptent la fatalité, murmura-t-il. Ils ne se révoltent jamais. Chacun vit dans sa bulle. C'est l'égoïsme qui a tué ma mère. Personne n'a jamais cherché à lui tendre la main. Elle était une personne saine et sérieuse, qui plaçait l'éducation et le bien-être de son fils par-dessus toute chose. Quand il lui arrivait de chercher un compagnon d'une nuit… – d'une nuit, que dis-je ? de quelques heures ! – personne n'a jamais compris que ce n'était pas de la perversion, mais un appel à l'aide. Un cri d'angoisse. Elle crevait de solitude. L'assassin de ma mère, c'est la solitude. Les flics ne risquaient pas de lui mettre la main au collet. Ces « crises », comme je les ai longtemps appelées, n'étaient que des expressions de sa pulsion de vie. Vous comprenez maintenant que je les tienne tous pour responsables de sa mort ?

Il se tourna vers Alicia. Il lui souriait avec une profonde tristesse dans les yeux.

– Je comprends, murmura la jeune fille.

– Vous comprenez donc que j'aie tué Raymond Lafosse, caporal durant la guerre d'Algérie, et fossoyeur en temps de paix.

Alicia ouvrit la bouche, mais demeura sans voix. Elle se recula. Jean éclata de rire.

– Ce pauvre homme vivait dans une terreur permanente, reprit-il. Il était l'esclave de la boisson et l'esclave de sa femme. Déchiré entre son besoin d'alcool et la certitude de se faire engueuler s'il y cédait ! Il était dévoré par la peur en temps de paix, comme il l'avait été en temps de guerre. La mort a donc été un soulagement pour lui. Le tuer, c'était lui offrir l'affranchissement.

Alicia se demandait si son compagnon était sérieux. Elle ne pouvait croire qu'il ait tué le fossoyeur. Certes, Jean était bizarre, mais son instinct lui disait que ce n'était pas un tueur. D'ailleurs, si Angèle lui ouvrait son cœur, il ne pouvait être un méchant homme. Elle décida de se prêter à ce qu'elle prenait pour un jeu et répéta :

– Je comprends.

– Donc, vous comprenez aussi que, ce soir, je me sois occupé de Gérard, le mercier. Pour d'autres raisons, bien sûr. La pauvre Angèle se languit de sa maison. Gérard croule sous les dettes. Lui n'a pas vraiment peur de sa femme ; elle l'excède, c'est tout. Mais il n'ose pas s'en séparer. Qui s'occuperait de lui, si elle n'était plus là ? Qui supporterait de partager son existence minable ? Or, lui aussi a peur de la solitude. Il mesure parfaitement le vide de sa vie. Il n'a pas d'amis. Il a des clients et des compagnons de belote. La mort sera également une délivrance pour lui. Et puis, c'était un habitué, lui ! Il pourrait fort bien avoir tué ma mère. Il est du genre à sauter sur une occasion quand elle se présente. Tout le monde savait qu'avec ma mère, les nuits n'avaient pas de lendemains. Qu'elle ne relancerait jamais ses amants. Elle satisfaisait un besoin ponctuel et puis, basta ! C'est ainsi qu'ils voyaient les choses, ces cons ! Ils n'avaient donc pas à craindre de scènes de sa part. Pratique !

Alicia ne pouvait s'empêcher d'être troublée par les propos de Jean, pourtant elle se ressaisit.

– C'est absurde, murmura-t-elle. Vous pouvez essayer de me faire marcher avec le fossoyeur, mais pas avec Gérard. Comme vous, je l'ai vu au Café du Sablon. Il a joué sa partie de cartes et puis il est rentré chez lui. À l'heure qu'il est, il raconte à sa femme qu'il a passé la soirée chez sa mère. Or, tout ce temps-là nous l'avons passé ensemble, vous et moi. Pourquoi vouloir me faire croire que vous l'avez tué ?

Jean eut une petit moue contrite.

– Le père Rémy est plus finaud que vous, en définitive. Je lui explique en long et en large que je ne suis pas mû par un quelconque esprit de vengeance, que je n'ai pas tué le fossoyeur et que je ne tuerai personne, et lui, qui a bien connu le petit Henri, il ne me croit pas. Il sait que je ne repartirai que lorsque je les aurai tous tués.

– Ce n'est vraiment pas drôle… Jean.

La voix de la jeune fille était un peu sourde. Elle ne parvenait toujours pas à prendre son nouvel ami au sérieux, mais son humour commençait à l'agacer.

— Et si Rémy pousse son raisonnement à son terme, poursuivit pourtant Jean, il aura compris que vous serez ma dernière victime, Alicia.

— Moi ?

La jeune fille se recula dans la barque. Où Jean voulait-il en venir ? Elle n'aimait pas l'orientation qu'il imprimait à la discussion. Pourtant elle ne put retenir un grand éclat de rire. La situation était telle qu'elle aurait dû avoir peur, or tout cela la faisait rire. Elle ne comprenait pas pourquoi Jean cherchait à la terroriser. Toujours était-il qu'il n'y réussissait pas. Alicia ne pouvait se tromper à ce point sur son compte. Cet homme était en proie à une souffrance ancienne, mais son fond était bon. Il n'avait, sans doute, jamais trouvé quelqu'un à qui se confier. Or, le meurtre de sa mère avait été un événement terriblement traumatisant pour lui. Elle voulait devenir son amie et lui apporter l'écoute qui lui avait fait défaut. Elle voulait panser sa blessure. Pourquoi ? Parce qu'il la faisait rêver d'ailleurs...

— Vous, Alicia ! reprit Jean, quand le rire de la jeune fille se fut tu. Il est impossible de vous voir danser, comme vous le faites, au Café du Sablon sans penser à ma mère. Or, si je tue les responsables de sa mort, je ne puis pas vous épargner puisqu'elle porte, elle aussi, la responsabilité de sa mort.

— Je comprends, fit-elle, avec une expression subitement grave. Mais, je ne suis pas votre mère, Jean.

— C'est vrai, ma mère est morte. Je ne puis donc la punir de ce qu'elle m'a fait vivre. Seulement voilà, vous apparaissez et vous m'offrez le substitut idéal. La cerise sur le gâteau ! Votre mort sera l'apothéose que je n'aurais pu imaginer dans mes rêves les plus fous.

Alicia soupira. Cet homme proférait des horreurs, or elle ne percevait rien d'autre que sa souffrance.

— Ça suffit, maintenant ! Vous n'êtes pas drôle, Jean. Je comprends que le harcèlement du père Rémy vous soit pénible, mais je n'y suis pour rien. Alors, je vous en prie, ne passez pas vos nerfs sur moi.

– Décidément, c'est terrible ! Quand je dis à Rémy que je n'ai pas tué, il ne me croit pas ; quand je vous dis que j'ai tué et que je vais encore tuer – vous, notamment –, vous ne me croyez pas non plus. Personne ne me fait donc confiance ? C'est pourtant simple, ou j'ai dit la vérité au vieil épicier, ou je vous la dis à vous, Alicia. Il s'ensuit que l'un de vous deux, au moins, devrait me croire. Non ?

Alicia hésita un instant, puis elle se pencha à nouveau vers l'avant. Elle posa les mains sur les genoux de son compagnon et plongea son regard ambré dans les yeux sombres de Jean.

– Je vous crois, dit-elle, seulement je crois ce que vous avez dit au père Rémy, pas ce que vous me dites à moi. Vous n'avez tué personne et vous ne tuerez personne. Je vous connais peu, Jean, mais vous m'avez raconté le drame de votre vie avec beaucoup de dignité. C'est une preuve de confiance et cela m'a touchée. Je veux vous rendre votre confiance. Rémy est un vieil excentrique, qui s'est entièrement coupé du monde depuis que les gens ont accepté le passage de la route. Il vit seul, désormais, et déteste le monde entier. En vérité, je crois que la route n'a été qu'un prétexte. Cet homme a toujours eu un vieux fond de misanthropie.

– C'était un brave type, autrefois, la coupa Jean.

– Alors, disons qu'il a mal vieilli. Il vit dans le passé et ne supporte pas l'évolution du monde actuel.

– Moi non plus, murmura Jean. Et puis, vous et moi vivons aussi dans le passé.

– Vous faites allusion à mon goût pour les chansons d'autrefois ? C'est vrai, mais cela ne m'empêche pas de vivre également le présent et de participer à l'élaboration du futur. Ne serait-ce que par la profession que j'ai choisie.

– Journaliste, fit Jean, comme s'il se remémorait soudain ce que lui avait dit la jeune fille. Et quel genre d'articles écrivez-vous ?

Elle fit la grimace.

– Vous savez, je ne suis encore que stagiaire. Cela dit, les collègues du *Républicain* sont adorables. Je sais des journaux où on vous demande de faire les photocopies de toute la rédaction et de préparer les cafés... j'ai beaucoup de chance. Ils me demandent de couvrir de vrais événements locaux. Oh, rien d'exceptionnel, mais c'est quand même du vrai travail de journaliste. J'essaie de m'en acquitter du mieux possible.

– J'en suis sûr.

Alicia posa une main sur la joue de Jean.

– Ce retour au pays doit être très douloureux pour vous. Rémy ne vous facilite pas la vie. Je comprends parfaitement tout cela, mais arrêtez votre jeu, Jean. Vous réussissez presque à me faire peur. Je ne crois pas que ce soit vraiment ce que vous souhaitiez.

Jean rit.

– Ça, c'est une autre histoire. Je vous la raconterai à l'occasion d'une prochaine sortie.

– D'accord. Maintenant, ramenez-nous vers la berge, je commence à avoir froid.

– Il y aura donc une prochaine fois ? demanda-t-il.

Elle percevait un mélange de doute et d'espoir dans sa voix.

– J'ai passé un moment très agréable, Jean. Je ne vous en veux pas de m'avoir fait marcher.

– Vous êtes bien sûr que...

– Je vous en prie, le coupa Alicia. Je vous ai déjà dit que ce n'était pas drôle.

Jean posa la main sur son cœur, comme s'il demandait pardon. Elle rit.

– Si vous le désirez, j'irai parler au père Rémy, proposa-t-elle.

Jean s'arrêta de ramer. Son front s'était plissé et il posait un regard intrigué sur la jeune fille.

– Vous me faites vraiment confiance, Alicia ?

– Oui, Jean.

– Vous me connaissez à peine. J'ai fait la guerre. J'ai tué des gens... Je raconte des horreurs.

Alicia rejeta ses cheveux en arrière et rit encore. Il y avait de la lumière dans ce rire.

– Vous avez laissé tout ça derrière vous, aujourd'hui. Vous avez tourné la page. N'oubliez pas ce qui a motivé votre enrôle-ment. On a assassiné votre mère ! Voyez, la vieille Angèle, avec son visage de pomme reinette, elle aussi vous a fait confiance sans mieux vous connaître. Or, je puis vous assurer qu'elle possède un instinct redoutable. Presque aussi redoutable que le mien, et ce n'est pas peu dire.

Jean reprit les rames. Il était troublé. Alicia avait raison. Angèle lui avait accordé sa confiance et son amitié. Deux personnes en une journée. Pourtant, il était venu exterminer la vermine... S'il leur expliquait, peut-être qu'elles comprendraient ? Non, c'était trop risqué. Il avait dit la vérité à Alicia, mais elle avait choisi de ne pas l'entendre.

Se pouvait-il vraiment qu'il inspire de la sympathie à des êtres aussi lumineux ? Ou Angèle et Alicia n'étaient-elles pas ce qu'elles paraissaient ? Jean songea qu'il devait se surveiller. Il n'était pas question de se faire piéger par la bienveillance de ces deux femmes. Il avait une mission. Il devait l'accomplir. Oui, il le devait ! Pour Henri !

Pour Henri ? Jean sentait une douleur naître dans sa tête. Il ferma les yeux et se remit à ramer. Pour Henri ? Il ne parvenait plus à se souvenir des raisons qui l'avaient poussé à venir exécuter tous ces gens. Aline Meynard... Son assassin... Oui, mais, il y avait autre chose. Il y avait quelque chose de plus important... Mais qu'est-ce que c'était encore ? Ah ! oui, l'Apocalypse ! Il était venu pour vaincre. Vaincre qui ? Vaincre quoi ?...

L'Ennemi ! Mais qui était l'Ennemi ? L'indifférence des êtres. C'était ça ! Oui, sûrement, c'était ça ! Il devait punir les êtres pour leur indifférence. Il devait vaincre l'Ennemi intérieur. « Au vainqueur, je donnerai à manger de l'arbre de vie, celui qui est dans le paradis de Dieu. Apocalypse, II, 7. » Mais, Jean n'était pourtant pas dans le camp de Dieu... Comme tout cela était confus.

– Jean... vous allez bien ?

Il se secoua.

– Je crois que moi aussi je commence à ressentir le froid, Alicia.

La jeune fille lui sourit. Oui, il ressentait le froid, mais c'était un froid intérieur, que nulle protection thermique ne pouvait dissiper. Encore que lorsqu'il voyait le sourire de sa compagne, la douceur de son regard… Pourquoi éprouvait-il une telle sensation de bien-être ? Devait-il vraiment lutter ou s'y abandonner ? Lutter, bien sûr ! Cela, il en était sûr, seulement il ne savait plus pourquoi ? Pourquoi ?

…

Sa mission ! Oui, on lui avait confié une mission, or Jean Abbadôn allait toujours au terme de ses missions.

…

Mais qui lui avait donc confié cette mission ? *Qui ?*

XX

Gérard avait tout perdu. Il n'avait rien voulu entendre. Les autres lui avaient dit cent fois d'arrêter. Plus il s'obstinait, plus il perdait. Plus il perdait, plus il demandait d'augmenter les mises, avec l'espoir stupide de se refaire plus rapidement. Les autres avaient fini par refuser. Ils avaient aussi refusé de continuer à jouer. Gérard avait dû se résigner. Il avait promis de revenir leur apporter un chèque avant la fin de la semaine. Ensuite, il était sorti.

Une fois qu'il s'était retrouvé dans la rue, il avait éprouvé une sorte de vertige. Les immeubles s'étaient mis à tournoyer littéralement autour de lui. Et puis, la nausée ! Même en vendant tout ce qu'il possédait, y compris la maison dont il avait chassé sa mère, il ne réussirait pas à rassembler une somme suffisante pour régler ses dettes. Or, il n'était pas question de se défiler. Pour rien au monde. C'était une règle d'or entre eux. Oh, bien sûr, les gars du Café du Sablon n'étaient pas des mafieux. Ils ne viendraient pas le tabasser devant chez lui. Ils ne couleraient pas ses pieds dans un bloc de ciment avant de le balancer dans la Moselle.

Ce qui l'attendait était pire. Le déshonneur !

Il aurait toujours la solution de ne plus remettre les pieds au Sablon ; personne ne se douterait jamais de rien. Ses copains lui adresseraient peut-être une ou deux lettres de rappel… dans le pire des cas. Et puis, ils laisseraient tomber. Ils n'étaient pas du genre à lui mettre le couteau sur la gorge. La seule sanction serait un refus de s'installer à nouveau autour d'une table de jeu avec lui ou de trinquer en sa compagnie. Il serait, en outre, *persona non grata* au Café du Sablon. Mais ailleurs ? Ailleurs, nul ne saurait rien de sa dette de jeu. Ailleurs, personne ne connaissait seulement sa passion du jeu.

Personne, sauf Agnès ! Sa chère épouse acariâtre ! Seulement, elle-même n'entendrait jamais parler de ses déboires. Elle ignorerait tout, toujours, comme elle ignorait qu'il n'avait jamais cessé de jouer et que cela faisait des mois qu'il n'avait plus vu sa mère.

Oui, mais lui saurait ! Il saurait et il serait incapable d'encore se regarder dans un miroir. Bah ! il n'avait qu'à se laisser pousser la barbe. Non, il lirait sa honte dans le regard de tous les gens qu'il croiserait. Même s'il décidait de ne plus sortir de chez lui, il lirait sa honte dans les yeux de sa femme. Dans le regard mort des personnages de tous les tableaux qui décoraient la maison. Celui de son père, notamment, qui trônait au-dessus de la cheminée en marbre du salon.

Gérard dirigea ses pas vers la rue Dom-Calmet. Pourquoi ne pas solliciter l'aide de sa mère ? Pour ce qu'il lui restait d'amour-propre ! Elle avait les moyens, elle. Tu parles ! Elle refuserait de lever le petit doigt pour lui. Normal, après la manière dont il l'avait, pour ainsi dire, poussée hors de chez elle. Oui, mais il savait où elle cachait son argent... Et alors ? De toute façon, ce qu'elle planquait chez elle ne suffirait pas à effacer son ardoise. Seulement, cet argent lui permettrait de gagner un peu de temps... Ou de se refaire, à une autre table. Il y avait sûrement des salles de jeux clandestines en ville. Il saurait les trouver. Et la chance ne pouvait pas toujours lui faire faux bond ! Un jour, elle finirait par lui sourire. Il le fallait !

Gérard se sentait prêt à tout. À supplier sa mère. À la menacer. Et s'il le fallait...

Seulement, depuis qu'il s'était engagé dans la rue Dom-Calmet, il ne parvenait pas à approcher du numéro 7. C'était comme si plus il avançait, plus la maison reculait. Il tenta d'accélérer le pas. La distance augmenta encore. Il se mit à courir, à courir à en perdre le souffle. Quand il s'arrêta, enfin, le cœur battant à ses tempes, la maison était hors de vue. La rue semblait être devenue interminable. Les façades des immeubles étaient étirées et bancales, comme dans les vieux films de l'expressionnisme allemand.

« Mon Dieu, mais quel est ce maléfice ? Suis-je en train de devenir cinglé ? »

Il finit par renoncer. Il tourna les talons et rentra chez lui. Dans cette maison, qui avait été la fierté de ses parents. Cette maison dont il avait chassé sa mère ! Enfin, ce n'était pas vraiment sa faute à lui. C'était la faute d'Agnès. Sans ses récriminations incessantes, Gérard se serait contenté de leur appartement de la rue Paul-Diacre. Il n'était pas si mal que ça. Il était même plaisant. Lui, en tout cas, il lui convenait.

Gérard ne fit pas le détour habituel par le salon pour saluer sa femme. Il se dirigea directement vers la salle de bains. Il fit couler un bain et se planta devant le miroir. Non, il serait incapable de supporter son regard s'il n'apurait pas sa dette. Seulement, il n'avait même pas les moyens d'en payer ne fût-ce que la moitié.

Mais qu'est-ce qui lui avait pris de s'acharner ainsi ? Jamais, il n'avait été aussi stupide. Il avait déjà perdu de fortes sommes, mais jamais il ne s'était senti possédé d'une telle frénésie de tout regagner sur-le-champ. C'était comme si une force extérieure l'avait poussé vers l'avant. Vers sa perte ! Une force à laquelle il avait été incapable de résister. Comme si une autre volonté s'était emparée de la sienne. Une volonté à laquelle il s'était retrouvé soumis, comme il se trouvait toujours soumis à la volonté des autres. D'Agnès en particulier ! Sa chère épouse !

Il la détestait ! Comment, diable, avait-il pu lui sacrifier toute son existence ?

— Tu poses vraiment la question, Gégé ? Voyons, tu lui as sacrifié ton existence, parce que tu n'avais rien de mieux à en faire ! Tu es tellement minable !

Son reflet paraissait s'animer dans le miroir. Le salaud se moquait de lui.

— Il est temps que tu prennes conscience de la réalité, Gégé !

Instinctivement, sa main se referma sur le manche en ivoire de son rasoir coupe-choux. Il aurait aimé arracher ce sourire méprisant à la face de son reflet, qui le narguait. Bon, c'est sûr qu'il avait de bonnes raisons de se payer sa tête, mais Gégé ne supportait pas la vérité. Il était un raté, un minus, un nul, mais il ne supportait plus qu'on le lui dise.

– Tiens, tu es rentré de chez ta mère ?

Il sursauta. À côté du visage narquois de son double, il découvrit celui, buté, d'Agnès. Elle avait dû l'entendre rentrer et comme il ne s'était pas précipité pour faire son rapport sur sa pseudo-soirée avec sa mère, elle venait le harceler dans la salle de bains.

– On n'a pas droit à un minimum d'intimité dans cette foutue maison ? gronda-t-il.

– Oh ! Monsieur a besoin d'intimité, maintenant ! fit la vieille femme acariâtre.

Son sourire devenait aussi narquois que celui du reflet.

– Ce n'est pourtant pas ton habitude de rentrer à la maison sans venir me saluer.

– Eh bien, tu vois, j'ai changé mes habitudes ?

Agnès fronça les sourcils.

– Ça s'est mal passé avec ta mère ? demanda-t-elle. Elle a encore grondé son vilain petit garnement ?

Gérard se retourna lentement. Il lui faisait face. Il ne se laisserait pas humilier ce soir. Il voulait lui faire mal. Il n'eut aucune peine à trouver la manière de la blesser.

– Je ne suis pas allé voir ma mère, ce soir.

– Pardon ?

Elle s'en était presque étranglée.

– Ce soir pas plus que tous les autres soirs où tu me croyais chez elle… chérie !

Elle ouvrit la bouche, mais pas un son n'en sortit.

– Il y a des mois que je n'ai pas vu ma mère. Je me rends chez elle, tous les mercredis, c'est vrai, mais je ne vais jamais plus loin que le Café du Sablon. C'est là que je passe mes soirées.

– Tu t'es remis à jouer, c'est ça, hein ?

Le visage d'Agnès était déformé par un rictus de mépris. Celui de Gérard par une expression de haine.

– Je ne me suis pas remis à jouer. Pour la bonne raison que je n'ai jamais cessé, pauvre conne !

– Oh !

Agnès était outrée. Outrée et sidérée. Jamais son mari n'avait élevé le ton en sa présence. Jamais, il ne se serait jamais permis. Or, elle n'était pas femme à tolérer quelque exception à ce genre de règle. Malheureusement, elle était tellement déconcertée qu'elle ne trouva pas de réplique cinglante.

– Qu'est-ce que tu crois, vieille peau ratatinée ? Que je suis à ta botte ? Que tu me fais faire tes quatre volontés et que je m'écraserai toujours sans jamais rien dire ? C'est l'impression que je te donne, pas vrai ? Alors qu'en réalité, je n'en fais qu'à ma tête.

Agnès avait beau être prise au dépourvu, elle ne restait jamais bien longtemps sans réaction. Elle commença par éclater de rire.

– Mon Dieu ! quelle jolie tirade ! Ainsi, tu n'en fais qu'à ta tête ? Bravo ! Seulement, j'ai l'impression, moi, que cela ne te réussit pas. Regarde dans quel état ça te met... d'en faire à ta tête !

Gérard demeura sans voix. Il n'en fallait pas beaucoup pour lui faire perdre contenance. C'est vrai qu'il n'était pas dans un état brillant. Il avait honte. Il n'existait pas de trou assez petit pour qu'il puisse s'y cacher.

– Je parie que tu as encore perdu.

Il baissa la tête.

– Beaucoup ?

Il ne répondit pas.

– Ce n'est pas vrai ! hurla Agnès. Dis-moi que tu n'as pas perdu... ma maison !

« Ma maison ! »

Elle continuait à hurler, mais Gérard ne l'entendait plus. Il avait honte de ses dettes de jeu, pourtant il n'avait jamais eu honte de « voler » la maison de sa propre mère. Il savait ce que cette bâtisse représentait pour elle. Il savait à quel point chacune de ces pièces était riche en souvenirs. En s'appropriant cette maison, il avait spolié sa mère non pas d'un bien immeuble mais de sa vie même !

– Tu es un minable, Gé… !

Elle n'acheva pas son mot. Gérard venait de lui coller la main sur la bouche. Il la poussa et la fit reculer jusqu'à ce que le dos d'Agnès heurte brutalement le mur du couloir. Elle était aculée et incapable du moindre mouvement, tant la réaction de son mari était violente et la paralysait. Pour la première fois, il lui inspirait de la crainte. Il approcha son visage tout près de celui de sa femme.

– Je suis pire que tu ne l'imagines, chérie. J'ai perdu tout ce que nous possédons. Y compris – et surtout – cette maison. J'ai perdu beaucoup plus encore. J'ai perdu tout ce que nous possédons, c'est vrai, mais aussi tout ce que nous ne possédons pas et que nous ne posséderons jamais. Seulement, vois-tu, chérie, en perdant tout cela, j'ai gagné quelque chose de très précieux. Oh, je ne l'ai pas réalisé sur le moment – ça se comprend, l'événement était tellement traumatisant, n'est-ce pas ? Pourtant oui, j'ai gagné ce qu'il y a de plus précieux au monde. J'ai gagné, vois-tu, la liberté !

La vieille femme acariâtre repoussa la main de son mari et se remit aussitôt à hurler.

– La liberté ? Tu es, donc, fou, mon pauvre vieux.

– Non, chérie, car avec toi j'ai toujours vécu en cage. Sans toi, je serai, enfin, libre !

– Sans moi ? Que veux-tu dire ?

– Je veux dire… une fois que tu ne seras plus là.

Agnès ne parvenait toujours pas à se dégager, car Gérard la pressait contre le mur du couloir, mais elle retrouvait peu à peu sa virulence verbale. Elle avait toujours su dominer son mari, ce n'était pas aujourd'hui que les choses allaient changer. Il suffisait qu'elle lui tienne tête et sa belle envolée ne tarderait pas à retomber comme un soufflé.

– Je n'ai pas l'intention de partir ! annonça-t-elle. Ah ! ça non ! Tu as perdu cette maison, soit, mais personne ne m'en délogera. Elle est à moi, et moi, je n'ai pas joué.

Gérard souriait.

– Le jeu est illégal ! poursuivit-elle. Qu'ils essaient donc…

– Mais tu ne comprendras décidément jamais rien, chérie. Il n'est pas question que tu quittes cette maison. Je parle d'un départ beaucoup plus radical et définitif. Comme ça...

Le fil du rasoir trancha d'un cou net l'aorte de la vieille femme. Agnès porta la main à sa gorge et posa un regard incrédule sur son mari, qui se recula pour contempler son œuvre. Elle fit trois pas chancelants, avant de s'affaisser très lentement sur le carrelage immaculé de la salle de bains.

Gérard considéra un long moment la lame rougie du rasoir. Il se tourna, ensuite, vers son reflet dans le miroir. Celui-ci ne le narguait plus. Il y avait même comme une lueur d'admiration dans ses yeux. Gérard leva lentement le bras vers sa propre gorge. Le reflet arrêta son mouvement.

– Ne sois pas stupide, lui dit-il. Même si tu dois finir tes jours en prison, tu seras toujours plus libre que tu ne l'as jamais été. Alors, profites-en un peu. Il sera toujours temps de mourir... plus tard.

Gérard sourit. Il reposa le rasoir sur la tablette en verre, sous le miroir, et il regagna calmement le salon. Là, il composa le numéro de police secours et déclara qu'il venait d'assassiner sa femme. Ensuite, il alla ouvrir la porte d'entrée en prévision de l'arrivée des policiers. Il retourna dans le salon et s'assit dans son fauteuil préféré. Celui-là même où son père lisait le journal tous les soirs quand Gérard était un petit garçon.

Il se sentait bien, à l'exception d'une étrange crispation dans la poitrine.

– C'est le cœur, murmura-t-il. Dommage, je n'aurai pas profité longtemps de ma liberté.

Quand la police arriva, Gérard était mort, victime d'une crise cardiaque. Le policier qui le découvrit s'exclama à l'intention de son collègue :

– Dis donc, elle a dû le faire drôlement suer, la rombière ! T'as vu la banane qu'il se paie, le macchabée !...

XXI

Jean reconduisit Alicia jusque devant la porte de son immeuble, rue du Graouilly. Il ne lui demanda pas la permission de monter chez elle. Il ne désirait pas l'effaroucher plus qu'il ne l'avait fait dans la barque. Elle ne voulait pas le croire quand il affirmait qu'elle serait sa dernière victime. Tant mieux pour elle. Cela lui éviterait de passer ses dernières semaines dévorée par la crainte. De toute façon, au fil des jours, elle en viendrait bien à se poser des questions. Il se demandait, d'ailleurs, comment elle réagirait, dès le lendemain matin, quand elle apprendrait la mort de Gérard. Cela le fit sourire.

– Vous avez l'air content, observa-t-elle.

– J'ai passé une soirée délicieuse, Alicia.

– Moi aussi, dit-elle. Même si votre humour est parfois un peu lourd et déplacé.

– Oh, vous savez... j'ai vécu tout ma vie en compagnie d'hommes. Exclusivement !

Elle eut une petite moue rieuse.

– Oh, il y avait bien une fille de temps à autre, non ?

C'est très sérieusement qu'il répondit.

– Non.

Elle ne songea pas à mettre en doute sa réponse. Elle n'en fut pas moins troublée. Pas une seule fille... ?

– Vous êtes libre demain soir ? demanda-t-il.

– Je crois bien que oui.

– Je passe vous prendre ?

– Oui.

– Même heure ?

– Même heure.

– Nous irons au cinéma, si vous le voulez ?

– Nous verrons.

– Bonne nuit, Alicia.

– Bonne nuit, Jean.

Il se pencha et l'embrassa très doucement. Leurs lèvres s'effleurèrent à peine. La jeune fille referma la porte derrière elle et s'appuya au chambranle, la tête lui tournait légèrement. Cet homme était vraiment étrange. Il tenait des propos inquiétants et, en même temps, il traitait les femmes avec un tel respect. En tout cas, il la traitait, elle, avec respect. Angèle aussi. Il y avait de la douceur, de la prévenance, oui… du respect. Quelle pouvait être l'origine de sa souffrance ? Le meurtre de sa mère ? Peut-être, mais il devait y avoir autre chose…

Le père Rémy était toujours assis sur ses marches, mais ce soir, Jean n'alla pas le saluer. Il poussa la grille de la maison du père Torn sans même un regard vers l'épicerie.

La porte du garde-manger était ouverte. Jean se souvenait de l'avoir refermée avant de partir, ce matin. Il s'avança, mais au moment de franchir le seuil, il se figea. L'ombre de son grand-père était revenue le harceler. Jean Abbadôn hurla :

– Va-t'en ! Je ne t'ai pas appelé. Je ne veux plus que tu reviennes. Laisse-moi accomplir ma mission !

Il se boucha les oreilles, mais ne put empêcher les mots du spectre de lui parvenir :

– *Tu es tombé, fais retour… ou je viendrai contre toi !*

– Tu ne sais pas ce que tu dis. Tu ne sais pas ce que « tomber » signifie. Tu ne peux pas venir contre moi. Tu es mort ! Et moi… moi, je suis éternel. Je suis le soldat universel ! J'ai fait toutes les guerres depuis l'origine des temps. Je ne peux pas mourir. Je suis la mort ! LA MORT ! ! !

Il claqua la porte du garde-manger et se rendit dans la chambre baignée par la clarté bleue du néon au saxophone. Il se planta devant le juke-box et enfonça trois touches. Les premières notes de *Welcome To My Nightmare* d'Alice Cooper envahirent la pièce. Il hurla les paroles avec l'homme au serpent et s'installa devant le flipper. Il le brancha. D'un geste rageur, il projeta la première boule dans le jeu, puis une seconde, et une troisième sans attendre que les précédentes aient terminé leurs courses. Les boules faisaient résonner les cloches du billard, allumaient un peu partout des lumières aux couleurs criardes ; les annonces d'extra-balls se multipliaient...

Et puis, le mot TILT se mit à clignoter devant ses yeux. Il avait l'impression que les lettres devenaient de plus en plus larges. Qu'elles envahissaient tout l'écran, toute la pièce, toute sa tête...

Jean s'affala sur le sol. Son corps était secoué de soubresauts violents. Des larmes lui brûlaient les yeux. Lui brûlaient la gorge.

Le flipper paraissait animé d'une vie propre. Le mot TILT clignotait toujours, projetant son reflet sur les murs de la pièce. Les boules continuaient à percuter les bandes et les cloches du billard, produisant une cacophonie qui s'organisait en une litanie de mots mécaniques :

– *Fais retour... ou je viendrai contre toi ! Fais retour... ou je viendrai contre toi ! Fais retour... ou je viendrai contre toi !*

– Laisse-moi, je t'en prie... LAISSE-MOI ! ! !

Il avait beau presser ses poings sur ses oreilles, rien n'y faisait. C'était au plus profond de son être que les mots résonnaient. Plus rien ne tournait rond depuis qu'il avait rencontré cette fille. Alicia ! Pourquoi lui faisait-elle confiance ? Pourquoi lui donnait-elle envie de s'abandonner ? Il ne pouvait pas renoncer. Il avait une mission. Il devait la mener à bien. Il était l'ange extermina-teur. Le soldat universel. Il était la mort ! Il n'avait pas le droit de choisir le parti de la vie. Il n'était pas libre de ses actes. Il devait semer la mort autour de lui. Il devait semer la mort ! LA MORT ! ! !

– Alicia ! ALICIA !

Son cri résonnait, pourtant, comme un appel à l'aide.

Couché en chien de fusil sur le sol, Jean Abbadôn n'était plus capable de se relever. Il aurait pourtant voulu pouvoir débrancher le flipper dont les lumières et la cacophonie le rendaient fou. Dans un état de semi-inconscience, il eut l'impression que la porte d'entrée s'ouvrait. Une ombre s'avançait vers lui. Ce n'était pas celle de son grand-père. L'ombre était énorme, elle courait sur les murs de la chambre. Elle se pencha au-dessus de lui et posa une main sur son front enfiévré. Il aurait voulu l'écarter pour voir quel était ce nouveau spectre, mais il était incapable du moindre mouvement.

– Abbadôn ! Tu es mon glaive ! Tu es mon ange exterminateur ! Tu es ma vengeance ! Tu es LA vengeance ! Le meurtre de ta mère est le meurtre de l'innocence. Il ne peut rester impuni. Ils doivent tous mourir ! Tous ! Tu m'entends ? Tu m'entends ?

Oui, Jean l'entendait. Oui, il savait tout ça. Oui, il s'employait à mener à bien sa mission. Il avait déjà supprimé le fossoyeur, Gérard et sa femme... Et, il était là depuis quoi ?... Deux, trois jours ? Il ne savait plus précisément.

– Tu dois les tuer tous, Abbadôn ! Tu es mon bras vengeur ! Tu es la mort ! La mort !

Abbadôn aurait voulu hurler, mais il n'était plus maître de son corps. L'autre retira sa main et se recula. Les lumières du flipper continuaient à projeter le mot TILT sur les murs, mais la cacophonie s'était interrompue. Un éclat de lumière éclaira le visage de l'ombre.

– Le Gosse ! réussit à articuler Jean au moment où la porte se refermait sur l'ombre.

« Oh, non ! pas encore le rêve ! Pas encore l'eau saturée de sang et les cadavres des copains, et la fuite appuyée sur l'épaule du Gosse... Non, pas ça en plus de tout le reste ! »

Et Jean Abbadôn sombra dans l'inconscience.

XXII

Jean était allongé sur le lit et regardait, impassible, l'étendue blanche du plafond. La nuit avait été infernale comme toutes les nuits depuis... depuis son réveil, après le coma. Le coma après la fuite, la fuite après l'embuscade, l'embuscade après la connerie de cet abruti de colonel. Et puis, le sang des camarades dans son nez, dans sa gorge, dans ses yeux...

Cette nuit, Gérard et sa femme étaient morts. Jean n'avait pas besoin des journaux pour le savoir. Il avait assisté à toute la scène, il avait vu le meurtre de ses yeux, la veille au soir, tandis qu'il dérivait sur la Moselle en compagnie d'Alicia. Tout s'était déroulé très précisément ainsi qu'il l'avait conçu. La vieille Angèle allait pouvoir regagner sa maison.

D'abord, le fossoyeur, ensuite Gérard, sa femme, et bientôt...

Non, il ne savait pas encore quelle serait sa prochaine victime. Le sort tirerait lui-même le prochain nom hors de son grand chapeau noir comme la nuit. Jean éprouvait une profonde lassitude. Ces exécutions nécessitaient toute son énergie et le laissaient pantelant une fois accomplies. Mais ce n'était pas tout. Il y avait autre chose qu'il ne parvenait pas à définir. Il n'avait jamais questionné le sens d'une mission. Pourquoi celle-ci le perturbait-elle tant ? Tout lui avait paru juste, évident et puis...

Et puis, il y avait eu Angèle et Alicia... Alicia !

Tout se brouillait en lui. Les anges déchus ? Était-il un ange déchu en train de déchoir en sens inverse ? Comment la mort pouvait-elle se prendre à aimer la vie ? *Une femme enveloppée de soleil... et le dragon ne fut pas de force !* Alicia était-elle la femme enveloppée de soleil ? Ne serait-il vraiment pas de force, lui, le dragon ?

À vrai dire, il aurait aimé ne pas se poser la question. Ne pas se poser de questions du tout ! Il vient toujours un moment où la défaite nous attend au bout du chemin. Toujours ! C'est inévitable. Cela fait partie du scénario de départ. La rencontre ultime avec le destin. Si son chemin touchait à son terme, soit ! Alicia était une voie de sortie plus agréable que la plupart.

Seulement, le problème n'était pas là. Le problème venait de toutes ces impressions qui lui torturaient l'esprit. Quels étaient ces spectres qui envahissaient son espace depuis son arrivée dans cette maison ? Pourquoi le grand-père du petit Henri, là, dans le placard ? Pourquoi le Gosse, ici, dans sa chambre ? Pourquoi le père Rémy et ses soupçons dans cette épicerie suspendue hors du temps ?

Pourquoi des êtres comme Angèle et Alicia lui ouvraient-ils leur cœur ? Pourquoi aujourd'hui ? Personne ne lui avait jamais ouvert son cœur. Jamais ! Pas même le Gosse ! Il lui avait été reconnaissant pour toutes les situations désespérées desquelles Jean les avait tirés, ses camarades et lui. La vie du « Capitaine » était trop précieuse parce qu'il pourrait toujours servir à l'avenir. Le Gosse n'avait vu que son intérêt personnel.

Il pourrait toujours servir à l'avenir !

Jean se redressa et s'assit sur le bord du lit. Oui, il pourrait sûrement encore servir à l'avenir. Mais, pour l'heure, il devait remplir sa mission satanique. Il était la mort. Le soldat universel qui avait fait toutes les guerres depuis... depuis... depuis la première.

On frappa à la porte. Jean fixa son regard sur le panneau qu'un simple coup d'épaule aurait suffi à renverser. Il soupira. Enfilant son jean, ramassé sur le sol, au pied du lit, il dit :

– Entrez, père Rémy !

Le vieil épicier poussa la porte, dont le verrou n'était pas tiré, et entra dans la pièce, le front plissé, un journal à la main.

– Comment saviez-vous que c'était moi ?

Jean partit d'un grand éclat de rire. Il débrancha le flipper et s'arrêta devant le juke-box. Il enfonça trois touches et fit signe au père Rémy de le suivre dans la cuisine.

– Vous prendrez bien un café, dit-il en versant de l'eau dans le percolateur.

Une fois le café préparé, Jean revint vers son visiteur. Il lui prit le journal des mains et le jeta dans la poubelle de table, sans même y jeter un regard. Il savait ce qu'il y lirait. *Un mercier bien connu du Sablon assassine son épouse d'un coup de rasoir avant d'appeler la police et de succomber à une rupture d'anévrisme.* Rupture d'anévrisme ou crise cardiaque, c'était du pareil au même. C'est ça que les journaux avaient dû imprimer.

– Vous vous imaginez sans doute que j'ai des pouvoirs occultes, père Rémy ? Ce serait mon don de double vue qui m'aurait permis de deviner que la personne qui frappait à ma porte n'était pas une chambrière, mais un vieil épicier suspicieux. Hélas, je ne connais personne d'autre que vous qui soit susceptible de me rendre visite sans y avoir été invité. Et… je n'ai pas la moindre chambrière à mon service.

Dans la pièce voisine, la voix de Bruce Springsteen leur parvenait, chaude et cassée.

Le père Rémy ne releva pas l'ironie de la remarque d'Abbadôn.

– Encore un nouveau meurtre à mon actif ? demanda Jean sans chercher à masquer son irritation.

– Je sais que vous avez passé la soirée en compagnie de Mlle Ahlès, monsieur Abbadôn.

– Pardon ?

– Alicia Ahlès.

– Ah ! J'ignorais son nom de famille. Et me voici redevenu Monsieur Abbadôn ! Fini le petit Henri ! Plus de tutoiement !

Avançant un visage grimaçant vers le vieil homme, il ajouta :

– Retour à la case « Soupçons » ! N'est-ce pas ? Sans passer par la case « Départ », sans recevoir la moindre prime, mais avec si possible un arrêt à la case « Prison », non ?

Le vieil épicier tendit le bras en direction de la poubelle. Il y récupéra le journal et le tendit à Jean.

– Lisez !

Jean lut l'article consacré au meurtre de la femme du mercier et à la rupture d'anévrisme fatale de son assassin de mari.

– J'avoue, dit-il, c'est moi le meurtrier. Appelez les flics, voici mes mains, passez-y les menottes.

Le père Rémy ne se départit pas de sa gravité.

– Vous n'êtes pas drôle, monsieur Abbadôn. Alicia a eu l'air bouleversée en lisant cet article.

– Pourquoi ?

– Elle ne me l'a pas dit. Vous le savez peut-être, vous.

– Elle était avec moi quand j'ai assassiné Gérard et sa femme. Elle a tout vu ; elle m'a même ouvert la porte de l'appartement au moment de repartir. Dans la cage d'escaliers, elle a observé : « Je crois que ce que vous avez fait, Jean, est mal. » Et j'ai répondu…

– Arrêtez votre cynisme ! Vous…

L'épicier secoua la tête.

– Je sais, je ne suis pas drôle, le coupa Jean.

– Qui êtes-vous, monsieur Abbadôn ? demanda l'épicier.

– Je croyais que vous le saviez.

– Moi aussi, je croyais le savoir. Mais je suis sûr que le petit Henri n'aurait jamais…

– Le petit Henri n'avait pas connu la guerre, père Rémy ! Le petit Henri était un enfant innocent et surprotégé ! Aujourd'hui, le petit Henri a failli mourir ! Il a tué et il a été tué… et puis, il est revenu d'entre les morts, père Rémy ! IL EST REVENU D'ENTRE LES MORTS ! ! !

L'épicier laissa passer l'éclat avant de dire :

– Alicia m'a prié de cesser de vous harceler.

– Elle est gentille, murmura Jean.

Il y avait une pointe d'émotion dans sa voix.

157

— Vous êtes ici depuis moins de trois jours et trois personnes ont déjà perdu la vie.

— C'est une bonne moyenne. Une par jour, si je sais encore compter.

— Y êtes-vous pour quelque chose, monsieur Abbadôn ?

— Vous êtes sidérant, père Rémy ! Vous avez vu Alicia, n'est-ce pas ? Vous savez, donc, que j'ai passé la soirée avec elle. Comment pouvez-vous me poser une telle question ?

— C'est absurde, je l'avoue, pourtant, j'ai du mal à ne pas établir de lien entre votre retour et ces morts violentes.

— Père Rémy, en rentrant au pays, je me faisais une joie de vous revoir. Vous étiez la seule personne dont je conservais un souvenir plaisant. Aujourd'hui, vous êtes la seule personne que je redoute de rencontrer. Pourquoi me détestez-vous, ainsi ?

— Je ne vous déteste pas. Je ne vous fais pas confiance.

— Merci, je l'avais remarqué. Mais dites-moi, pourquoi vous ferais-je confiance, moi ?

Jean servit le café.

— Ce harcèlement n'aurait-il pas une raison d'être ? Votre angoisse face à ces décès que vous m'attribuez en dépit de toute raison... n'aurait-elle pas une motivation autre qu'un simple manque de confiance en moi ? J'aimerais vraiment savoir pourquoi vous perdez tout contrôle de vos émotions depuis mon retour, père Rémy ?

— Que voulez-vous dire ? demanda le vieil épicier, qui ne paraissait pas comprendre.

— Vous posez la question, père Rémy ? Je vous croyais assez subtil pour deviner la réponse. Mais serait-ce qu'elle vous ferait peur ? Désirez-vous vraiment que je sois plus précis ?

Le père Rémy fronça les sourcils et brusquement, son visage afficha une expression de consternation.

— Vous ne croyez quand même pas...

Il ne parvint pas à achever sa phrase.

— Je ne crois rien, père Rémy. Je ne crois jamais rien ! Un vieil adjudant me disait toujours qu'il fallait laisser le soin de croire aux curés et aux bonnes sœurs. Moi, je sais ou je ne sais pas !

– Vous êtes démoniaque, monsieur Abbadôn !

– Démoniaque ? Ne croyez-vous pas que vous renversez les rôles, père Rémy. Ne croyez-vous pas que si quelqu'un est démoniaque, c'est l'assassin de ma mère ? Ne croyez-vous pas que ce harcèlement incessant auquel vous me soumettez est, lui, démoniaque ?

– Vous savez fort bien…

– Je ne sais rien de plus que ce que j'observe. Vous êtes la seule personne à connaître mon identité ici – ne parlons pas d'Alicia ou de la vieille Angèle, qui ne sont pas concernées par la mort de ma mère – or, vous êtes la seule personne qui me harcèle de la sorte. Est-ce vraiment sans raison, père Rémy ?

Le vieil épicier paraissait de plus en plus troublé.

– Tout ça est irrationnel, je le sais, murmura-t-il.

Puis, se reprenant, il demanda :

– Pourquoi le choix de ce nom : Jean Abbadôn. Quelles sont vos vraies raisons ?

– Là n'est pas la question, père Rémy ? Irrationnelle, votre attitude ? Peut-être pas.

Le vieil épicier regarda la tasse de café fumant à laquelle il n'avait pas encore touché.

– Tu ne crois quand même pas que j'ai tué ta mère ? C'est absurde !

Je ne répondis pas.

Le père Rémy secoua la tête et tourna les talons. Il quitta la pièce, puis la maison du père Torn sans un mot et sans un regard en arrière. Debout, derrière la fenêtre, son café à la main, Jean Abbadôn le regardait s'éloigner, le dos voûté. Le petit Henri avait un petit sourire narquois aux lèvres.

– Tout compte fait, cette journée ne sera peut-être pas aussi pourrie que je le craignais.

Dans la chambre, Bruce Springsteen chantait toujours *The River*.

> *Now those memories come back to haunt me*
> *They haunt me like a curse*

Is a dream a lie if it don't come true
Or is it something worse
That sends me down to the river
Though I know the river is dry
That sends me down to the river tonight
Down to the river...[1]

Jean Abbadon reposa la tasse de café. Les mots du Boss[2] résonnaient dans sa tête.

– Quels sont ces souvenirs qui reviennent me hanter comme une malédiction ? Et tous ces rêves... qui me ramènent systématiquement à ce fleuve. À cette eau saturée du sang des camarades... c'est pire qu'un mensonge. J'en suis sûr.

Le père Rémy venait de refermer la grille verte derrière lui et il traversait la rue jusqu'à sa boutique, dernier rempart contre l'avancée des démolisseurs.

---

1. « Maintenant, ces souvenirs reviennent me hanter / Ils me hantent comme une malédiction / Un rêve est-il un mensonge s'il ne se réalise pas ? / Ou est-ce quelque chose de pire / qui me pousse jusqu'au fleuve / bien que je sache que le fleuve est à sec ? / Qui me pousse jusqu'au fleuve, ce soir / Jusqu'au fleuve... »
2. Surnom de Bruce Springsteen.

XXIII

À l'heure convenue, Jean se trouvait rue du Graouilly, mais il ne parvenait pas à se décider à enfoncer la petite sonnette à côté du nom d'Alicia Ahlès, sur le chambranle de la porte. Il avait marché toute la journée. Il aurait été incapable de dire où il s'était rendu. Il avait suivi ses pas, comme aimait à le répéter un vieux soldat, là-bas… Il ne conservait aucune image de son parcours. Il songeait à son entrevue avec le père Rémy. Il songeait à Alicia, la femme enveloppée de soleil…

Si, il se souvenait d'un détail de sa journée. Il venait de rendre visite à Angèle. La vieille dame avait bercé son angoisse dans la chaleur de son sourire et dans l'éclat de son regard. Il s'était laissé faire. Il l'avait écoutée et il s'était senti mieux. Comme apaisé. Il n'oubliait pas que cette sensation de bien-être que lui procurait la vieille dame était mauvaise pour l'accomplissement de sa mission, mais c'était la seule chose qui parvenait à arrêter la souffrance qui lui rongeait l'âme. Toutes ces sensations nouvelles étaient, sans doute, une conséquence du coma prolongé, consécutif à sa blessure dans le fleuve.

— Allons, Henri, quelles sont ces idées qui vous trottent dans la tête. Le soldat universel ? Mais où êtes-vous allé chercher cela ?

Les mots de la vieille dame le laissèrent pantois. Il ne s'était pas entendu parler. Qu'est-ce qui lui avait pris ? Il n'avait jamais évoqué son histoire de soldat universel avec personne. Il avait regardé Angèle avec la crainte qu'elle ne le chasse du paradis. Qu'elle le traite de fou.

— Vous savez, mon garçon, j'ai vécu la dernière guerre… enfin, la dernière qui a sévi chez nous. Je ne parle pas des vôtres. J'ai aidé des tas de garçons et de filles à passer la ligne. Il y avait des jeunes qui voulaient échapper au sort des malgré-nous, il y avait des juifs et des je-ne-sais-pas-tout-quoi, peut-être même des Allemands et sûrement des aviateurs anglais… c'était sans importance, je les faisais passer, tous. Je me suis parfois retrouvée dans des situations bien délicates. J'ai même été arrêtée et un peu torturée à la Kommandantur… Il m'est facile de comprendre ce que vous éprouvez. La guerre est l'activité la plus inhumaine qui soit, même si c'est sûrement le plus vieux métier du monde, contrairement à ce que d'aucuns veulent nous faire croire. La guerre, ça vous tourne la tête. Mais cette histoire de soldat universel… Alors là, non ! Non, non ! Mon Dieu, Henri, vous n'avez pas à culpabiliser à ce point. Vous avez accompli ce que vous considériez comme votre devoir. Vous êtes innocent, mon garçon. Les coupables, eux, ils sont au chaud dans leurs bureaux dans des ministères quelconques. Vous avez le droit d'aspirer au repos maintenant… Vous avez assez souffert. Laissez-vous aller ! Tournez le dos à la barbarie. La vie est là, qui vous sourit…

Quel étrange bout de femme ! *Un peu torturée…* Elle comprenait la souffrance d'autrui et elle minimisait la sienne. Elle aussi était une femme enveloppée de soleil !

— Vous êtes parti au lendemain du meurtre de votre mère, n'est-ce pas ? Eh bien, vous avez déjà eu la sagesse de canaliser une violence légitime. Ne vous torturez plus l'esprit, mon garçon. Vous avez droit au repos. Vous avez droit à la paix. Comme chacun de nous.

Personne ne lui avait jamais parlé de la sorte. Les mots de la vieille dame lui résonnaient aux oreilles devant l'immeuble où Alicia l'attendait. Il s'assit sur les marches et se prit la tête dans les mains. Il y avait trop de lumière autour de lui, alors qu'il aurait dû être entouré de ténèbres. Il ne savait plus où il en était. Pourquoi ces deux femmes avaient-elles été placées sur son chemin ? Pourquoi se laissait-il ainsi toucher par leurs mots ? N'était-il pas Jean Abbadôn ? L'ange exterminateur ?

Une main se posa sur son épaule. Avec douceur.

– Jean...

Il n'avait pas entendu la porte s'ouvrir dans son dos. Il leva les yeux. Alicia se tenait debout au sommet des marches sur lesquelles il était assis. La lumière de la cage d'escalier dessinait un halo de lumière autour de son visage. Jean ferma les yeux l'espace d'un instant.

– Alicia !

Il se releva.

– Vous n'osiez pas sonner ? demanda la jeune fille.

Il sourit, mais ne trouva pas les mots.

Elle s'assit à son tour sur les marches et il reprit place à côté d'elle. Il sentait le haut de la cuisse d'Alicia contre la sienne et son épaule, contre son épaule. La porte claqua derrière eux.

– C'est à cause d'hier ? demanda-t-elle encore.

– Hier, je vous ai fait peur, et ce matin... le journal...

– Le père Rémy m'a fait lire l'article.

– Il m'a dit que vous l'aviez prié de ne plus me harceler. Je vous en remercie.

– Je crains de n'avoir pas réussi à le convaincre.

– Il est venu frapper à ma porte, ce matin.

– Il a osé, lui, fit la jeune fille avec un petit sourire qui donnait à penser qu'elle n'avait pas eu cette audace.

Jean lui rendit son sourire.

– J'ai lu l'article qui le mettait dans tous ses états, Jean, dit Alicia. J'imagine ce que vous avez dû ressentir. Combien vous avez été mal. Je veux dire, suite à ce que vous m'aviez dit, hier soir... qu'après avoir tué le fossoyeur Raymond Lafosse, vous alliez vous occuper du cas de Gérard, le mercier. Vous vous êtes peut-être même imaginé que je ne voudrais plus vous voir.

Jean baissa la tête et regarda la pointe de ses chaussures. Pourquoi se sentait-il aussi mal à l'aise sous le regard candide de la jeune fille ? N'avait-il pas choisi lui-même les règles du jeu ? Pourquoi ne lui disait-il pas qu'il avait tenu sa promesse ? Que c'était bien lui qui avait provoqué les morts de Gérard et de sa femme ! Pourquoi ne la poussait-il pas à le croire ? Pourquoi ne lui disait-il pas que chaque nouvelle mort la rapprochait un peu plus de la sienne propre ?

— Seulement, vous oubliez que j'étais avec vous, Jean, reprit Alicia, étrangère aux pensées qui torturaient son compagnon. Vous n'êtes pour rien dans cette tragédie. Comment pouviez-vous craindre que je vous juge mal ? Votre humour était de mauvais goût, soit, mais cela je vous l'avais dit, hier. Ce qui s'est passé cette nuit ne change rien à l'affaire.

Jean en croyait à peine ses oreilles.

— Le père Rémy a prétendu que vous aviez l'air bouleversé lorsqu'il vous a fait lire l'article.

Alicia secoua ses longs cheveux bouclés, qui caressèrent furtivement la joue de Jean.

— Comment ne l'aurais-je pas été ? Bien sûr que cela m'a bouleversée ! Je savais que Rémy vous rendrait la vie encore plus insupportable avec ses élucubrations. Vous n'avez pas besoin de ça, en ce moment, Jean.

— Je n'ai pas besoin de ça ?

Jean ne savait plus du tout où il se trouvait. Il avait l'impression d'être toujours en compagnie d'Angèle. Une même femme partagée entre deux corps, l'un jeune et l'autre vieux. La femme enveloppée de soleil... Le prodige accompli !

— Vous avez besoin de repos et de sérénité, Jean. N'est-ce pas pour cela que vous êtes revenu vers vos racines ?

Ses racines ? Quelles racines ? Si Jean est bien le soldat universel, ses racines sont partout. C'était bien ainsi qu'il avait toujours vu les choses. Ici... ailleurs... Mais Angèle avait dit que cette histoire de soldat universel était absurde. Et si elle avait raison ? Jean Abbadôn ne savait plus où il en était. Il se souvenait qu'Abbadôn n'était pas son vrai nom, mais, au fait, quel était donc son vrai nom ? Henri Meynard ? Oui... oui... sans doute !

— Si ! Si, bien sûr... murmura-t-il. Du repos...

– J'ai pensé aussi à ce que vous éprouveriez en vous remémorant votre mauvaise blague d'hier, au sujet de Gérard. J'ai failli venir frapper à votre porte avant de poursuivre mon chemin jusqu'au journal, mais j'étais en retard et puis... je n'ai pas osé.

Il garda le silence. Elle n'avait pas osé...

– C'est terrible pour la pauvre Angèle, observa Alicia.

Sans relever le nez, Jean dit :

– Je la quitte à l'instant. Quelle étonnante personne ! Elle est bouleversée et, en même temps... elle m'est apparue tellement paisible. Elle a voulu que je lui parle de moi...

Tout lui revenait, à présent. Enfin, tout ce qui s'était passé dans l'appartement de son enfance. Il ne savait toujours pas où ses pas l'avaient conduit durant cette journée suspendue hors du temps, comme l'épicerie du père Rémy, mais il se remémorait son entrevue avec la vieille dame.

– Je suis passé lui présenter mes condoléances. Et elle a voulu que je lui parle de moi et puis... elle a trouvé des mots pour...

Il avait du mal à terminer sa phrase. Il était même surpris de vouloir la terminer.

– Elle a trouvé les mots pour m'apaiser. Je lui ai dit qu'elle pourrait regagner sa maison, maintenant. Elle a secoué la tête. «Maintenant ? a-t-elle dit. Oh, non, Henri, maintenant, mon retour est devenu impossible. Comment pourrais-je... et puis, cela n'a plus guère d'importance. »

Jean avait aussitôt regretté son acte. S'il avait su... il aurait dû prévoir... Comment n'avait-il pas deviné qu'Angèle ne retournerait jamais vers une maison où son fils était mort dans d'aussi tragiques circonstances. S'il y avait seulement songé, il aurait imaginé une autre mise en scène pour la mort de Gérard. Il l'aurait fait périr dans n'importe quel endroit, mais pas dans cette maison si riche en souvenirs heureux pour la vieille dame, et aujourd'hui, riche d'un souvenir de trop.

– Pauvre Angèle, murmura Alicia. Son fils l'avait chassée de chez elle, pourtant elle l'aimait plus que tout. Elle le savait faible, mais elle l'aimait quand même.

Jean se remit debout. On peut donc être faible et être aimé ? Il ne voulait pas entendre ce genre de propos. Il aimait la vieille Angèle et il regrettait de l'avoir attristée. Comment pouvait-il, lui, concevoir de tels mots ? « Aimer… regretter… » Comment pouvait-il nourrir de telles pensées ?

Pourtant… il avait l'impression de s'enfoncer irrémédiablement dans une voie qui lui était totalement étrangère. Somme toute, il méritait bien cette solitude, qui l'accompagnait depuis toujours ! Il ne savait pas aimer les êtres. Mais par tous les saints de l'enfer ! les êtres avaient-ils su l'aimer ? Pourquoi leur donnerait-il ce qu'il n'avait pas reçu ?

Il préférait ne pas pousser plus avant sa réflexion. Il ne voulait plus songer à Angèle. Elle l'éloignait du sens de sa mission. Elle le vidait de sa force. Elle le rendait faible. Si elle aimait les faibles, c'était son problème. Jean n'avait pas à entrer dans son jeu. Elle ne valait décidément pas mieux que les autres.

Une main se posa sur son front. Il se tourna dans un mouvement brusque et se trouva face au sourire lumineux d'Alicia. Il ne put résister à la pulsion. Il attira la jeune fille contre lui et la serra avec passion. Elle répondit à son étreinte… Il se sentait bien. Si bien ! Apaisé, dirait Angèle. Il se recula et regarda Alicia. Une telle intensité ! Une pluie étrange brouillait son regard. C'est Alicia qui franchit la distance séparant leurs deux visages. C'est elle qui l'embrassa.

Quand leurs corps s'éloignèrent à nouveau, elle dit :
– Vous avez mangé ?
– Je n'ai pas faim.
– Moi non plus, et il n'y a rien qui me tente au cinéma. Vous m'avez parlé d'une surprise chez vous… Vous voulez bien…

Jean plissa les yeux. Elle lui faisait donc confiance au point de le suivre jusque chez lui ? Elle l'avait accompagné pour une balade nocturne sur le plan d'eau, hier, et, ce soir, elle voulait aller chez lui… N'avait-il pourtant pas tout fait pour la décourager ?

– Si vous voulez, murmura-t-il.

La jeune fille enveloppée de lumière se serra contre lui et Jean Abbadôn l'entraîna jusqu'à la maison du père Torn.

XXIV

En arrivant au bout de la rue de la Chapelle, Jean évita de regarder en direction de l'épicerie du père Rémy. Il ne souhaitait pas gâter la douceur de l'instant. Il poussa la grille verte, qui s'ouvrit en grinçant. Alicia se mit aussitôt à courir dans les herbes folles du jardin. Les lapins ne se sauvaient même pas, mais la regardaient, intrigués, les oreilles pointées vers le ciel, à moitié endormis. Jean observait cette scène irréelle sans bien comprendre ce qui lui arrivait. Il était désorienté par tant de légèreté, tant de spontanéité.

– Combien de fois n'ai-je eu envie de pousser la vieille grille fatiguée ? lui lança Alicia, tout en continuant de faire des bonds. J'avais envie de venir jouer avec ces échappés de clapier pas farouches pour un sou. Je n'ai jamais osé.

– Tu aurais dû, fit Jean.

La jeune fille ne releva pas le tutoiement. Elle l'adopta.

– Je ne te connaissais pas et j'ignorais qu'un jour je ferais ami-ami avec le propriétaire des lieux.

Jean ne reconnaissait pas les émotions qui le remuaient en ce moment. Alicia grimpa les quelques marches du perron et Jean, qui la suivait à trois pas, lança :

– Il n'y a qu'à pousser la porte. Je laisse toujours tout ouvert.

Alicia s'exécuta et le trou noir de la cage d'escalier la fit reculer. Jean actionna l'interrupteur et une lumière chiche troubla les ténèbres.

167

– Il ne fait pas très jojo ici.

– Quand j'étais gamin, ça m'impressionnait. Je grimpais et dévalais toujours les marches quatre à quatre.

– Je dois encore être gamine, car ça m'impressionne.

Lorsque Jean, qui était passé devant elle, ouvrit la porte de l'appartement du haut, Alicia poussa un cri émerveillé.

– Mince ! fit-elle en découvrant la pièce qui avait, pour seul éclairage, la clarté bleutée d'un néon qu'on imaginait mieux en enseigne d'un club de jazz qu'en décoration d'une chambre à coucher.

– C'est ça ta surprise, pas vrai ? fit-elle en se précipitant vers le Wurlitzer original. C'est génial !

Elle passa en revue les titres et enfonça trois touches. Jean sourit en reconnaissant les premières mesures de *Hungry Hearts*. Quelle étrange harmonie ! Il était parti avec les accents du Boss dans l'oreille et voilà que le premier choix d'Alicia se portait sur Bruce Springsteen. Seulement, avec un tout autre genre de propos :

Everybody's got a hungry heart
Everybody needs a place to rest
Everybody wants to have a home
Don't make no difference what nobody says
Ain't nobody like to be alone.
Everybody's got a hungry heart...[1]

Jean Abbadôn avait l'impression que, pour la première fois de sa vie, lui aussi avait envie d'un lieu où trouver un peu de repos. Que pour la première fois de sa vie, il ne désirait plus être seul. Que son cœur avait faim de tout ce que lui offraient Angèle et Alicia. Pour la première fois de sa vie...

---

1. « Chacun a un cœur affamé / Chacun a besoin d'un lieu où se poser / Chacun désire un foyer / Peu importe ce qu'ils disent / Personne n'aime être seul / Chacun a un cœur affamé... »

Qu'en savait-il, après tout, si c'était « pour la première fois de sa vie » ? Il conservait si peu de souvenirs de ce qu'avait été sa vie avant qu'il ne devienne le soldat universel.

Alicia s'approcha de Jean et lui prit la main. Elle l'entraîna vers le milieu de la pièce. Une grande pièce presque vide, qui lui paraissait constituer une piste de danse idéale. Elle se mit à bouger devant lui. Puis, elle lui lâcha la main et se mit à tourner sur elle-même, à virevolter. Elle fit signe à Jean de la rejoindre dans son tourbillon. Lui souriait avec une candeur qui l'aurait surpris s'il avait aperçu son reflet, mais il répondit à l'invitation par une petite moue triste signifiant qu'il ne savait pas danser.

– Laisse-toi aller ! Il n'y a qu'à suivre le rythme, lui lança Alicia, sans cesser d'imprimer à son corps toutes sortes de contorsions dont la grâce émerveillait l'ange exterminateur.

Se laisser aller, songea Jean. Tout ce qui lui avait toujours été impossible. Il ne parvenait à suivre les pulsions de son corps que lorsqu'il se trouvait face au danger. Dans ces cas précis, il savait toujours ce qu'il convenait de faire. C'était comme s'il était né avec l'instinct de la mort. Normal, puisqu'il était la mort.

Là, tandis qu'il regardait danser Alicia, tourbillon de lumière et de beauté, il ne pouvait imaginer qu'il fût vraiment la mort. Pourtant... se pouvait-il que la mort elle-même ne soit pas immortelle ? Possible ! Cela ne paraissait pas absurde, somme toute. Le temps devait venir où il lui fallait passer la main à une mort plus jeune, moins émoussée par les innombrables agonies. Une mort qui ne se laisserait pas attendrir par le charme d'une jeune fille, qui bougeait pareille à une flamme au sommet d'un cierge.

Alicia riait. Elle réussit à saisir la main de Jean. Elle commença à balancer ses bras de manière à l'amener à suivre les mouvements des siens. Jean se laissa faire... Quand les mouvements de leurs bras se trouvèrent presque en harmonie, Alicia le guida des yeux. Par de simples regards, elle lui faisait comprendre comment bouger les jambes, les pieds, et ce tronc qui paraissait saisi dans le marbre.

Le morceau approchait de son terme. Sans cesser d'entraîner Jean dans sa farandole d'envoûtement, la jeune fille se rapprocha du Wurlitzer et enfonça, d'un geste précis et rapide de l'index, la touche « Replay ». Les *Hungry Hearts* de Springsteen prolongèrent, presque ininterrompus, la magie de l'instant. Jean ne cherchait plus à se soustraire au sortilège dont il avait le sentiment de faire l'objet.

Il suivait, maintenant, les mouvements d'Alicia avec une telle précision qu'il en venait à se demander qui suivait l'autre. C'était comme si sa colonne vertébrale avait explosé le corset de marbre qui l'avait emprisonnée de tout temps. Alicia lui souriait et l'encourageait du regard.

– Génial ! s'exclama-t-elle. Tu es génial, Jean ! C'est moi qui te suis, maintenant.

Comme si elle avait surpris ses pensées.

Le morceau terminé, Alicia en choisit un autre, puis un autre encore… Rien que des vieux machins qui dataient d'un temps où elle n'était même pas née. Jean n'éprouvait plus le moindre malaise à s'agiter au milieu de cette pièce d'une manière qu'il aurait jugée grotesque s'il n'avait pas été possédé. Il dansait… il dansait ! Il se laissait aller. Oui, il s'abandonnait ! « Là-bas » paraissait tellement loin. « Là-bas » avait cessé d'exister !

Au bout d'une heure, peut-être deux, ils s'affalèrent sur le lit, dans les bras l'un de l'autre, mêlant leurs rires, leurs bras, leurs jambes, leurs lèvres… Alicia entreprit de dépouiller son compagnon de ses vêtements. Il se laissa faire, et comme il ne semblait de son côté prendre aucune initiative, elle se déshabilla elle-même sur le rythme lent des *Deux enfants au soleil,* chantés par Isabelle Aubret.

Quand elle fut nue, Jean posa ses mains sur les épaules de la jeune fille, qui s'allongea, s'abandonnant elle aussi. Il fit glisser ses paumes ouvertes sur la peau douce et fine de la femme enveloppée de soleil. La prédiction disait vrai : le dragon ne serait pas de force, pour la simple raison qu'il n'opposerait pas la moindre résistance.

Une telle lumière émanait du corps d'Alicia que Jean sentit son cœur se serrer. Sa gorge se serrer. Son ventre se serrer. Il ne réussit pas à retenir très longtemps ses larmes. Il fondit en sanglots et se recroquevillant sur lui-même, il écarta les jambes de la jeune fille et se blottit le plus près possible de ce sexe au léger duvet qui lui caressait le visage. Il pleurait sans chercher à dissimuler ses larmes. Sans rien refouler de toute la souffrance qui lui rongeait l'âme depuis si longtemps. Alicia murmurait des mots doux, en lui caressant la tête. Des mots réconfortants. Des mots d'amour.

Cela faisait mal. Tellement mal... Pourquoi ? Pourquoi ? Pourquoi Jean ne tentait-il pas de résister ? Pourquoi s'offrait-il ainsi en vulnérabilité totale à cette jeune fille qu'il connaissait depuis combien... deux, trois jours ? À peine ! Il ne savait déjà plus. Il avait l'impression de la connaître de toujours. Elle semblait être son parfait opposé. Comme l'antimatière de sa matière ! Aujourd'hui, elle pourrait l'annihiler sans le moindre effort et c'était sans importance. Il ne voulait plus tuer. Plus personne.

— Tu es la vie, sanglota-t-il. Tu es la vie, je suis la mort... Je renonce. Tu gagnes.

— Nous sommes la vie tous les deux, Jean... Tu es la vie, toi aussi, mais tu ne le sais pas. Tu es la vie !

— Je suis la mort, continuait à sangloter Jean. Je suis la mort et tu fais de moi la vie ! Tu es un ange, Alicia. Un ange, comme Angèle... Vous êtes deux anges et vous êtes en train de remporter le combat contre les ténèbres. Je le sais. Je ne veux plus lutter.

— Ne lutte plus, Jean. Ne lutte plus. Tu es arrivé à destination. Il n'y aura plus de guerre pour toi. Plus de morts. Plus de souffrances. Je veillerai sur toi. Je veillerai sur ton repos, Jean. Laisse ta souffrance sortir avec tes larmes. Il ne faut pas avoir peur.

Jean poussait sa tête entre les jambes de la jeune fille qui l'accueillait sans aucune réticence. Elle lui caressait la joue. Elle lui murmurait des mots tendres penchée au-dessus de lui. Et Jean se sentait dériver vers un sommeil sans rêve. Un sourire se dessina sur ses lèvres. Il posa un baiser sur le sexe chaud et humide de sa compagne.

— La vie... la vie... murmurait-il en perdant tout contact avec le monde extérieur.

Alicia garda Jean entre ses jambes et continua à le bercer. De longues heures s'écoulèrent ainsi, jusqu'à ce que la jeune fille finisse par s'endormir à son tour, enserrant le corps de celui qui ne voulait plus accomplir sa mission de mort.

XXV

La nuit s'était écoulée, paisible. Cela faisait si longtemps que Jean n'avait plus été assailli de cauchemars... Lorsqu'il s'était réveillé, il avait trouvé le lit vide à côté de lui, mais une forte odeur de café lui avait confirmé qu'il n'était pas seul dans le vieil appartement. Il respira avec délice le parfum dont sa compagne avait embaumé les draps ; il ne se souvenait pas d'avoir connu un tel émoi. Il éprouvait la même sensation de bien-être que la veille. Le même désir de s'abandonner.

Il ne se souvenait plus très bien de ce qu'il avait dit avant de sombrer dans un sommeil lourd et profond. Il avait été question de mort et de vie... Qu'est-ce qu'Alicia avait bien pu comprendre à tout cela ?

Il se leva et se dirigea vers la cuisine.

– Bonjour, fit-il.

– Bonjour ! J'ai préparé du café. Tu as dormi comme un juste. Il est super ce réfrigérateur.

Un juste ! Oui, d'une certaine manière, c'était ainsi qu'il s'était toujours considéré, puisqu'il accomplissait ce qu'il convenait de faire. Rien de plus !

Alicia paraissait détendue et souriante. Elle vint l'embrasser sur les lèvres.

– J'ai dû proférer des choses totalement incohérentes, hier soir, dit-il en la serrant contre lui.

Elle éclata de rire.

– Grand Dieu ! On aurait pu croire que tu avais bu. À moins que ce ne soit la griserie de la danse…

Mais elle retrouva aussitôt une expression plus grave. Elle se dégagea de ses bras pour remplir deux tasses.

– Je sais que ce n'est pas ça, Jean. Mais, un jour, toute cette souffrance qui te ronge l'âme disparaîtra. Cela aussi, je le sais.

« Cette souffrance qui te ronge l'âme… » les propres mots de Jean – enfin, quand il dialogue avec lui-même.

Comme si elle craignait d'avoir proféré des paroles déplacées, Alicia enchaîna avec un nouveau petit rire :

– En tout cas, tu n'as pas eu de difficulté pour t'endormir.

– Je suis désolé, fit Jean.

S'approchant de lui, elle lui caressa le visage.

– Tu sais, tu m'as procuré autant de joie que si nous avions fait l'amour. Nous avons tout le temps devant nous.

On frappa à la porte. Jean poussa un soupir.

– Le père Rémy ? fit Alicia.

Il ne répondit pas. C'était superflu. Qui d'autre ? Il se servit une seconde tasse de café. La jeune fille se leva d'un pas rageur et alla ouvrir la porte. Elle avait une voix de furie. Jean sourit en songeant que les rôles s'inversaient. C'était elle, ce matin, qui jouait les dragons.

– Il me semble que je vous avais prié de ne plus harceler Jean, père Rémy.

– J'ai, ici, une nouvelle qui devrait vous intéresser tous les deux, Alicia.

– Père Rémy, vous pouvez les garder pour vous, vos nouvelles. Jean est tout à fait capable de lire la presse et je suis sûre qu'il n'a aucun problème pour trouver les nouvelles qui *doivent* l'intéresser. Vous étiez toujours si gentil, avant… je veux dire, avant la construction de la route. Ce n'est pas bien de passer votre rancœur sur nous.

« Sur nous ! » Elle faisait donc cause commune avec Jean. Il n'était plus seul.

Il alla rejoindre sa compagne. En la voyant dressée sur ses ergots face à l'épicier, Jean réalisa qu'elle était déjà habillée, alors que lui avait tout juste un peignoir sur le dos. Il posa un bras sur l'épaule d'Alicia.

– Entrez donc père Rémy, lança-t-il, en ouvrant plus largement la porte. Vous devenez un habitué de la maison.

Qu'importait le peignoir ! Alicia savait ce qu'elle faisait en allant ouvrir au vieux Rémy. De toute façon, l'épicier passait son temps à surveiller les allées et venues de Jean. Il les avait, donc, vus rentrer ensemble. Il n'avait pas vu ressortir Alicia. Il savait qu'ils avaient passé la nuit ensemble.

Le père Rémy accompagna son hôte dans la cuisine. Jean lui prit le *Républicain lorrain* des mains et parcourut la page à laquelle l'épicier l'avait ouvert. Le journal glissa sur le plancher tandis que Jean blêmissait. Il ne prononça pas un mot. Alicia, fronçant les sourcils, ramassa le journal. Elle porta les mains à la bouche et murmura :

– Mon Dieu !

– Je crois que vous aimiez bien Angèle, fit l'épicier à l'intention de la jeune fille.

Alicia lui colla le journal dans les bras et le saisissant par les épaules, elle le fit pivoter et le poussa vers la porte d'entrée sans aucun ménagement pour son grand âge.

– Disparaissez, père Rémy, glapit-elle ! Disparaissez avec vos suspicions et vos mauvaises pensées ! Jean n'est pour rien dans ces morts. Pas plus dans celle d'Angèle que dans celle de Gérard ou du fossoyeur. J'ai passé la nuit avec lui. Toute la nuit ! Et vous le savez très bien ! Laissez-nous tranquilles ! Disparaissez et ne revenez plus ici. Plus jamais, vous m'entendez ! Et si vous continuez à harceler Jean, c'est moi qui déposerai plainte contre vous. Il est trop gentil, lui, pour seulement penser à vous nuire. À vous ou à quiconque ! Disparaissez !

Jean entendit les pas du père Rémy qui redescendait l'escalier ténébreux. Il éprouvait pour le vieil épicier quelque chose qui ressemblait presque à de la pitié. Le malheureux était le plus proche de la vérité et personne ne voulait le croire.

Cependant, Jean ne parvenait pas à effacer les mots du journal de son esprit. La vieille Angèle était morte pendant la nuit. Il n'avait rien vu venir. Rien prémédité. Pourtant, il était totalement responsable de cette mort. La vieille dame s'était éteinte à sa table de cuisine, un sourire aux lèvres. Comme ça ! La vie, paisiblement, l'avait quittée. Jean savait qu'il avait tué sa nouvelle amie plus sûrement que s'il avait mis en scène sa mort. Il l'avait tuée en faisant mourir le fils ingrat. Le salaud qui l'avait dépouillée du seul bien qui comptait pour elle. Jean n'avait décidément rien compris ! Il ne comprendrait jamais rien à l'amour.

« Il est trop gentil pour seulement penser à nuire à quiconque ! » Elle était trop naïve !

Les bras d'Alicia se nouèrent autour de sa taille et il sentit le visage de la jeune fille trop naïve se poser entre ses omoplates.

– C'est mieux ainsi, murmura-t-elle, dans un souffle. Je t'assure. Angèle a choisi de rejoindre son fils. Malgré tous ses défauts, elle l'aimait. Tu vois, elle se sentait responsable de ce qu'il était devenu. Elle se reprochait de l'avoir mal élevé.

– Mais, elle me disait qu'il ne servait à rien de culpabiliser, dit Jean dans un souffle mal maîtrisé.

– Bien sûr ! Seulement, il est toujours plus facile de savoir ce qu'il convient de faire pour les autres que pour soi-même.

– C'est ma faute, murmura Jean.

Alicia le fit pivoter brusquement. Elle planta son regard dans celui, troublé, de son compagnon.

– Ça suffit, Jean ! Tu n'es pas responsable de tous les malheurs du monde. Ôte-toi de l'esprit que tu es l'ange de la mort. Tu es un homme. Un homme comme tous les autres.

– Pourtant, je…

– Je ne veux plus rien entendre de semblable. Laisse ce genre de divagations au père Rémy.

Elle lui prit le visage entre les mains. Le contact de sa peau était doux, apaisant.

– Écoute, Jean, je dois partir maintenant. Je serai absente pendant quelques jours.

Jean sentit son cœur s'emballer.

— Tu pars… ? bafouilla-t-il.

Elle sourit.

— Quelques jours. Pas plus. Tu promets de ne pas faire de bêtises pendant mon absence ?

— Des bêtises ?

Il songea aussitôt à sa mission.

— Plus d'idées noires, d'accord ? À mon retour, tout ira mieux, je t'assure.

Jean se sentait perdu. Angèle qui était morte cette nuit et Alicia, qui disparaissait ce matin. Ses anges l'abandonnaient-ils ?

Alicia continuait à lui caresser le visage ; elle l'embrassa avec une telle chaleur qu'il en éprouva une sorte de vertige.

— Je pars pour mon journal, dit-elle. Un reportage… des recherches… Attends-moi, Jean… Tu veux bien ?

Il promit.

Alicia se dirigea vers la porte. Elle venait de l'ouvrir quand elle se retourna vers lui.

— Je crois que le père Rémy ne viendra plus t'importuner. À très vite, Jean.

— Oui, parvint-il à articuler.

La porte se referma. Il se sentait seul. Abandonné. Petit. Il retourna dans la cuisine. Sans savoir pourquoi, il poussa la porte du garde-manger. Là-bas, tout au fond de la pièce, dans les ténèbres environnant la porte de l'enfer, l'ombre du grand-père. Il eut un mouvement de recul, mais la douceur de la voix le retint.

— Henri…

Il se retourna.

— Tu fais retour, Henri… Continue dans cette voie, mon garçon, elle te mènera à la vérité. À ta vérité. Sois fort ! Ainsi, je n'aurai pas à venir contre toi.

Il sortit du boyau ténébreux en songeant qu'il avait toujours cru être fort. Là, il ne savait même plus ce qu'était la force.

XXVI

Jean alla assister aux obsèques de la vieille Angèle. Était-ce un hasard si elle fut inhumée à quelques tombes seulement d'Aline Meynard ? Le père Rémy était présent, bien sûr. Il était difficile de ne pas le voir. La mise en terre de la brave vieille n'avait pas attiré grand monde. L'épicier n'adressa pas un mot à celui qu'il avait coutume de nommer « le petit Henri », seulement il ne le quitta pas des yeux pendant toute la cérémonie.

Jean passa devant lui sans s'arrêter, sans lui adresser un regard. En ce moment, il aurait tellement aimé pouvoir rendre la vie aussi facilement qu'il l'enlevait. Angèle lui manquait déjà. Alicia aussi lui manquait. Quelques jours, avait-elle dit. Que trouverait-elle à son retour ? L'homme qui ne voulait plus entendre parler de sa mission ou l'ange exterminateur, qui ne quitterait le Sablon qu'après avoir éliminé tous ceux qui auraient pu être responsables du meurtre de sa mère ?

C'était étrange. Quand Jean songeait à tout ça, il ne réussissait même plus à retrouver l'image des siens. Au cimetière, il s'était arrêté sur la tombe d'Aline et de son grand-père. Il avait contemplé leurs portraits pendant un long moment. Ceux-ci n'avaient rien éveillé en lui. C'était comme s'ils appartenaient à la mémoire d'un autre.

« Quel étrange personnage vous faites, Henri ! J'ai l'impression que vous avez toujours vécu en dehors de la réalité.

Aujourd'hui, encore... Comme si vous étiez enfermé dans la mémoire d'un autre. Comme si l'adulte était prisonnier de l'enfant. »

Les mots d'Angèle lui revenaient en mémoire. Qu'il vive en dehors de la réalité était une évidence. Qu'il fût enfermé dans la mémoire d'un autre... Soit, mais de quel autre ? Quant à cet enfant dont l'adulte serait prisonnier, il paraissait n'avoir aucun lien avec lui.

L'appartement du 7 de la rue Dom-Calmet était désormais devenu inaccessible pour Jean, qui se sentait perdu. Il passait le plus clair de son temps au Café du Sablon, perdu dans une rêverie qui attirait les regards mais ne suscitait pas les commentaires. C'était là qu'il avait appris que le rez-de-chaussée de son enfance avait été loué à la fille du boulanger. C'était là qu'il avait entendu le boulanger déclarer :

– J'ai bien lu le bail. L'ensemble du jardin va avec l'appartement du rez-de-chaussée. C'est la Meynard qui avait décidé de le diviser en quatre parcelles et de les mettre à la disposition des quatre familles qui occupaient l'immeuble. En fait, il n'y avait que la parcelle avec la balançoire qui ne revenait à personne en particulier. Ces dispositions dataient du temps où l'OTAN avait une base active chez nous. Le premier étage était toujours occupé par des militaires de passage. Des Américains ou des Canadiens. Ben, moi, je vous le dis, je vais tout récupérer pour ma fille et pour commencer je vais virer la balançoire et faire du petit bois avec la vieille baraque du vieux Meynard.

Jean n'avait pu s'empêcher de s'exclamer :

– La maisonnette ?

– Ben, oui, ça prend de la place et ça ne sert à rien.

– Ça peut être agréable pour les enfants, murmura-t-il, comme pour lui-même.

– Les enfants ? Bah ! ils n'en veulent plus de ces conneries-là. Ils ont leur Game Boy et tous ces trucs électroniques. Et puis, ma fille, elle en veut pas d'enfants ! Non, moi, je vais raser ça.

C'est alors que Jean leur avait dit qu'il était le fils d'Alice Meynard. Il y avait eu un silence lourd dans le café. Les habitués s'étaient regardés sans rien dire. Tout le monde avait remarqué cet homme qui, depuis une dizaine de jours, venait régulièrement prendre un café ou un pastis, selon l'heure. Tout le monde se souvenait de l'avoir vu avec la belle Alicia, le soir où Gérard-la-Guigne avait saigné sa femme.

– Ben, ça alors ! fit Jeannot en s'approchant de la table où était installé le fils de la Meynard. Faut dire, ça fait un bout de temps... et vous étiez qu'un gamin...

– Oui, et l'armée, ça vous forme des hommes, lança un autre.

Le boulanger se contenta d'observer :

– Et puis, vous veniez pas souvent boire le coup avec nous.

Jeannot haussa les épaules :

– C'était qu'un gosse.

Au comptoir, où la femme à Jeannot vendait le tabac sans jamais se mêler des conversations des hommes, une jeune femme silencieuse se retourna et croisa le regard de Jean. Marie-Odile, la fille du boucher. Enfin, aujourd'hui, il fallait sûrement dire la « femme » du boucher. Elle venait d'acheter la cartouche de gauloises de son homme. Elle soutint un long moment le regard de Jean, qui se leva et régla sa consommation. Il regrettait d'avoir parlé.

– Dites, fit le boulanger, vous aviez pas l'intention de vous réinstaller chez vous, par hasard ? Sinon, on pourrait trouver un arrangement... Vous avez, comme qui dirait, une sorte de priorité.

– Ne vous faites pas de souci, dit Jean. Je loge dans la maison de mes grands-parents.

– La maison du père Torn ? Mais, elle va bientôt être rasée, observa Jeannot.

– D'ici-là, je serai reparti, rétorqua Jean. Ne vous en faites pas. Et si vous voulez détruire la maisonnette de mon grand-père, que voulez-vous que je vous dise ? C'est dommage. Mais vous n'en avez rien à faire, vous, des souvenirs de mon enfance. C'est normal, c'était pas la vôtre.

Il poussa la porte. Il allait la refermer derrière lui quand il vit que Marie-Odile s'apprêtait à sortir à son tour. Il lui tint la porte ouverte. Quand ils se retrouvèrent dans la rue, elle fit deux pas en direction de la boucherie, puis elle s'arrêta ; pivotant, elle vint se planter devant Jean.

– Vous n'êtes pas Henri Meynard, déclara-t-elle.

– Pardon ? fit-il surpris.

– Pourquoi prétendez-vous être Henri ?

– Voyons, Marie-Odile, murmura Jean... Tu ne m'as pas oublié, quand même. Eux, je veux bien, mais pas toi ! Quand j'étais gosse, je jouais toujours avec ton frère et le fils du libraire... Tu ne voulais jamais te joindre à nos jeux. Alors, je demandais à ma mère de me laisser venir acheter la viande, pour te voir. Tu aidais tes parents pendant les vacances. Quand je payais, je m'arrangeais toujours pour te caresser la main.

Marie-Odile fronça les sourcils.

– Je n'ai jamais trouvé le courage de te parler de mes sentiments. Et puis... et puis, je suis parti m'engager. On avait tué ma mère.

La jeune femme plongeait son regard troublé au plus profond des yeux de celui qui venait titiller des souvenirs rangés dans le tiroir des jours heureux. Un tiroir soigneusement fermé, dans lequel elle évitait d'aller voir. Elle secoua la tête.

– Ce sont aussi mes souvenirs, et vous n'êtes pas Henri.

– Marie-O... Tu te souviens, j'étais le seul à t'appeler ainsi.

Elle continuait à hocher la tête.

– Je ne sais pas ce que tu veux, mais tu n'es pas Henri.

Elle tourna les talons et poussa la porte de la boucherie. Jean fit quelques pas derrière elle, mais il ne la suivit pas à l'intérieur du commerce où son mari découpait une pièce de bœuf. Il s'arrêta devant la longue vitrine et resta un moment à regarder Marie-Odile. Le visage de la jeune femme trahissait la colère. Elle aussi avait aimé Henri. Il n'en avait jamais douté. Aujourd'hui, elle devait regretter la vie qu'elle avait choisie. Elle lui en voulait d'être parti, elle s'en voulait d'être restée.

Jean reprit sa route.

Ce soir-là, le boulanger était passé chercher sa fille, qui habitait au Ban-Saint-Martin, pour l'emmener visiter son nouvel appartement. Dans la voiture, elle lui dit :

– Je serai drôlement contente de partir d'ici. Quitter ce boucan infernal...

L'appartement était coincé entre le viaduc de l'avenue du Général-de-Gaulle, avec sa voie rapide, et la voie ferrée, où les trains donnaient l'impression de débouler en hurlant entre la cuisine, la chambre à coucher et les chiottes.

– Ça devenait intenable ! Et puis, comme ça, au Sablon, je serai tout près de la boulangerie. Je pourrai venir vous donner un coup de main de temps en temps, à maman et toi.

Le père sourit. Il était bien content, lui aussi. Il allait s'engager sur le pont de Verdun quand la fille dit :

– J'espère bien que je n'aurai plus à le franchir trop souvent celui-là. Une fois le déménagement effectué, fini, au revoir, adieu !

Le ciel dut entendre sa requête. Ce fut, en effet, la dernière fois que la fille du boulanger franchit le pont de Verdun. Brusquement, son père perdit le contrôle de sa voiture, qui s'en alla percuter la rambarde du pont, laquelle céda sous le choc. La voiture fit une courte plongée, pendant laquelle, la jeune femme eut tout juste le temps de s'écrier :

– Merde, alors !

Quand les pompiers repêchèrent l'engin, le père et la fille avaient le visage déformé par l'angoisse et les jurons. Ils avaient tenté d'ouvrir les portières pour se sauver, mais la pression de l'eau avait été telle que tous leurs efforts s'étaient avérés vains. Les témoins ne comprenaient pas ce qui s'était passé. La voiture roulait à peine plus vite que la limite autorisée. Comme la plupart des autres véhicules. Aucun obstacle n'avait surgi devant elle pour l'obliger à braquer. Et les policiers ne trouvèrent pas la moindre trace d'huile sur la chaussée.

Le lendemain, Jean découvrit sur son palier, juste devant la porte de son appartement, le journal du jour ouvert à la page des faits divers. Il ne le ramassa pas. Il savait ce que le père Rémy voulait lui faire lire et il n'avait pas envie de verser une larme sur le boulanger et sa fille.

Le rez-de-chaussée du 7 de la rue Dom-Calmet demeura long-temps inoccupé. L'assassinat de la fille Meynard, la mort de la vieille Angèle, l'accident bizarre des nouveaux locataires… Les gens se demandaient si l'endroit n'était pas maudit tout compte fait. La maisonnette fut ainsi épargnée.

XXVII

Jean évitait de sortir de chez lui. Alicia ne revenait toujours pas. Le père Rémy le guettait en permanence, et cela l'irritait. Il préférait encore affronter le spectre du garde-manger qui était revenu le harceler.

Deux jours après la mort du boulanger et de sa fille, le boucher fit une mauvaise chute dans la chambre froide. Marie-Odile l'entendit hurler. Quand elle poussa la lourde porte de la pièce réfrigérée, elle crut défaillir. Son homme était allongé sur le sol carrelé, au milieu d'une mare de sang, la pointe d'un crochet dépassait de son dos.

Elle se reprit bien vite et s'en voulut de penser que, désormais, elle était libre. Qu'elle allait pouvoir vendre la boucherie et partir loin de ces odeurs de sang froid qui vous collaient à la peau. Depuis qu'elle était toute petite, elle n'avait rien connu d'autre ; elle n'avait rien détesté avec plus de constance et de force. Son père pourrait danser sur la tête, elle ne garderait pas le commerce et elle n'épouserait pas un autre boucher juste pour préserver la sacro-sainte tradition familiale. Elle placerait le vieux à la maison de retraite de la Vacquinière. Dans une autre vie, elle avait été amoureuse d'Henri Meynard. Un amour impossible, car Henri ne serait jamais devenu boucher. Elle ne commettrait pas deux fois la même erreur.

Que cet homme rencontré au Café du Sablon fût ou non Henri Meynard n'avait aucune importance. Cette confrontation avait, en quelque sorte, réveillé des désirs enfouis depuis trop longtemps. Il était temps de leur permettre de se réaliser.

Marie-Odile sourit. D'une certaine manière, c'était un cadeau qu'Henri venait lui apporter du passé. Comme un présent d'amour...

Jean était allongé sur son lit quand on frappa doucement à la porte. Il soupira. Sacré père Rémy !

— Entrez ! lança-t-il, irrité.

— Je ne te dérange pas ?

— Alicia !

Il bondit sur ses pieds.

La jeune fille tenait deux journaux à la main.

— Encore le père Rémy ! lança-t-elle, en les brandissant avec un air dégoûté.

Jean les lui prit des mains et alla les jeter à la poubelle.

— Je suis rentrée ce matin, annonça-t-elle.

— Il y a eu de nouveaux morts, dit-il.

Elle ne répondit pas.

— Je dois faire un saut au journal. Tu es libre ce soir ?

Il sourit.

— Devant chez moi, comme l'autre soir ?

— D'accord.

Elle était déjà repartie.

La journée s'étira. Interminable.

Lorsqu'il retrouva son amie, le soir venu, Jean ne savait plus quelle attitude adopter. À deux reprises, il avait à nouveau laissé l'ange exterminateur accomplir son œuvre. Pourtant, depuis la mort du boucher, il ne mettait plus les pieds au Café du Sablon, de peur de se laisser aller à commettre de nouveaux crimes. Il voulait maintenir la tentation à distance.

— Tu n'as pas l'air en forme, observa Alicia, tandis qu'ils marchaient « en suivant leurs pas ».

Jean ne répondit pas. Il se contenta de lui prendre la main et ils poursuivirent leur balade sans échanger un mot. La nuit tombait peu à peu. Jean se décida à rompre le silence.

– Alicia, dit-il, je ne suis pas celui que tu crois. Le père Rémy a raison. Je suis responsable de toutes ces morts.

La jeune fille s'arrêta.

– Arrête ce jeu-là, Jean. Si quelqu'un d'autre t'entendait... Tu aimes donc tant que ça faire peur aux gens ?

Elle le rejoignit.

– Il est facile de faire naître la terreur, dit Jean. À vrai dire, rien n'est plus simple. Épouvante, angoisse, effroi... La peur, sous quelque forme que ce soit, est tapie en chacun de nous depuis le premier jour de notre existence. C'est elle qui se trouve à l'origine du cri que pousse le nouveau-né. Il est mort de trouille, le malheureux. Il conserve encore le souvenir de la sérénité du néant et il sait qu'il n'est pas prêt de la retrouver. Même si sa vie est brève, même si elle est... heureuse – si tant est que ce terme ait un sens –, la peur est toujours là, agrippée à sa gorge, prête à surgir et à le suffoquer. En réalité, celui qui a la chance de mourir de peur est le plus chanceux des hommes. Chez lui, l'instinct du néant a réussi à prendre le dessus sur l'instinct de souffrance qui pousse l'homme à survivre. Oui, l'instinct de survie, voilà l'enfer !

– Qu'est-ce qui te prend, Abbadôn ! Que s'est-il passé pendant mon absence ?

Il soupira.

– Hélas, Alicia, il est fou celui qui formule une vérité que les hommes ne sont pas prêts à entendre. Pourtant, toi, je te croyais prête...

Jean posa un regard grave et tendre sur la jeune fille.

– Pourquoi serais-je plus prête que d'autres à entendre de telles aberrations ?

Alicia était troublée par l'expression de Jean. Pas par sa gravité ; par sa tendresse, qui contrastait tellement avec ses propos. Cette tendresse ne paraissait pourtant pas factice.

– Pourquoi ? Parce que je t'ai forcée à renouer avec ta peur, Alicia. Voilà pourquoi je te croyais prête. Tu sais, l'autre soir, sur la Moselle… ne t'ai-je pas dit pourquoi j'étais ici ?

– Je ne te crois pas, Jean ! Tu ne vas pas remettre ça ? Je t'ai dit que ce n'est pas drôle, et puis, songe à ce qui s'est passé le lendemain… la mort de Gérard et de sa femme.

Abbadôn sourit, mais ses yeux exprimaient la tristesse. Il poursuivit comme s'il n'avait pas entendu les propos de la jeune fille.

– Vois-tu, Alicia, le paradoxe des créatures humaines repose sur une terrible méprise. L'homme croit qu'il a peur de la mort, alors qu'en réalité, tout ce qui le terrifie, c'est la vie. Le jeu du diable consiste à lui fait croire le contraire, pour le maintenir en enfer. Pourquoi l'homme aurait-il peur de la mort ? Il connaît cet état où la vie n'existe pas. Il en émane. Il émane de ce néant, source de sérénité, car absence de peur. La naissance lui fait oublier que c'est cela le paradis. Réfléchis ! Toutes les peurs de l'homme sont issues d'un même creuset : la vie. L'homme craint la souffrance – hors la vie, point de souffrance. Il est terrorisé à l'idée d'être abandonné par l'être aimé, n'est-ce pas ? Dans le néant, pas d'abandon. Il est saisi d'effroi à la perspective de mourir. Dans la mort, plus de mort. Trouve-moi une seule cause d'épouvante qui ne soit pas liée à la vie.

La jeune fille ne chercha pas à répondre à la question de Jean.

– Si je te croyais quand tu prétends que tu vas me tuer, je devrais être délivrée de la peur, c'est bien cela ?

Abbadôn secoua la tête avec découragement, à la manière d'un professeur déçu de constater que le meilleur élément de sa classe n'avait rien compris à ses explications.

– Voyons, Alicia, d'abord, tu ne me crois pas et puis, je viens de t'expliquer que le paradoxe de l'homme consiste à inverser le sens de sa peur. Il redoute la vie mais croit craindre la mort.

Leurs pas les avaient ramenés place Saint-Livier. Jean s'était assis sur le capo d'une voiture et Alicia s'était installée à côté de lui.

– Je ne te crois pas, et je n'ai pas peur ! rétorqua-t-elle.

Puis, se relevant brusquement, elle demanda :

– Pourquoi ? Pourquoi ce renversement de sens ?

Abbadôn sourit. Il lui prit la main et la força à se rasseoir auprès de lui. Contrairement à ce qu'affirmait la jeune fille, la peur grignotait son assurance ; il le sentait. Alicia aussi en était consciente et cela l'irritait, mais elle était arrivée à un stade où elle ne contrôlait plus la progression de l'effroi. Elle songeait que Jean avait peut-être raison en disant qu'il n'était pas celui qu'elle croyait.

– Voilà une excellente question, Alicia. Je suis vraiment heureux que tu l'aies posée parce que, vois-tu, elle va nous permettre d'accomplir un grand pas en avant.

La jeune fille se leva à nouveau et, cette fois-ci, elle s'éloigna, mais seulement de quelques pas.

– Faire peur aux gens te procure tellement de plaisir ?

Abbadôn éclata de rire. Alicia frissonna. Elle se fit l'effet du personnage d'un film exotique de série B, qui se retrouvait face à un serpent et ne parvenait pas à se soustraire à son pouvoir hypnotique. Elle savait qu'une simple morsure serait mortelle, pourtant elle était incapable de se soustraire à l'emprise du reptile, qui n'en demandait sans doute pas autant. Elle le dit. Jean rit à nouveau, mais il était déjà debout. Il l'avait rejointe, elle lui tournait le dos. Elle avait entendu ses pas sur le gravier et était demeurée immobile. Il était encore plus fort que le serpent, il n'avait même pas besoin de la regarder dans les yeux pour l'hypnotiser, lui. Il la prit par les épaules. Elle se laissa aller contre son corps. Pourquoi s'abandonnait-elle ainsi ? Elle ne s'était jamais comportée de la sorte avec aucun homme.

Abbadôn était un serpent, Alicia était terrifiée et incapable du moindre geste de survie. Non, en fait, Jean ne réussissait pas vraiment à l'effrayer. Elle comprenait son désarroi. Elle percevait sa souffrance.

– N'oublie pas que les dragons appartiennent à la race des serpents, Alicia, répondit-il. Moi, je suis un dragon... un Graouilly, comme on dit ici.

Doucement, il la ramena vers le capot d'une autre voiture. Elle n'opposa aucune résistance. Il l'aida à s'asseoir. Elle frissonna à nouveau. Jean retira son blouson et le posa sur les épaules de la jeune fille.

– Quand j'étais enfant, je venais souvent m'asseoir ici, sur un banc... La place n'avait pas encore été transformée en parking.

– Toi, enfant ? Je te croyais aussi âgé que la Création ! Je croyais...

Elle l'avait interrompu, mais il ne la laissa pas poursuivre.

– L'un n'empêche pas l'autre, Alicia. Réfléchis avec ta peur, pas avec ta tête. Ta peur est ce qu'il y a de plus authentique en toi.

Alicia n'insista pas. Ce que disait Jean était, parfois, tellement étrange, tellement abscons, tellement incompréhensible, pourtant, il lui suffisait de dire : « Réfléchis » pour que tout devienne lumineux pour elle. Elle aurait été incapable de formuler ce qu'elle avait compris au moyen de mots, mais elle ressentait les choses de l'intérieur. Avec lui, il fallait oublier la raison et fonctionner avec une logique bien différente. Jean avait déjà repris son récit.

– Quand j'avais une dizaine d'année, je venais souvent m'installer, ici, sur ce banc, le soir, avec un ami. Il s'appelait Patrick.

J'habitais au n° 7 de la rue Dom-Calmet. Je vivais là, seul avec ma mère, au rez-de-chaussée. Patrick habitait au quatrième étage. Mon grand-père venait souvent nous voir, les soirs où il n'était pas à la caserne... il était pompier, un jour sur deux ; menuisier, l'autre. Dès qu'il arrivait, tous les gosses du quartier rappliquaient. Il avait l'art d'organiser nos jeux. Quand il était fatigué de nous distraire, il renvoyait chacun chez soi et rentrait boire un verre de rouge avec ma mère. Sa femme lui rationnait son tabac, alors ma mère gardait toujours des paquets de Caporal gris dans un vieux pot en grès planqué sous l'évier de cuisine. Moi, ça me laissait un peu plus de temps pour traîner dehors. Avec Patrick, on venait s'installer ici. Il voulait toujours que je lui raconte des histoires.

– Des histoires qui font peur, je parie, fit Alicia.

Il y avait presque un sourire dans sa voix. Dès que Jean se mettait à parler de lui, elle le trouvait émouvant et oubliait ce qu'il y avait d'inquiétant chez lui. Il sourit en prenant les mains de la jeune fille dans les siennes.

– Juste ! fit-il.

– Il était maso, commenta Alicia, en songeant que cette remarque s'appliquerait tout aussi bien à elle.

Pourquoi restait-elle assise, là, à frissonner à côté de cet homme qui d'un instant à l'autre ne manquerait pas de reprendre son petit jeu de terreur ? Cet homme qui prétendait qu'il allait la tuer après avoir assassiné une série d'innocents ! Elle devrait le planter là, rentrer chez elle et ne plus jamais le revoir. Au lieu de cela, elle voulait lui apporter du réconfort, et même de l'amour. Elle voulait guérir sa souffrance, car elle était certaine qu'ainsi, elle réussirait à mettre en fuite ses démons.

En fait, elle savait bien pourquoi elle n'agissait pas. Jean avait vraiment quelque chose de « magique ». Il n'était pas comme les autres hommes et elle aimait ça. Il ne semblait pas s'intéresser à elle uniquement pour la baise. Quand il la regardait danser, ce n'était pas le cul d'Alicia qui l'obnubilait, c'était sa façon de bouger qui le charmait. Le regard de jean était le premier qu'elle aimait sentir sur son corps.

Mais, Jean avait relevé sa remarque qu'elle regrettait déjà, car elle les entraînait sur un terrain qu'elle aurait préféré ne plus aborder avec lui.

– Peut-être qu'il était maso, concéda-t-il. Mais peut-être qu'il sentait confusément l'origine profonde de sa peur et qu'à travers les sensations que j'éveillais en lui, il espérait renouer avec elle et ainsi l'identifier.

– Que serait-il advenu s'il avait réussi à… l'identifier ? ne put-elle s'empêcher de demander.

Les yeux de Jean étaient perdus au loin, comme s'il cherchait à retenir des images fugaces qui défilaient trop vite devant ses yeux. Dans ces moments-là, il était facile de croire qu'il avait plusieurs milliers d'années.

– C'est difficile à dire, Alicia, fit-il, en s'efforçant visiblement de fournir à la jeune fille une vraie réponse. Peut-être serait-il devenu fou, ou alors, il aurait mis un terme à ses souffrances.

– Tu es en train de me dire que tu voulais le pousser au suicide ?

Jean ne se départit pas de son air grave.

– Alicia, Patrick renfermait au fond de son être les germes d'une maladie qui l'a fait souffrir la majeure partie de son existence. Elle s'est déclarée alors qu'il venait tout juste de fêter ses dix-huit ans. J'avais déjà quitté le Sablon. Il est mort, il y a quelques mois à peine. Pendant toutes ces années, sa vie a été une suite de souffrances ininterrompues. N'aurait-il pas mieux valu pour lui qu'il se suicide ?

– Tu es le diable !

Jean sourit.

– La Bible parle des anges déchus, Alicia. Eh bien, il faut croire qu'il y a aussi eu des démons déchus. Si j'étais le diable, je me réjouirais de la souffrance des hommes qui s'obstinent à prolonger leur séjour en enfer, au lieu de cela, je m'efforce de les amener à abréger leurs souffrances afin de retrouver le paradis. Je suis un démon déchu.

Il serra avec plus de force, mais aussi avec plus de tendresse, les mains de la jeune fille et plongeant ses yeux gris acier dans les yeux couleur d'ambre d'Alicia, il murmura :

– Pourquoi avez-vous, tous, une notion tellement déformée du bien et du mal.

Alicia était à nouveau troublée. Oui, elle le trouvait diabolique, pourtant ce qu'il disait n'était pas dépourvu de sens. Mon Dieu, quelle horreur ! Elle ne devait pas se laisser aller à penser comme Abbadôn ! Malgré ce sursaut, elle ne put se retenir de répondre au regard de Jean par un sourire.

Il reprit aussitôt son récit.

– Quand Patrick me demandait de lui raconter une histoire qui fait peur, je commençais pas refuser. Je lui rappelais que tous les soirs, il me jurait que plus jamais il n'écouterait mes histoires, parce qu'elles lui provoquaient des cauchemars. Il insistait et je finissais par lui donner satisfaction. Vers la fin de l'histoire, je me levais...

Abbadôn se leva et sans lâcher les mains d'Alicia, il tourna le dos à la rue Dom-Calmet...

– Je descendais lentement la rue vers notre maison.

… Abbadôn traversa la place Saint-Livier après avoir passé un bras autour de la taille de la jeune fille…

– Il me faisait promettre de l'accompagner jusqu'au quatrième étage, parce que la minuterie s'éteignait toujours avant qu'il soit arrivé chez lui et il se trouvait plongé dans l'obscurité, ce qui augmentait encore sa terreur.

… À la manière d'amoureux rentrant chez eux, Abbadôn et Alicia revenaient vers la rue du Graouilly.

– Comme à chaque fois, je promettais, mais arrivé à la maison, je m'empressais d'appuyer sur le bouton de la minuterie, je montais lentement les cinq marches qui menaient à notre appartement. Là, je terminais brutalement mon histoire sur une touche particulièrement horrible, puis je refermais la porte derrière moi. Aussitôt, je l'entendais grimper les marches quatre à quatre, en pestant et en me maudissant. Il jurait que plus jamais on ne l'y reprendrait.

– Et vous remettiez ça le lendemain, conclut Alicia alors qu'ils revenaient au point de départ de leur balade.
– Oh, le lendemain, non, mais à la visite suivante de mon grand-père.
– Tu es terrible, Jean, fit Alicia, en se tournant vers son compagnon. Leurs visages étaient si proches qu'elle sentait son souffle sur sa joue. Elle avait une envie folle de l'embrasser. Ce fut lui qui prit l'initiative. Elle sentait contre son dos le contact froid de la porte. Il y avait une lueur taquine dans les yeux d'Abbadôn.
Quand leurs lèvres se séparèrent, Alicia observa :
– Tu n'as pas répondu à ma question : pourquoi l'homme croit-il redouter la mort alors qu'en réalité il craint la vie ?
Jean sourit, comme s'il était ravi de voir que la jeune fille n'avait pas oublié sa question. Alicia regretta, une fois de plus, d'avoir entraîné son compagnon sur un terrain miné.

– Il en est ainsi, Alicia, parce que tous les livres sacrés mentent à l'homme. Ils lui font croire que le paradis ou l'enfer appartiennent à l'au-delà. Que selon que sa vie aura été sage ou dissolue, il ira vers l'un ou vers l'autre. Alors, que l'enfer est ici ! Il lui suffirait de réfléchir un tout petit peu pour le comprendre. Seulement, l'homme ne réfléchit pas. En tout cas, pas de manière saine. D'autant que les livres sacrés ont bien pris la peine de lui préciser que le suicide était un péché mortel qui menait tout droit en enfer. Le suicide est la seule porte susceptible de conduire l'homme vers le paradis. Dieu est immatériel, tout croyant aspire à se fondre à lui, or jamais un croyant ne se pose la question pourtant évidente : Pourquoi Dieu aurait-il utilisé un moyen matériel, comme le livre, pour libérer l'homme ? Tout livre – aussi saint fût-il – est la preuve de ce que j'avance. Le diable, lui, est attaché à la matière, lui seul pouvait donc recourir à un moyen matériel pour enchaîner l'homme. Les livres saints sont donc tous l'œuvre du Malin !

Alicia commençait, presque, à croire Jean. Tout ce qu'il disait paraissait tellement logique...

– Viens, dit-elle, en lui prenant la main.

Elle ouvrit la porte et alluma la minuterie. Jean la retint.

– Non, dit-il, pas ce soir.

– Mais...

Il ne la laissa pas poursuivre.

– Ce soir, c'est impossible, Alicia. Ne m'en veux pas.

La jeune fille était désemparée.

– On se voit demain ? demanda-t-elle, le ventre noué par la crainte d'une réponse négative.

– Bien sûr, Alicia. À demain.

Jean posa un baiser sur les lèvres de la jeune fille et laissa la porte se refermer entre eux. Alicia songea à la lumière qui risquait de s'éteindre avant qu'elle ait atteint son palier.

« Le salaud, murmura-t-elle, je suis sûr qu'il n'a pas voulu m'accompagner pour que je me retrouve plongée dans le noir, comme son ami Patrick. Le salaud ! »

Et, en imaginant Jean appuyé contre la porte d'entrée, l'oreille tendue pour surprendre ses cris, elle partit d'un grand éclat de rire.

Il avait recommencé à vouloir lui faire peur, comme sur la Moselle. Pourquoi ? Pour la punir de son absence ? Ah ! s'il savait. Mais avant de lui parler, elle attendait une dernière confirmation. Cela dit, elle ne voulait pas le laisser poursuivre dans cette voie. C'était absurde ! Si quelqu'un avait peur, c'était Jean ! Il n'en était pas conscient parce que ce qui le terrorisait tellement était tapi au plus profond de son être.

Il se faisait du mal. Il faudrait chasser de sa tête ces idées de suicide, mais aussi lui faire comprendre qu'elle n'était pas son jouet.

Oui, demain, elle lui montrerait qu'elle n'était pas contente. Et puis, demain, elle aurait peut-être les informations qu'elle attendait. Alors, elle pourrait lui parler et tout s'éclairerait pour lui… peut-être…

XXVIII

De retour chez lui, Jean s'était immédiatement couché. Sa vie n'avait plus de sens. Il passait son temps enfermé dans cet appartement qui sentait le vieux et le renfermé. Cet appartement où un spectre avait squatté le garde-manger et déambulait devant la porte de l'enfer. Pourquoi avait-il parlé ainsi à Alicia ? Pourquoi avait-il tenu à faire naître la peur en elle ? Pour la détacher de lui ? Sans doute. Il se surprit à penser que son attitude avait été un acte d'amour. Lui qui n'avait jamais éprouvé un tel sentiment l'avait ressenti à deux reprises depuis son arrivée au Sablon. Il avait aimé Angèle, d'une certaine façon et il aimait Alicia, d'une autre. Cela lui faisait peur.

Il sombra dans le sommeil afin de ne plus penser. Aussitôt, il sentit l'angoisse lui étreindre le cœur. Les cauchemars l'attendaient au bout du tunnel. Il les sentait venir. Pas le cauchemar du Chat noir. Non, celui bien plus terrible de l'eau saturée de sang.

Abbadôn ne savait pas comment le Gosse s'y était pris pour le ramener jusqu'à leurs lignes. Là, un radio avait aussitôt demandé l'arrivée d'un hélico. Abbadôn ne ressentait plus la douleur, rien que la morsure du froid et de l'humidité. Il tremblait de tout son corps.

– Qu'est-ce qu'il a à se marrer comme ça ? demanda un homme dont il ne reconnaissait pas la voix.

– Le capitaine a toujours été un type imprévisible.

Ça, c'était la voix du Gosse. C'était bien de lui, ce genre de réflexions. Pour sûr qu'il se marrait, Abbadôn. Enfin, à l'intérieur, il se marrait ; il ne savait pas que ses zygomatiques le trahissaient. Il se marrait en songeant au con de colonel, qui croupissait toujours dans sa flotte saturée de sang. Il avait attendu un miracle, et le miracle s'était produit, seulement ce n'était pas lui, malgré ses belles sardines dont il était si fier, qui avait joué le rôle de Lazare. C'était Abbadôn !

À l'heure qu'il était, le con avait dû rendre son âme à Dieu – si tant est qu'il ait eu une âme et que Dieu ait existé. C'était pas grand-chose, mais ça faisait marrer Abbadôn.

– Y va jamais s'en sortir.

Une autre voix inconnue. Abbadôn ne se sentait pas concerné.

– T'en fais pas pour lui. Il s'en sortira. Il s'en sort toujours.

Là, il comprit que c'était de lui qu'on parlait. Il aurait voulu leur dire que c'était sans importance. Qu'il s'en sorte ou non, c'était vraiment sans importance. Tout ce qui comptait, c'était de ne pas avoir été asphyxié par le sang des autres. Mais le Gosse semblait en veine de confidences.

– En fait, il s'en sort toujours et il ramène tous ses gars avec lui.

– Ben, cette fois, il s'en est pas sorti, quant à ses gars…

Le Gosse coupa l'inconnu.

– Si on l'avait écouté, ils seraient encore tous en vie, le poste ennemi serait pris et on serait pas obligé d'attendre un hélico, qui ne se décide pas à arriver, pour savoir s'il va s'en sortir ou pas.

Le Gosse semblait furieux. Abbadôn ne l'avait jamais entendu élever la voix avec une telle véhémence ; ça le faisait marrer encore plus.

– Qu'est-ce qui s'est passé là-bas ?

Tiens ! encore une autre voix. Ce devait être un gradé, songea Abbadôn. Une autorité naturelle dans cette voix-là.

– C'est ce con de… euh, pardon, le colonel Herbin a ordonné un assaut inconsidéré. Le capitaine Abbadôn l'avait prévenu, mais Herbin n'a rien voulu entendre. Résultat… tous les hommes sont morts sauf le capitaine et moi, et deux ou trois types qui ont suivi les conseils du capitaine. Seulement, ils ne tiendront plus longtemps. Et pour ce qui est de la discrétion... Si vous n'envoyez pas vite des types là-bas, le monde entier ne tardera pas à savoir que la France...

– Taisez-vous, caporal !

Le gradé n'avait pas l'air content, mais le Gosse n'était pas d'humeur à se laisser bousculer. Abbadôn avait toujours su que ce petit avait des couilles et de la jugeote.

– Bien sûr ! Abbadôn aussi a fini par se taire ! S'il avait cédé à son tempérament, il flinguait le colonel ; on prenait la position ennemie et personne ne savait rien de l'implication de la France dans ce conflit. Seulement, il serait passé en cour martiale et on l'aurait cassé. Là, il s'est écrasé ; tous les gars sont morts et il va sûrement recevoir une décoration...

– Pourquoi s'est-il... écrasé ? demanda le gradé, sans relever le ton d'insubordination du caporal.

– Il avait tendance à secouer les gars, alors ils l'aimaient pas. À l'exception d'un petit noyau, qui servait sous ses ordres depuis longtemps, personne ne l'aurait suivi.

– Je vois...

Un bruit d'hélico. Putain ! il devait pas se poser très loin. Abbadôn sentit l'air froid que charriait ses pales.

– Caporal, je veux votre rapport dans...

– Dès que je serai revenu de l'hosto, général.

– Pardon ? fit l'autre en s'étranglant.

– J'ai ramené le capitaine jusqu'ici, général, c'est pas pour l'abandonner maintenant. Je l'accompagne pour m'assurer qu'on fait ce qu'il faut pour le tirer de là.

Abbadôn entendit un silence qui lui parut interminable. Finalement, le général dit :

– D'accord, caporal.

Des hommes s'emparaient du corps sans réaction du capitaine Abbadôn et le posaient sur une civière. Il se sentait ballotté et serrait les dents.

– Il est dans un sale état. Donnez-lui de l'oxygène et préparez-moi...

Abbadôn n'avait jamais su ce que le médecin demandait de préparer. Quelqu'un venait de poser sur son visage un masque à oxygène et tout s'était brouillé autour de lui.

– Je ne peux rien vous garantir, caporal. Il a des chances de s'en sortir, mais elles sont minimes.
– S'il s'en sort, il gardera des séquelles...
– Impossible à dire pour l'instant.
– S'il ne devait pas retrouver tous ses esprits, je suis sûr qu'il préférerait ne pas vivre.
– Ce n'est pas à vous de décider pour lui, caporal.
– Je le connaissais bien, major...
– Vous seriez son petit frère que ça ne changerait rien, caporal. Cela dit, si vous voulez mettre toutes les chances de son côté, il faut maintenir son cerveau en activité, alors parlez-lui...
– Pardon ? Il nous entend ?
– Impossible à dire, caporal. Mais s'il existe une chance infime qu'il nous entende, il faut la saisir. Vous voulez qu'il retrouve tous ses esprits... ? Eh bien, installez-vous à son chevet et parlez-lui. S'il vous entend, son cerveau ne restera pas inactif.
– Lui parler... sans arrêt... ?
– Le plus possible. Vous avez le droit de dormir la nuit, bien sûr. Cela aidera à lui donner des repères... le jour... la nuit, vous comprenez ?
– Mais qu'est-ce que vous voulez que je lui raconte ?
– Ce que vous voulez, mon vieux ? Lisez-lui la Bible. Racontez-lui votre vie. Je reviendrai le voir dans la soirée.
– Ben, mince... lui parler.
Abbadôn se marrait toujours. Décidément, la vie lui paraissait comique depuis quelque temps. Il avait perdu conscience dans l'hélico. Ensuite, il avait entendu des tas de bruits étranges. Il avait su qu'il n'était pas en train de mourir, parce qu'on raconte qu'au moment de mourir, l'homme revoit toute sa vie défiler devant lui. Or, lui n'avait rien vu. Dommage, d'ailleurs, parce qu'il aurait bien aimé savoir de quoi sa vie était faite avant l'armée. En réalité, il n'en conservait aucun souvenir.

Au lieu de cela, il avait vu des types en blouses blanches penchés sur lui. Ils lui tripatouillaient le dos, lui charcutaient le ventre et discutaient beaucoup. Ils annonçaient sa mort imminente toutes les dix minutes. Il les trouvait cons, parce qu'il aurait pu leur dire, lui, qu'il n'était pas en train de mourir. Mais personne ne l'aurait écouté. Il ne savait pas combien de temps leur agitation avait duré. On lui avait, à nouveau, placé le masque à oxygène sur le visage.

Quand il avait émergé de ce trou sans fond, il avait surpris la discussion entre le médecin et le Gosse. Ça lui plaisait bien d'imaginer le Gosse contraint de trouver des trucs à lui raconter. Abbadôn espérait qu'il ne choisirait pas de lui lire la Bible. Qu'est-ce que ça devait être chiant, ce bouquin sans queue ni tête !

– Merde, capitaine ! Vous imaginez dans quelle situation vous me placez. Faut que je vous parle maintenant… Allons, bon !

Premiers. Dieu crée ciel et terre, terre, vide, solitude, noir au-dessus des fonds, souffle de Dieu, mouvements au-dessus des eaux. Dieu dit Lumière et lumière il y a. Dieu voit la lumière, comme c'est bon. Dieu sépare la lumière et le noir. Dieu appelle la lumière jour et nuit le noir. Soir et matin, un jour.

– Merde, merde, merde… C'est encore plus chiant que je le pensais.

Abbadôn se marrait toujours. Lui aussi, il trouvait ça chiant. Peut-être que le Gosse allait passer à autre chose. S'il tenait vraiment à lui faire la lecture, Abbadôn aurait préféré quelque chose de plus excitant. Quelque chose comme les *Mystères de Paris*, d'Eugène Sue. Il avait vu le film à la télé, il y a longtemps, et il s'était toujours dit que c'était le genre de roman qu'il aimerait bien lire, un jour.

– Ben, voyons, est-ce que c'est moins chiant vers la fin ? Oh, non ! pas encore… !

... oui, le moment est proche. L'injuste qu'il commette encore l'injustice, et le souillé qu'il se souille encore, et le juste qu'il fasse encore œuvre de justice, et le saint qu'il se sanctifie encore. Voici ; je viens vite, et mon salaire avec moi, pour rendre à chacun selon son œuvre. Moi, je suis l'Alpha et l'Oméga, le premier et le dernier, le commencement et la fin. Heureux ceux qui lavent leurs robes afin d'avoir droit à l'arbre de la vie...

– Ça ne s'arrange pas, grogna le Gosse.

« Si ! si ! qu'est-ce que c'est ce que tu viens de lire là ? voudrait hurler Abbadôn. *Je viens vite... pour rendre à chacun selon son œuvre. Moi, je suis l'Alpha et l'Oméga, le premier et le dernier, le commencement et la fin.* »

Jean Abbadôn ne comprend pas bien ce qu'il vient d'entendre. Mais ça lui rappelle quelque chose... Quand il s'est engagé, il a dit à un vieux militaire – un de ces gars qui ne dépassent jamais le grade de sergent, mais qui en connaissent plus qu'un général de brigade... – il a dit à un vieux qu'il voulait changer de nom.

– Je ne sais rien de toi, mais je sens que tu veux en découdre. Tu n'as pas encore porté une arme, mais tu as déjà tué... Tu es le soldat universel ! Si tu veux un nom qui te convienne, va voir dans l'Apocalypse.

– C'est quoi ça, l'Apocalypse ?

– C'est un livre de la Bible.

– La Bible ? Tu veux rire ? J'ai pas l'intention de lire ce gros tas d'âneries.

– Tu as tort de parler ainsi. Un jour, tu y viendras, crois-moi.

Abbadôn avait oublié cet épisode de sa vie. C'est vrai que ce type lui avait dit qu'un jour, il se tournerait vers la Bible.

– Et si tu ne veux pas la lire, maintenant, avait encore dit le vieux, tu peux toujours t'appeler Abbadôn.

– C'est quoi ça ?

– C'est *qui* ça ? C'est l'ange exterminateur.

– L'ange exterminateur ? Ça me convient. Mais pour le prénom. Ils vont m'en demander un.

L'autre avait haussé les épaules.

– Le type qui a écrit l'Apocalypse s'appelait Jean.

– Jean Abbadôn ? Ça me va.

Et le type était parti en murmurant un truc que Jean n'avait pas compris, mais qui s'était gravé dans sa mémoire :

« *Moi, je suis l'Alpha et l'Oméga, le premier et le dernier, le commencement et la fin.* »

Il n'avait pas compris ce que cela voulait dire, mais ça l'avait marqué. Ouais, même si c'était chiant, il aurait aimé que le Gosse lui lise l'Apocalypse. Malheureusement, il était impossible de communiquer avec lui.

– Ben, je vais pas te faire chier avec ça, Jean. Il est drôle le toubib. « Racontez-lui votre vie… » Ma vie ! C'est tout ce que je veux oublier. Bah ! de toute façon, tu n'en retiendras rien. Alors, pourquoi pas… J'ai jamais dit à personne pourquoi je me suis engagé dans l'armée. À vrai dire, rien ne me destinait à ça. J'étais du genre antimilitariste. Et puis, un jour, ma mère s'est fait assassiner… C'était un soir de Noël, dans l'île du Saulcy, à Metz. On n'a jamais retrouvé son assassin. Tu parles ! Tiens, ça me donne une idée. Et si…

C'était une belle nuit, je m'en souviens. Et de Noël qui plus est. Une de ces nuits comme on en faisait encore en ce temps-là. Avec de la neige, des luges, des cantiques, des vitrines animées et des rires. Surtout des rires.

C'était il y a une éternité de cela. La vie s'annonçait belle et douce.

Je devais à ma mère une certaine propension à l'insouciance. Elle était belle et douce. Comme la vie que j'escomptais alors. Quand nous marchions dans les rues de la ville, les gens qui ne nous connaissaient pas nous prenaient pour des amoureux. Elle paraissait si jeune et moi si grave. Déjà.

Ce soir-là, ma mère était passée au Café du Sablon. Elle m'avait demandé si je voulais l'accompagner. Mais je savais qu'elle n'y tenait pas vraiment. Elle avait son regard de manque. J'ai pourtant été à deux doigts de ne pas entrer dans son jeu. De lui dire que j'avais envie de passer la nuit de Noël avec elle. Que je voulais sabler le champagne à minuit avec elle. Et ouvrir les cadeaux sous le sapin avec elle – même si nous savions tous deux ce que contenaient les paquets. Et puis, inviter grand-mère pour qu'elles fassent la paix. Après tout, c'était la nuit de Noël. Une nuit de paix sur la terre pour les hommes de bonne volonté.

Je n'ai rien dit.

XIX

Quand Jean se réveilla, il ouvrit les yeux et contempla longuement le plafond de sa chambre. Il se sentait serein pour la première fois depuis très longtemps. Il avait raison, hier soir, de dire à Alicia qu'il n'était pas l'homme qu'elle croyait. En réalité, il n'était pas non plus l'homme qu'*il* croyait. Cela ne lui disait pas pour autant qui il était.

– Bon Dieu ! Où peut bien se trouver le Gosse, en ce moment ? se demanda-t-il, soudain. Il faut que je le retrouve. Il faut que tout cela cesse !

Il se leva, prépara un café et pendant que l'eau passait dans le percolateur, il prit une douche. Une fois son café avalé, il se précipita rue du Graouilly. Alicia n'était pas chez elle. Elle devait être au journal. Il téléphona au *Républicain lorrain*. Elle était en reportage. Elle rentrerait de bonne heure.

– Je peux lui laisser un message ?

– Bien sûr.

– Alors, dites-lui, que Jean Abbadôn a téléphoné. Je veux la voir. C'est urgent.

– Le message sera passé.

En suivant ses pas, il arriva au cimetière. Il s'arrêta devant la tombe d'Angèle.

– J'aurais tellement aimé passer plus de temps avec vous. Vous me faisiez du bien. Comme Alicia. Aujourd'hui, je sais que je ne suis pas vraiment responsable de la mort de votre fils. Je ne suis pas un ange exterminateur... Il faut que je vous raconte, Angèle. Je commençais à sortir du coma quand j'ai surpris une conversation entre le toubib et une infirmière. Il paraît que des phénomènes bizarres se produisaient dans ma chambre. Des lumières s'allumaient et s'éteignaient sans raison, les barreaux du lit se tordaient alors que j'étais paralysé. Personne n'y comprenait rien.

« Un drôle d'aumônier est venu, un jour, et il leur a expliqué que les mystères du cerveau étaient insondables. J'étais un être toujours en action. Je ne supportais pas l'immobilité. Mon esprit se révoltait et produisait ces phénomènes dont on niait l'existence au grand public, mais que les chercheurs connaissaient bien. Moi, je savais qu'il avait raison. C'était mon esprit qui produisait ces phénomènes bizarres. Comment ? J'en savais rien. Mais, c'était lui, sans le moindre doute. Seulement, ce n'était pas parce que je voulais retourner au combat. C'était parce que le combat était désormais en moi. Comme si je devais lutter contre une volonté qui n'était pas la mienne. Une volonté qui voulait me fait accomplir des actes que je ne voulais pas commettre. Quels actes ? J'en savais rien. Quelle volonté ? Pas plus. Mais ça provoquait des tensions en moi et les tensions entraînaient les phénomènes. Vous aviez raison, Angèle. "Je suis enfermé dans la mémoire d'un autre." Enfin, je l'étais. Là, j'entrevois la porte de ma prison... »

Il s'interrompit.

– Je ne suis pas un monstre, dit-il, enfin.

Il aurait voulu lui confier encore tant de choses, mais il ne trouvait pas les mots. Il ne comprenait pas encore tout de ce qui lui arrivait. Et il ne savait toujours pas qui il était.

Il s'arrêta un peu plus loin, devant la tombe d'Aline Meynard.

– Où est votre fils, Aline ? Je dois le retrouver.

Dans un cadre voisin, il croisa le regard du grand-père du Gosse.

– Vous aviez raison, grand-père, j'ai fait retour. En fait, je m'étais seulement égaré par la faute de votre petit-fils. Il m'a confié une mission qui n'est pas la mienne. Si seulement, je savais comment je provoque ces phénomènes, je pourrais, au moins, les contrôler.

Subitement, Jean se remémora la nuit où il avait perdu conscience au pied du flipper.

– *Tu dois les tuer tous, Abbadôn ! Tu es mon bras vengeur ! Tu es la mort ! La mort !*

– Bon Dieu ! Le Gosse n'est pas loin ! C'était lui, l'ombre cette nuit-là ! Dans ma chambre…

Jean quitta le cimetière. Il retourna rue du Graouilly et s'assit sur les marches devant la maison d'Alicia. Il ne vit pas le temps passé. Son esprit errait au loin.

– Tu es revenu pour me faire peur ?

Il sursauta et leva les yeux vers la jeune fille.

– Non, Alicia. C'est fini tout ça. Je dois te parler.

Alicia fit la moue.

– Tu es trop bizarre, Jean.

– Je t'en prie, j'ai besoin de ton aide.

Il y avait une telle détresse dans ses yeux. Alicia fronça les sourcils. Elle ne l'avait jamais vu dans un tel état. Même le soir où il s'était endormi entre ses jambes.

– D'accord, dit-elle.

– Tu veux bien venir chez moi ?

Elle hésita, mais finit par répéter :

– D'accord.

Ils marchèrent en silence. Elle songea que cela devait être une habitude chez son compagnon. Jean ne commença à parler que lorsqu'ils furent installés à sa table de cuisine, devant un verre de vin.

– Je ne suis pas Henri Meynard.

Il lui raconta comment le Gosse lui avait sauvé la vie, comment il lui avait raconté son histoire et comment il avait profité de son coma pour prendre possession de son esprit.

– C'est un peu comme s'il m'avait hypnotisé.

– Tu veux dire que tu serais donc responsable de ces morts ?

– Je ne sais pas, Alicia. Sincèrement, je ne sais pas. Quand nous étions dans la barque, j'ai vu Gérard assassiner sa femme, mais… mais j'étais avec toi, non ? Pourtant, il semble que ce soit moi qui provoque ces morts. Si seulement je pouvais trouver le moyen de contrôler mon esprit…

La jeune fille resta un long moment silencieuse. Elle finit par dire.

– De toute façon, si quelqu'un est responsable, ce n'est pas toi. Celui qui a la volonté de tuer c'est celui que tu appelles le Gosse. Où est-il en ce moment ?

– Je n'en ai pas la moindre idée. Mais il ne doit pas être loin. Il était dans ma chambre, la nuit avant… avant que tu ne viennes ici. Je dois le retrouver, Alicia. S'il voit que je ne continue pas son œuvre, c'est lui qui se mettra à tuer les autres habitués du Café du Sablon.

Alicia secoua la tête.

– C'est l'affaire de la police ? Toi, tu dois oublier tout ça.

– Oublier ?

Elle se pencha vers lui et posa ses mains sur le visage enfiévré de Jean.

– Ce n'est pas ton histoire.

Elle hésita avant de demander :

– Mais, toi alors, est-ce que tu sais qui tu es ?

Il secoua la tête.

– Je ne conserve aucun souvenir de ma vie avant l'armée. En fait, je ne sais même pas comment ni pourquoi je me suis engagé.

Elle lui prit la main et l'entraîna vers la chambre.

Ce soir-là, ils firent l'amour.

XXX

Le père Rémy n'avait pas eu un geste en voyant Alicia franchir la grille de la maison du père Torn en compagnie d'Abbadôn. Il s'était contenté de fermer les yeux. Il ne pouvait décidément rien pour elle.

– Bonjour, père Rémy.

Le vieil épicier avait sursauté. Il n'avait pas entendu l'homme approcher.

– Vous vous souvenez de moi.

Il avait plissé les yeux en regardant le nouveau venu qui lui tendait la main avec un sourire cordial.

– Mon Dieu ! s'était-il exclamé. Vous êtes... non, c'est impossible ! Tu n'es pas le petit Henri !

– Mais si, je suis le fils d'Aline Meynard.

Rémy était demeuré sans voix. Il avait tourné son regard vers la maison du père Torn.

– Mais... cet homme...

Henri Meynard avait suivi son regard.

– Le capitaine Jean Abbadôn ? Nous avons servi ensemble dans l'armée pendant quelques années.

– Entrons dans la boutique, Henri, avait proposé le vieil épicier. Nous avons des choses à nous dire, je crois.

Le fils d'Aline Meynard l'avait suivi. Le père Rémy avait poussé le verrou qui condamnait la porte d'entrée de son antre, pour la première fois depuis qu'il avait entrepris de résister aux promoteurs de la nouvelle route.

– Jean Abbadôn... avait-il répété. Mais... cet homme se fait passer pour toi, Henri.

Le revenant n'avait pas réagi à cette nouvelle. Que le capitaine ait emprunté son identité ne le surprenait pas vraiment. C'était même dans l'ordre des choses.

– Depuis son arrivée, le quartier a connu un nombre impressionnant de morts, confia Rémy.

– Des assassinats ?

Le père Rémy avait fait la moue.

– Pas vraiment. Mais toutes des morts violentes. Je suis certain que cet homme en est responsable. Il faut l'empêcher de continuer à faire des dégâts, Henri.

– Mais puisque vous dites qu'il ne s'agit « pas vraiment » d'assassinats, père Rémy...

– Je sais, cela paraît fou. Moi-même...

Il avait laissé sa phrase en suspens. Comment aurait-il pu expliquer ce qu'il ressentait au plus profond de son être ? Lui-même avait du mal à y croire. Abbadôn ne pouvait être tenu responsable d'aucun de ces décès. Le plus souvent, il bénéficiait d'alibis sans faille. Pourtant, Rémy sentait chez cet homme une dimension diabolique. Il le croyait capable d'agir à distance. De tuer à distance. Oui, cela paraissait fou !

– Pourquoi se fait-il passer pour toi ?

Henri s'était gratté le menton.

– C'est une longue histoire. Je lui ai sauvé la vie dans des circonstances que je n'ai pas à évoquer, ici. Il est resté dans le coma pendant plusieurs semaines. Le médecin qui l'a opéré voulait que je lui parle afin de garder son cerveau en activité.

Henri avait ri.

– Je ne savais pas quoi lui dire. Il m'a alors suggéré de lui raconter ma vie. Ma vie !

Il avait marqué un temps avant de poursuivre.

– Je lui ai raconté mon enfance et, bien sûr… le meurtre de ma mère. Quand il a recouvré ses esprits, j'ai cru qu'il ne se souvenait de rien. Comment l'aurait-il pu alors qu'il était dans le coma ? Il a voulu se plonger dans la lecture de l'Apocalypse. Ça m'a surpris. Ce n'était pas vraiment son type de lecture. Il l'a pourtant lue et relue si souvent qu'il en est venu à la connaître par cœur. Et puis, un jour, il m'a demandé si je n'avais pas soif de vengeance. Stupidement, je lui ai dit que selon moi, il n'y avait pas un assassin. Que tous les hommes qui avaient profité de ma mère au fil des ans étaient aussi coupables que son meurtrier. Pour la venger, il faudrait tous les tuer.

– C'est donc ça… avait murmuré le père Rémy.

– Après, il n'a plus fait allusion à la mort de ma mère. Un jour, il m'a annoncé sa décision de venir s'installer ici. Il ne m'a pas dit pourquoi. Il voulait quitter l'armée et j'ai cru qu'il cherchait un lieu ou refaire sa vie. J'ai proposé de profiter d'une permission pour lui servir de chauffeur. Je n'étais pas plus sûr que lui de mon désir de retourner me battre dans des pays où nous n'avons rien à faire. C'est pendant le trajet que mes soupçons se sont éveillés. Pourquoi avait-il choisi cet endroit ? Pourquoi ne voulait-il pas que je reste avec lui ? Qu'avait-il en tête ?

Henri avait arrêté son récit. Le père Rémy s'était plongé dans une profonde réflexion.

– Il faut l'empêcher de continuer, Henri.

– C'est trop tôt. Nous n'avons aucune preuve contre lui. La police nous prendrait pour des fous.

– Si nous n'agissons pas maintenant, il continuera à décimer tous les hommes qui ont pu connaître ta mère. Maintenant, j'en suis sûr ! Il faut le faire interner. Cet homme est fou. Fou dangereux !

Une lueur s'était allumée dans les yeux d'Henri Meynard.

– Si je suis en vie, aujourd'hui, c'est grâce à lui.

– Mais, je croyais que c'était toi qui lui avais sauvé la vie ?

– Un jour, en une occasion précise, c'est vrai, mais lui, c'est à chaque opération qu'il nous ramenait de l'enfer. Il n'a jamais perdu un seul homme, père Rémy !

Le vieil épicier avait balayé la réflexion d'un geste de la main.

– Cela ne lui donne pas le droit de tuer des innocents. Il faut prévenir la police !

– Je vous l'ai dit : je n'y tiens pas, père Rémy. Pas pour l'instant.

Le ton d'Henri s'était durci.

– Mais tu veux donc qu'il les tue tous ?

Henri Meynard avait secoué la tête. Il avait un curieux sourire aux lèvres en disant :

– Tous ? Non… Peut-être pas.

Le front du vieil épicier s'était froncé.

– Ne me dis pas que tu attends qu'il ait tué quelqu'un de précis pour agir.

Henri n'avait pas répondu.

– Bon sang, Henri, ce n'est pas possible ! Je me souviens de toi… Tu étais un gamin adorable. Tu n'as pas pu devenir un monstre. Dis-moi que ce n'est pas vrai !

Henri n'avait pas répondu. Le père Rémy avait levé les bras au ciel. Il avait soupiré et, changeant de sujet, il avait dit :

– Je n'ai jamais compris comment le petit Henri avait pu s'engager dans l'armée. Pourquoi as-tu disparu aussi vite ? Tu aurais, au moins, pu assister aux funérailles de ta mère ? Vous étiez si proches tous les deux. Tu aurais au moins pu…

Henri s'était levé.

– Non ! Je n'aurais pas pu.

– Mais pourquoi ?

Le père Rémy avait plongé son regard dans celui du revenant. Un frisson l'avait parcouru subitement.

– Oh ! mon Dieu… ce n'est pas possible, avait-il murmuré. Tu serais pire qu'Abbadôn… ?

Henri avait posé une main sur l'épaule du vieil homme, qui avait eu un mouvement de recul.

– Père Rémy, les monstres ne sont pas toujours ceux que l'on croit. Laissez Jean en paix.

Le vieil homme s'était subitement mis à trembler de tout son corps.

– Tu as raison, Henri, avait-il murmuré, d'une voix sourde. Il faut pourtant mettre un terme à cette épidémie de morts violentes. Je ne puis laisser...

– Laissez faire le temps, père Rémy.

L'autre avait secoué la tête.

– Je ne peux plus.

Henri Meynard avait tourné les talons.

– Vous allez vous ridiculiser, père Rémy. Les gens ne croient plus au diable de nos jours.

– Ils ont tort !

Ce furent les derniers mots qu'entendit Henri. Il venait de refermer la porte de l'épicerie derrière lui. Un sourire aux lèvres, il avait tourné l'angle de la maison et s'était engagé dans le chantier où sa voiture l'attendait à l'endroit précis où il avait déposé Abbadôn, quelques semaines plus tôt.

Le vieux Rémy était décidément trop subtil...

Comme il s'approchait de son véhicule, il avait aperçu un groupe de jeunes qui cherchaient à en forcer la portière.

– Je peux vous aider ? avait-il lancé.

La bande avait tourné le dos à la voiture et s'était avancée vers lui. Henri avait souri. Il les avait laissés approcher sans esquisser le moindre geste. Ils n'étaient plus qu'à quelques mètres quand il avait demandé :

– Ça vous dirait de gagner une grosse somme d'argent, les gars ?

Le chef de la bande, celui que Jean avait impressionné le soir de son arrivée, lui avait lancé :

– Nous, on n'aime pas bosser.

– Pourtant, là, je suis sûr que c'est le genre de boulot que vous aimerez.

La bande s'était déployée autour de lui. Ils étaient une dizaine. Henri ne s'était pas départi de son sourire.

– Écoutez, les gars, ce serait con de laisser passer une telle chance de vous remplir les poches.

– Si tu as du fric sur toi, on peut l'avoir sans bosser. Pas vrai, les gars ?

– C'est vrai, avait observé Henri, mais pour ça, il faudrait, d'abord, me faire la peau. Moi, je vous propose de gagner ce fric en prenant beaucoup moins de risques.

Les autres avaient éclaté de rire.

– Des risques ? Au cas où tu ne l'aurais pas remarqué, nous sommes dix et tu es seul.

– C'est vrai, je suis impressionné... Seulement, je ne suis pas tout à fait seul.

D'un geste vif, Henri avait pointé un gros calibre dans la direction du chef de la bande.

– Ce serait quand même con, non ?

Il avait franchi la distance qui le séparait de l'autre et avait posé le canon de l'arme sur son front.

Les autres étaient demeurés figés sur place.

– Bon, vous réussirez peut-être à me piquer mon flingue, mais d'ici là, vous ne serez plus dix.

Ils avaient échangé des regards inquiets. Le chef de la bande avait fini par demander :

– Et ça consiste en quoi, ton boulot ?

– Ah ! voilà qui est plus raisonnable.

Henri avait rangé son arme. Il avait repris sa marche et était allé ouvrir le coffre de la voiture. Les autres ne pouvaient pas voir ce qu'il y cherchait. Quand il l'avait refermé, il était revenu vers leur chef et lui avait remis une liasse de billets que l'autre n'avait pas pris la peine de compter. Au toucher, ça devait faire une belle somme.

– Bien, maintenant, voici ce que j'attends de vous...

XXXI

Jean sentait la fraîcheur du corps d'Alicia contre le sien. Il serrait la jeune fille blottie contre son torse. Il se sentait heureux et las. Il ne voulait plus lutter. Il ne voulait pas songer au Gosse. Il ne voulait pas non plus songer à demain, à ce que serait sa vie désormais. Et surtout, il ne voulait plus songer à Raymond le fossoyeur, à Gérard le mauvais fils, et aux autres. Sauf à Angèle, que la mort ne paraissait pas avoir effrayée.

– Alicia, murmura-t-il, je ne me souviens pas de la dernière femme avec qui j'ai fait l'amour. Je veux dire... je ne sais pas si...

– C'était délicieux, murmura à son tour la jeune femme.

Brusquement, Jean se redressa dans le lit.

– Jean ? Que se passe-t-il ?

Jean se tenait la tête entre les mains. De nouveaux des images de violence ! Il n'en voulait plus, mais elles s'imposaient à lui, comme lors des morts précédentes. Il se retrouvait au milieu d'un champ de ruines. Un groupe d'hommes jeunes donnait la chasse à un homme. Ils ne portaient pas d'uniformes. Jean essaya de reconnaître les lieux. De quelle guerre...

– Mon Dieu ! s'exclama-t-il.

Ce n'était pas un pays en guerre qu'il voyait. C'était le chantier de construction de la route.

– Le père Rémy !

– C'est fini, Jean, dit Alicia, en posant une main sur son épaule. Il ne te harcèlera plus.

– Ce n'est pas ça, gronda-t-il, en bondissant sur ses pieds. Ils vont le tuer si je n'interviens pas.

Il enfila son jean et un tee-shirt.

– Le Gosse est tout prêt de nous. Je le sens !

Sans plus d'explication, il se précipita dans les escaliers. Il traversa le jardin, poussa la grille verte et traversa la rue. Le père Rémy n'était pas sur le seuil de son épicerie. Jean contourna la vieille bâtisse enveloppée de son halo de lumière. Ils étaient là. Au milieu du chantier. Le père Rémy était recroquevillé sur le sol. Ils le rouaient de coups.

– Arrêtez ! hurla-t-il.

Le chef de la bande se retourna et reconnaissant le nouveau venu, il eut un moment d'hésitation. Il fit signe aux autres d'arrêter.

– Ne te mêle pas de ça ! lança-t-il à Abbadôn.

Mais son ton était mal assuré.

– Laissez-le tranquille, ordonna Jean.

Le père Rémy était mal en point, mais il trouva la force de s'asseoir sur le sol. Son visage était tuméfié, mais c'était son ventre qu'il serrait à deux mains. Jean se pencha sur lui.

– Ça va ? dit-il.

Le vieil homme secoua la tête.

Non, ça n'allait pas. Il avait la pommette éclatée et du sang coulait le long de son menton. Mais ça, ce n'était rien. Ses tripes étaient en feu et la douleur était insupportable. Jean se redressa. Il y avait du feu dans ses yeux. Il tendit un doigt vers le chef de la bande, qui porta aussitôt les mains à sa gorge. Il suffoquait. Les autres observaient la scène, paralysés. Jean leva le doigt et l'autre fut comme soulevé du sol. Le père Rémy en oubliait presque sa souffrance. Nul n'en croyait ses yeux. Le chef de bande fut projeté au milieu de gravats. Ses os craquèrent sous le choc.

– Mince ! fit un gars.

– Pourquoi ? demanda Jean.

Il n'eut pas besoin d'expliquer le sens de sa question. Le même type répondit.

– On nous a payés pour faire ça. Le type à la bagnole…

De la main, il indiqua le puissant turbo sombre arrêté au milieu du chantier.

– Le Gosse ! s'exclama Jean.

Il s'approcha du corps du chef de bande. Il se pencha sur lui, lui saisit la main et le releva. L'autre ouvrit les yeux. Il se tâta le corps. Il semblait dans un état second. Il fit quelques pas vers ses camarades.

– Merde ! fit l'un d'eux. On te croyait mort.

– Moi aussi, fit-il d'une voix sourde.

– On a entendu craquer tes os.

– Aidez le père Rémy à rentrer chez lui, intervint Jean. Soignez-le. Vous êtes responsable de lui. Compris ? Et si l'autre revient, vous me le laissez. Surtout, vous me le laissez !

– Compris, firent-ils comme un seul homme.

Jean se pencha sur le père Rémy. Il posa une main sur le front du vieil homme. Il resta un long moment les yeux rivés à ceux de l'épicier.

– Ça va mieux ? demanda-t-il.

Le père Rémy lâcha son ventre. Il paraissait ne pas croire ce qui lui arrivait.

– Oui, fit-il, les yeux écarquillés par l'incompréhension.

Il n'eut pas besoin d'aide pour se relever.

Une sorte de voile passa devant les yeux de Jean Abbadôn.

– Alicia ! hurla-t-il. Mon Dieu !

Et il se précipita vers la maison du père Torn.

Quand il pénétra dans la chambre, il entendit aussitôt la voix du Gosse.

– Tu dois mourir, disait-il.

– Mais pourquoi ? demandait Alicia.

– Tu dois être la dernière victime. Tu as pris la place de ma mère. Jean t'a expliqué. Je sais tout.

– À ta place, je ne la toucherais pas.

Jean se tenait dans l'embrasure de la porte de la cuisine. Alicia était appuyée à la porte du garde-manger. Le Gosse serrait un énorme automatique dans la main.

– Jean ! s'exclama-t-il, avec un sourire haineux. Quel dommage ! Je t'aimais bien, tu sais.

– C'est terminé, Henri, murmura Jean, sans bouger.

– Pas tout à fait, Jean. Pas tout à fait. Je sais qu'il n'est plus question de les éliminer tous. Mais, bon, ce n'est pas bien grave. Les principaux sont morts. Seulement, il reste Alicia.

– Le père Rémy se porte à merveille. Les types que tu as payés pour lui faire la peau veillent sur lui dans la boutique.

Une lueur de rage s'alluma dans les yeux du Gosse.

– Il ne perd rien pour attendre.

– Tu te trompes, Henri. Tu ne peux plus rien contre lui, ni contre personne.

– Jean… Jean… tu n'es pas si naïf que ça. Il n'y a pas d'arme à ta portée. Et puis, j'ai la maîtrise de ton esprit. Souviens-toi. *C'était une belle nuit de Noël…*

Jean tressaillit. Une belle nuit de Noël… oui… sa mère avait été assassinée. Ils étaient tous responsables. C'était à lui qu'il revenait de la venger.

– Regarde Alicia, murmura Henri. Elle a pris la place de ta mère. Tu n'as pas oublié ?

Jean passa la main devant ses yeux.

– Non, murmura-t-il, je n'ai pas oublié…

– Alors ?

Alors ? Alors, Jean avait presque oublié qui il était. L'ange exterminateur ! Jean Abbadôn ! Sa mission ! Heureusement, les mots lui avaient remis la tête à l'endroit. C'était une belle nuit de Noël… Si sa mère était morte, si elle l'avait abandonné, c'était de sa faute. Elle était aussi responsable que les autres. Jean s'avança vers Alicia.

– Maman ! hurla-t-il. Tu m'as trahi.

Une expression d'incrédulité s'alluma dans les yeux de la jeune fille. Henri tendait son arme au capitaine Jean Abbadôn, le soldat universel. Jean referma son poing sur le lourd automatique. Il avança vers sa mère. La lueur d'incrédulité s'éteignit dans les yeux d'Alicia. Jean n'était plus qu'à un mètre d'elle. Elle pencha la tête de côté et murmura :

– Je t'aime, Jean…

La main de Jean se mit à trembler.

– Ne flanche pas, mon vieux. C'était une belle nuit de Noël… Tu te souviens ?

Jean laissa tomber son arme sur le sol. Oui, il se souvenait. Il se souvenait du corps si doux de la jeune fille dans ses bras. Derrière l'épaule d'Alicia, il eut l'impression de voir le visage de la vieille Angèle. Il murmura :

– Je t'aime, Alicia.

Et la jeune fille se jeta dans ses bras. Il la serra contre son cœur. Oui, lui aussi avait un cœur.

– Imbécile, hurla Henri en ramassant l'arme.

Le Gosse se redressait quand la porte du garde-manger s'ouvrit brutalement. Une vive clarté baignait le local toujours si ténébreux.

– Merde ! s'exclama Henri, en se protégeant les yeux de la main serrée sur l'automatique.

– Henri !

La voix avait claqué comme un coup de feu. Henri l'avait immédiatement reconnue.

– Pépère ? s'exclama-t-il.

Le spectre se tenait devant la porte de l'enfer. Alicia, Jean, Henri avaient le sentiment de n'avoir pas bougé, pourtant ils se trouvaient tous dans le long boyau étroit envahi par une clarté aveuglante. Le spectre se retourna et tendit la main vers la porte de l'enfer qui s'ouvrit.

La scène qui s'offrit à eux les figea. Aline Meynard marchait dans la rue Dom-Calmet, elle obliqua dans la rue Grégoire-de-Tours vers la rue Paul-Diacre. Elle approchait du pont Amos quand une voiture s'arrêta à sa hauteur. Elle se pencha et découvrit le conducteur.

– Henri ?

– Monte, maman.

La jeune femme monta dans la voiture. Et son fils démarra. Ils roulèrent en silence jusqu'à la rue du Pont-des-Morts. Là, Henri gara la voiture et se dirigea vers l'île du Saulcy. Sa mère le suivit.

– Pourquoi nous gâcher ce Noël, maman ?

La jeune femme s'arrêta. Ils étaient au bord de l'eau.

– Nous gâcher ce Noël ?

Elle secoua la tête.

– Non, Henri, pas ce soir, tu veux. Je t'ai consacrée toute ma vie. Tu n'as jamais permis à aucun homme de pénétrer chez nous. Tu me voulais pour toi tout seul. Je t'ai cédé. Mais je suis une femme... tu comprends. Je suis ta mère, mais je suis aussi une femme.

– Tu es ma mère ! hurla l'adolescent.

– Bien sûr que je suis ta mère, Henri. Et n'ai-je pas toujours été une bonne mère ? Ne me suis-je pas toujours bien occupé de toi ? Seulement, je ne suis plus une gamine, Henri. Et toi, tu n'es plus un enfant ! J'ai aussi le droit de vivre ma vie.

– Tu allais encore retrouver un de tes amants, pas vrai ?

– Non, Henri. Pas un de mes amants. Ça, c'est de l'histoire ancienne. C'est vrai qu'il m'arrivait, autrefois, de sortir avec des hommes, mariés ou non, des habitués du Café du Sablon. C'est vrai que cela s'est su. Que tu l'as appris. Et je le regrette. Mais tu ne me laissais pas vraiment le choix. Tu étais si possessif. Seulement, je ne suis pas une grue. Aujourd'hui, il y a un homme dans ma vie. Il y a longtemps que je refuse de vivre avec lui. Pour toi. Mais, n'ai-je pas le droit d'aimer et d'être aimée ? J'ai promis de passer cette nuit de Noël avec lui. Pour une fois ! Et tu vois, tu m'as mise dans un tel état... Ramène-moi au Sablon, maintenant.

– Tu n'as pas le droit ! J'ai un père...

– Ton père ? Tu ne t'en es jamais soucié. Lui non plus, d'ailleurs, ne s'est jamais soucié de toi. J'ai eu tort, Henri. J'aurais dû assumer mon rôle de femme. C'est ma faute si tu te comportes comme tu le fais. Je n'aurais jamais dû tout te sacrifier. Je t'aime, mais tu n'es pas tout pour moi. J'aime un homme depuis plusieurs années. Il est temps que je vive ma vie. Tu es assez grand maintenant. Ramène-moi !

217

– Tu veux m'abandonner ?

– Non, Henri, non. Il n'est pas question de t'abandonner. Il est juste question de ne plus m'abandonner, moi.

– Tu es un monstre d'égoïsme, maman.

– De quel droit me parles-tu ainsi ? Si l'un de nous est égoïste, ce n'est pas moi, Henri. C'est toi. Tu n'as jamais songé qu'à toi. Je veux vivre ! Tu m'entends, je veux vivre !

– Tant pis pour toi !

L'adolescent se jeta sur sa mère. Elle se débattit, mais elle n'était pas de taille à lutter contre une telle furie. Il lui saisit le cou et serra, serra, serra…

Quand il se releva, la jeune femme gisait sur le sol, les yeux ouverts sur la mort. Les cloches de la cathédrale Saint-Étienne appelaient les fidèles à la messe de minuit.

Henri, tremblant de tous ses membres, se précipita vers la voiture…

– *Non !* hurla le Gosse.

– L'heure du châtiment a sonné, Henri, annonça le spectre.

Henri Meynard fut soulevé de terre et projeté en direction de la porte de l'enfer. Il paraissait flotter dans l'air. Un hurlement sinistre déchira la nuit. La porte de l'enfer se referma brutalement sur le jeune homme. Puis, le silence revint dans la pièce où la clarté se dissipait peu à peu. Le spectre s'attarda un instant. Il s'avança vers Jean Abbadôn.

– Tu as fais retour. Tu as le droit de vivre désormais.

Et il s'évanouit dans les ténèbres retrouvées du garde-manger.

Jean et Alicia étaient serrés l'un contre l'autre. Il tremblait de tout son corps. Elle ressentait une étrange quiétude.

– Tout est terminé, maintenant, dit-elle.

– Oui, murmura Jean. Que s'est-il passé ?

– Je crois qu'il vaut mieux ne pas chercher à comprendre, Jean. L'homme ne connaît encore qu'une part infime de la réalité. Un jour, peut-être… Pour l'heure, il vaut mieux oublier tout ça. Sinon, nous risquerions de verser dans la folie. Surtout, ne pas chercher à comprendre, Jean !

– Oui, tu as sans doute raison.

Ils regagnèrent la cuisine. Par la fenêtre, Jean aperçut le père Rémy entouré des gars de la bande. Il était debout sur le seuil de l'épicerie et posait un regard curieux sur la maison du père Torn.

– À ton avis, qui était cet homme avec qui Aline voulait refaire sa vie ? demanda-t-il.

– Je crains que nous ne le sachions jamais et cela n'a plus la moindre importance. Ils vont tous pouvoir dormir en paix, désormais.

– Et Henri ?

– Ne pose plus de question, Jean. Il n'appartient plus à notre monde, désormais. Cela seul compte. Tu es libre. Tu as le droit de vivre.

Jean s'assit à la table et murmura :

– Pour vivre, encore faudrait-il que je sache qui je suis.

La jeune fille posa une main sur sa nuque.

– Jean, je n'étais pas en reportage ces derniers jours. J'ai mené ma petite enquête auprès de l'administration de l'armée. J'ai fouillé des dossiers. Remonté des pistes. Je sais qui tu es.

– Tu sais ?

– Oui. Viens, une longue route nous attend. Pour commencer, il nous faut trouver une voiture.

Jean ne posa pas de question. Il suivit la jeune fille enveloppée de lumière. Quand ils se retrouvèrent rue de la Chapelle, le père Rémy lui adressa un petit signe de la main.

Jean dit à Alicia.

– Dans le chantier, il y a la voiture d'Henri.

– Allons-y !

Deux semaines plus tard, les bulldozers refirent leur apparition. La maison, que le père Rémy avait quittée deux jours plus tôt, ne fut bientôt plus qu'un amas de gravas. Ensuite, ce fut au tour de la maison du père Torn d'être abattue. Les ouvriers ramassaient les gravats quand l'un d'eux appela ses compagnons.

– Eh, les gars, venez voir ce que j'ai trouvé.

Au milieu d'un amas de pierres, une porte noire intacte. Et sous le panneau de bois, une main dépassait.

– Aidez-moi à la soulever.

Quand la porte fut dégagée, un corps apparut. Le corps d'un homme encore jeune, les cheveux d'un blanc immaculé et les yeux exorbités de terreur.

– Merde, qu'est-ce que c'est que ça ?

– Quand j'étais gosse, j'habitais le quartier, dit l'un des ouvriers en s'essuyant le front d'un revers de manche. Le type qui habitait là prétendait qu'au fond de son garde-manger, il y avait la porte de l'enfer.

– Tu parles ! fit un autre. Rien que des conneries, ces trucs-là.

– Peut-être, fit l'autre.

Impression réalisée sur CAMERON par

BUSSIÈRE CAMEDAN IMPRIMERIES

GROUPE CPI

à Saint-Amand-Montrond (Cher)
en janvier 2003

Éditions du Rocher
28, rue Comte-Félix-Gastaldi
Monaco

Dépôt légal : février 2003. N° d'Impression : 030314/1.
N° d'Édition : CNE section commerce et industrie Monaco 19023

Imprimé en France

Ville de Montréal MR

BER

**Feuillet
de circulation**

À rendre le

2 4 SEP. 2003	2 2 AVR. 2004
2 1 OCT. 2003	
3 1 OCT. 2003	1 MAI 2004
2 8 NOV. 2003	
	2 6 AOUT 2004
0 2 DEC. 2003	
1 2 DEC. 2003	
1 4 JAN. 2004	
2 2 JAN. 2004	
0 3 FEV. 2004	
1 8 FEV. 2004	
0 2 MAR. 2004	
0 6 MAR. 2004	
1 7 MAR. 2004	

06.03.375-8 (01-03) ✱